陳艷平　主編

TOPIK 韓語測驗

文字復興有限公司 印行

目錄

가구[家口] 名 家人，家戶

衍生片語 집안 가구（家裡人口）

常用例句 다음은 "2012년 가구 소득 지출 실태" 에 대한 통계 결과를 정리한 자료입니다.
以下是根據「2012年家庭收支情況」的統計結果所整理的資料。
이 집에는 다섯 가구가 세들어 살고 있다.
這戶人家五個人租屋在此。

相關詞彙 식구（家人）

가까스로 副 好不容易，勉強

衍生片語 가까스로 화를 참다（勉強壓住怒火），가까스로 버티다（勉強堅持）

常用例句 언니는 눈물이 나오는 걸 가까스로 참으며 미소를 지어 보였다.
姐姐強忍住淚水，擠出笑容。
그가 하루 종일 집에 없어서, 나는 가까스로 그를 찾아냈다.
他整天不在家，我好不容易才找到他。

相關詞彙 겨우（好不容易）

가늠하다[-따] 動 算，揣量，衡量，瞄準

衍生片語 득실을 가늠하다（衡量得失），목표를 가늠하다（瞄準目標）

常用例句 상대 팀에 대한 정보가 전혀 없기에 그 실력을 가늠할 수 없어 경기 전략을 짜기 힘들다.
因爲沒有對手的情報，所以無法衡量對方的實力，難以制定比賽戰略。
가치가 있는지 없는지 가늠해 보아야 한다.
你要衡量一下值不值得。

相關詞彙 헤아리다（計算，揣摩，推測）

가다듬다[-따] 動 振作，整理

衍生片語 정신을 가다듬다（振奮精神），옷 매무새를 가다듬다（整理衣服），목청을 가다듬다（清嗓子）

常用例句 정신을 가드듬고 다시 한번 해 봅시다.
振作精神再試一次。
어른께 인사드리기 전에 옷매무새를 가다듬었다.
向長輩請安前整理了一下衣裝。

相關詞彙 차리다（整理，振作）

▶ **가두다[-따]** 動 囚，禁，堵，截

衍生片語 감옥에 가두다（關在監獄裡），새를 새장에 가두다（把鳥關在鳥籠裡）

常用例句 당신은 어떻게 나를 일생동안을 가두려고 하느냐?
你還想困住我一生嗎？
저수지에 가두어 놓은 물을 방류한다.
把水庫裡的儲水放出去。

相關詞彙 갇히다（被關，被禁）

▶ **가뜩이나** 副 本來就……更，本來就……還

常用例句 가뜩이나 피로한데 또 일을 하란다
本來就很累了還要我做事。
전 세계적인 이상 기후와 유가 상승이 농산물 가격의 폭등으로 이어져 가뜩이나 어려운 국가 경제의 발목을 잡고 있다.
全世界的氣候異常加上油價上漲和農產品價格暴漲，讓本來就很困難的國家，在經濟上更加雪上加霜。

相關詞彙 본래（本來）

▶ **가로지르다[-따]** 動 橫貫，橫穿

衍生片語 새장에 막대기를 가로지르다（在鳥籠裡橫架一根桿子）

常用例句 그가 운동장을 급하게 가로질러 뛰어갔다.
他急匆匆地穿過運動場而去。
그가 큰 길을 가로질러 뛰어가는 것을 보았다.
我看見他跑著穿越大馬路了。

相關詞彙 엇지르다（斜插），꿰뚫다（貫穿，穿透）

▶ **가리다** 動 挑，辨別，認生

衍生片語 흑백을 가리지 않다（不分黑白），음식을 가리다（挑食）

常用例句 음식을 그다지 가리지 않고 이것저것 잘 먹는 편이다.
屬於那種不挑食，什麼都吃的類型。
옳고 그름만을 가려 보면 이분법적 사고를 초래할 수 있다.
只分辨對與錯，很容易導致二分法的思考方式。
그녀는 억척스러워서 돈을 버는 일이라면 물불 가리지 않고 한다.

她非常潑辣能幹，只要是能賺錢的工作一概來者不拒。

(相關詞彙) 분별하다 (分辨，辨別)

▶ **가만** 副 任憑，就那樣

衍生片語 가만 생각해 보면 (仔細想一想的話)

常用例句 그런 모욕을 받는다면 나도 가만 보고 있지는 않을 거야.
如果受到了那樣的侮辱，我也不會坐視不管的。
그는 깊은 생각에 잠겨 아무 말도 하지 않고 가만히 있었다.
他沉思著什麼話都不說，待在一邊。

(相關詞彙) 잠자코 (悄悄地)

▶ **가미하다[-따][加味-]** 動 添加……成分

衍生片語 설탕을 가미하다 (加白糖提味)，참기름을 가미하여 맛을 돋우다
(加香油提味)

常用例句 냉면에 식초와 겨자를 가미했더니 맛이 훨씬 좋아졌다.
在涼麵裡加了點醋和芥末，味道果然好了很多。
비타민A.D.E와 철분.아연.칼슘 등 여러 성분을 가미하였다.
添加了維生素A、D、E和鐵、鋅、鈣等多種成分。

(相關詞彙) 가미되다 (提味)，첨가하다 (添加)

▶ **가뿐하다** 形 輕鬆，輕快

衍生片語 가방이 가뿐하다 (書包很輕)，가뿐하고 유쾌하다 (輕鬆愉
快)，발걸음이 가뿐하다 (腳步輕快)

常用例句 약을 먹고 나니 몸이 좀 가뿐해졌다.
吃了藥身上覺得輕快了一些。
임무를 완성하고 나니 마음이 매우 가뿐하다.
任務完成了，心裡很輕鬆。

(相關詞彙) 거뜬하다 (輕鬆，清爽)

▶ **가세하다[加勢-]** 動 幫助，援助，加入

衍生片語 파업에 가세하다 (聲援罷工)，싸움에 가세하다 (加入戰鬥)

常用例句 학생 시위에 시민들이 가세하여 그 규모가 거대해졌다.
由於市民的援助，學生的示威活動規模更大了。
일반 시민들까지 가세하여 범인을 잡았다.
一般市民也紛紛幫忙，抓住了犯人。

相關詞彙 돕다（幫助）

▶ **가창[歌唱]** 名 唱歌

衍生片語 가창력（唱功），가창법（唱法），가창하는 활동（歌唱活動）

常用例句 그녀는 풍부한 성량과 뛰어난 가창력이 있다.
她嗓音嘹亮，唱功出眾。
매달 노래 한곡을 가창하는 활동을 폈다.
舉行「每月一歌」的歌唱活動。

相關詞彙 노래 부름（唱歌，歌唱）

▶ **가치관[價值觀]** 名 價值觀

衍生片語 보수적 가치관（保守的價值觀）

常用例句 교사는 학생들이 올바른 가치관을 형성할 수 있도록 도와주어야 한다.
教師要幫助學生樹立正確的價值觀。
'미래를 위해 오늘 노력하라.' 하는 말도 여기에서 나온 가치관이고 삶의 자세이다.
「今天要為將來而努力」這句話也是源自於此的價值觀和人生態度。

▶ **가파르다** 形 陡，陡峭，陡直

衍生片語 가파른 절벽（陡峭的絕壁），높고 가파른 계단（又高又陡的階梯）

常用例句 산이 가팔라서 보통 사람은 오르기 어렵다.
山很陡，一般人很難爬上去。
증시가 가파른 하락세를 보였다.
股市突然呈現熊市行情。

相關詞彙 깎아지르다（陡峭），갑자기（突然，陡然）

▶ **가해자[加害者]** 名 犯罪嫌疑人

衍生片語 가해자를 붙잡다（逮捕犯罪嫌疑人），가해자를 처벌하다（處罰犯罪嫌疑人）

常用例句 경찰은 교통 사고를 내고 도망간 가해자를 수배했다.
警察通緝了肇事逃逸的犯罪嫌疑人。
그는 가해자의 이름을 기억해낼 수 없었다.

他已經記不起那個犯罪嫌疑人的名字了。

相關詞彙 피해자（受害人），혐의범（嫌疑犯）

▶ **가혹하다[苛酷-]** 形 嚴酷，殘酷

衍生片語 조건이 가혹하다（嚴苛的條件），가혹한 현실（殘酷的現實）

常用例句 우리는 가혹한 운명과 싸워야 한다。
我們要和殘酷的命運鬥爭。
그는 가혹한 운명의 장난을 따랐다。
殘酷的命運和他開了個玩笑。

相關詞彙 잔혹하다（殘酷）

▶ **각양각색[各樣各色]** 名 形形色色，五花八門

衍生片語 각양각색의 사람들（形形色色的人），각양각색의 진열품（五花八門的展示品）

常用例句 각양각색에 모든 연령층의 사람들이 다 모였다。
形形色色各個年齡層的人都聚在了一起。
나는 제공되는 각양각색의 요리가 참 인상적이었다。
對於所提供的各式各樣的飯菜，我印象十分深刻。

相關詞彙 갖가지（各種），다양한（多樣的）

▶ **각색되다[脚色-]** 動 改編，改寫

衍生片語 영화로 각색되다（改編成電影），허구로 각색되다（虛構）

常用例句 그 소설은 연극으로 각색되었다。
那部小說被改編成舞台劇。
그들의 모험담은 TV 시리즈로 각색될 것이다。
他們的冒險記將被改編為電視影集。

相關詞彙 개작하다（改寫）

▶ **간격[間隔]** 名 ①間隔 ②隔閡

衍生片語 간격이 넓다（間隔寬）

常用例句 두 세대의 간격은 큰 관점의 차이를 가져온다。
兩個世代的差距造成了觀點的迥異。
나무를 심을 때 간격을 좀 띄워 심어야 잘 자란다。
種樹時，讓樹和樹之間有一些間隔，樹才能長得好。

相關詞彙 공간 거리（空間距離），사이（之間，間隔）

간주하다[看做-] 動 當成，當作，視為

衍生片語 기권으로 간주하다（視為棄權），위협으로 간주하다（看作威脅）

常用例句 그는 공공 재산을 자기 것으로 간주한다.
他把公共財產視為自己的東西。
그것은 성공으로 간주하지 않으면 안 된다.
不能不把這看作是一種成功。

相關詞彙 여기다（當作，以為），삼다（當作，看作）

간직하다 動 珍藏，收藏，保管

衍生片語 마음속에 깊이 간직하다（珍藏在心中），물건을 간직하다（珍藏物品）

常用例句 학창 시절의 아름다운 추억이 고이 간직되어 있는 사진들을 발견하였다.
發現了一些老照片，上面還珍藏著學生時代的美好回憶。
이 사람은 하고 싶은 말은 간직하지 못한다.
這個人肚子裡藏不住話。

相關詞彙 보존하다（保存，保管）

간파하다[看破-] 動 看破，看透，識破

衍生片語 문제의 핵심을 간파하다（看透問題的核心），상대의 약점을 간파하다（看破對方的弱點）

常用例句 뛰어난 경영자에게는 문제의 핵심을 간파할 수 있는 능력이 필수적이다.
對於優秀的經營者來說，需要具備洞悉問題本質的能力。
그는 내 강의를 들은 적이 없어도 내 지론이 뭘 의미하는지를 거의 정확히 간파하고 있다.
他從沒聽過我的課，卻能清楚地看透我所持觀點的意義。

相關詞彙 꿰뚫어 보다（看透，看穿）

간편하다[簡便-] 形 簡便，輕便

衍生片語 간편한 방법（簡便方法），간편한 장비（簡便裝備）

常用例句 이 물건은 접을 수 있어서 가지고 다니는 데 간편하다.

這個東西可以折疊，所以攜帶起來很方便。

일회용 차의 간편함에 익숙한 우리에게 전통 방식으로 차를 우려
내는 과정은 의외로 길고 복잡하다.

我們習慣了茶包的簡便，感覺用傳統方式泡茶的過程格外漫長而且
複雜。

相關詞彙 편하다（方便），편리하다（便利），복잡하다（複雜）

간혹[間或] 名 間或，有時

衍生片語 간혹 있는 일（偶爾發生的事）

常用例句 그 병에 걸리면 간혹은 살기도 하지만 대부분은 얼마 살지 못한다.
得了那種病，雖然偶爾有活下來的，但是大部分的人也都活不了多
久。

하지만 이런 상황에서도 젊은 남녀가 부모 몰래 사랑하는 일이 많
지는 않지만 간혹 있었던 것 같다.
而在這種情況下，年輕男女背著父母戀愛的雖然不多，但是也時有
發生。

相關詞彙 이따금（不時，偶爾），가끔씩（有時候）

갈등[葛藤] 名 糾葛，矛盾，芥蒂

衍生片語 고부간의 갈등（婆媳間矛盾）

常用例句 큰아들과 막내아들 사이에 갈등이 생겼다.
大兒子和小兒子之間產生了矛盾。

부모와 자식의 속마음의 차이로 인한 갈등은 비일비재하다.
父母和子女因為想法的差異引起的矛盾比比皆是。

相關詞彙 모순（矛盾），친선（友好）

갈망[渴望] 名 渴望，渴求

衍生片語 가정에 대한 갈망（對家庭的渴望），성공을 갈망하다（渴望成
功）

常用例句 지식에 대한 갈망을 만족시킨다.
滿足對知識的渴求。

그들은 평화와 자유를 갈망하고 있다.
他們渴望和平與自由。

相關詞彙 갈구하다（渴求）

▶ **갈팡질팡하다** 形 慌張，驚慌失措

衍生片語 갈팡질팡하게 헤매는 아이들（驚慌徘徊的孩子們）

常用例句 어떤 일에 부딪쳐도 너무 긴장하거나 갈팡질팡해서는 안 된다.
遇到事情不能緊張或者驚慌失措。

相關詞彙 허둥지둥하다（慌張）

▶ **갈피** 名 頭緒，線索

衍生片語 갈피를 잡지 못하다（找不到頭緒）

常用例句 올해 한국 영화계는 전혀 갈피를 잡을 수 없는 안개 속에 들어선 느낌이다.
感覺今年的韓國電影界好像走入迷霧，毫無頭緒。
그 일은 며칠이나 해 보았지만 아직 갈피를 못 잡겠다.
那件事辦了好幾天還是理不出頭緒。

相關詞彙 실마리（頭緒，線索）

▶ **감격하다[感激]** 動 感激，激動，興奮

衍生片語 친절에 감격하다（感激他們的熱情），감격하게 하다（使感動）

常用例句 감격한 나머지 눈에 뜨거운 눈물을 머금고 있다.
太感動了，眼裡飽含熱淚。
그들이 금메달을 따냈다는 소식에 모두들 감격했다.
大家聽到他們獲得金牌的消息都很激動。

相關詞彙 감사하다（感謝），감동하다（感動）

▶ **감당하다[堪當-]** 動 擔當，承受，擔待

衍生片語 임무를 감당하다（肩負任務），무게를 감당하다（承載重量）

常用例句 그는 그 일을 충분히 감당할 수 있는 사람이다.
他這個人完全能承擔起這項工作。
뒷일은 모두 내가 감당하겠다. 염려 말고 빨리 떠나라.
以後的事我來承擔，別擔心了，快點走吧。

相關詞彙 담당하다（擔當），맡다（承擔）

▶ **감돌다** 動 布滿，浮現，縈繞

衍生片語 불안이 감돌다（充滿不安），향기가 감돌다（香氣縈繞）

常用例句　그녀의 얼굴에 약간의 불쾌함이 감돌았다.
她的臉上浮現出一絲不滿。
섬 전체에 갑자기 이상한 긴장이 감돌기 시작했다.
整個島上突然開始充斥著異常的緊張氣氛。

相關詞彙　맴돌다（縈繞，盤旋）

감명[感銘] 名 感受，感觸

衍生片語　감명이 깊다（感觸很深），감명을 받다（有感觸），감명을 주다（感人）

常用例句　그의 연설은 청중들에게 깊은 감명을 주었다.
他的演說令聽眾感觸很深。
남들에게 감명을 주려고 너무 애를 쓰다가 그녀는 많은 실수를 저질렀다.
她費盡心思想去感動別人，結果卻出現了很多失誤。

相關詞彙　느끼다（感受，感覺），감회（感觸）

감성적[感性的] 名 感性的

衍生片語　감성적 인식（感性認識），감성적 사고방식（感性的思考方式）

常用例句　이 작품에 등장하는 여주인공은 아름답고 감성적이며 상상력도 풍부하다.
這部作品的女主角是美麗、感性、想像力豐富的人。
아이들은 손으로 만지고 눈으로 보며 감성적으로 많이 경험해 보아야 한다.
兒童應該多用手摸、用眼看、多感受事物。

相關詞彙　이성적（理性的）

감소[減少] 名 減少

衍生片語　감소폭（降幅），감소하락（負成長）

常用例句　출산율 저하는 사회 고령화는 물론이고 노동력 감소로 이어져서 사회 발전의 저해 요인으로 작용하는 문제가 있다.
出生率低不僅會造成社會老化，而且會引起勞動力減少，是阻礙社會發展的一個重要因素。

相關詞彙　증가（增加）

▶ **감소하다[減少-]** 動 減少

衍生片語 충격을 감소하다（減少衝擊），세금 부담을 감소하다（減少稅賦）

常用例句 최근 소득보다 지출이 많은 적자 가구가 2010년 비해 전체적으로 감소한 것으로 조사됐다 .
據調查最近支出大於收入的赤字家庭和2010年相比總體上有所減少。

相關詞彙 줄이다（減少），증가하다（增加）

▶ **감수하다[甘受-]** 動 甘受，甘於

衍生片語 고통을 감수하다（甘受痛苦），희생을 감수하다（甘願犧牲）

常用例句 때로는 물건값을 지불하고 물건을 받지 못하는 위험도 감수해야 한다.
偶爾還得承擔支付了費用卻收不到貨品的危險。

相關詞彙 달갑다（甘心）

▶ **감안하다[勘案-]** 動 斟酌，考慮，鑑於

衍生片語 학생임을 감안하다（考慮到是學生），사실을 감안하다（考慮到現實）

常用例句 이 점을 감안하여 여러분은 사전에 준비를 해두어야 합니다.
有鑑於此，希望各位事先做好準備。
이번 달 초부터 성수기가 시작된 걸 감안하면 그렇게 많이 느는 것도 아니에요.
從本月初開始進入旺季，從這一點看其實也並沒有增加很多。

相關詞彙 고려하다（考慮）

▶ **감쪽같다** 形 不露聲色，神不知鬼不覺

衍生片語 감쪽같은 은신처（隱祕的藏身處），위장술이 감쪽같다（偽裝術很高明）

常用例句 그는 줄곧 침착해서 얼굴이 감쪽같아, 마음속의 감정이 드러나지 않는다.
他一直都是這麼穩重、不露聲色，從不表露內心的感情。
감쪽같이 적들을 포위하기 시작했다 .
神不知鬼不覺地把敵人包圍起來。

相關詞彙 드러내다（顯露，顯出）

▶ 감칠맛 **名** 美味，可口，娓娓

衍生片語 감칠맛 나는 요리（可口的飯菜），감칠맛 나게 줄줄 이야기하다（娓娓道來）

常用例句 고향의 음식을 먹으면 매우 감칠맛 있게 느껴진다.
吃到家鄉的菜，就覺得特別可口。
그는 조연임에도 불구하고 감칠맛 나는 연기로 관객을 사로잡았다.
雖然他只是個配角，但還是靠精彩的演技吸引了觀眾。

相關詞彙 입에 맞다（可口，合口味）

▶ 감회[感懷] **名** 感觸，感受

衍生片語 감회가 깊다（感觸很深），감회가 새삼스럽다（重新認識）

常用例句 삼십 년 만에 고향을 찾아보니 감회가 새로웠다.
三十年後回歸故里，有了許多新的感觸。
그 사진을 보는 형의 얼굴에는 짙은 감회가 서려 있었다.
大哥看到那張照片，面色凝重，感觸頗多。

相關詞彙 감명（感銘，感觸）

▶ 감히[敢-] **副** 敢於，膽敢

常用例句 그게 말이 쉽지 머리가 굵어지고 손이 굳은 뒤에 목수가 되기란 감히 꿈에도 넘볼 일이 아니다.
說來容易，做來難。頭變粗、手變硬之後就能成木匠，那是作夢都不敢奢望的。
어린 것이 감히 어른에게 대들다니.
小鬼頭竟然敢和大人頂嘴。

相關詞彙 겁나다（害怕）

▶ 갑갑하다 **形** 悶，擠，憋

衍生片語 방이 갑갑하다（屋裡很悶），가슴이 갑갑하다（胸悶）

常用例句 그는 작은 시골 마을에서 사는 것이 너무 갑갑하여 무작정 대도시로 나갔다.
他覺得在小村子裡生活太委屈，就不顧一切地去了大城市。
이 바지는 꽉 끼어서 갑갑해 죽겠다.
這條褲子太緊，憋得難受。

相關詞彙 답답하다（堵，悶）

▶ 강력하다[強力-][-녀카-] 形 強力

衍生片語 약효가 강력하다（藥效強）

常用例句 개혁 정책을 강력하게 추진해야 한다.
應該大力推行改革政策。
첫인상은 나중에도 강력한 영향을 미친다.
第一印象對以後也會有很大影響。

相關詞彙 굳세다（剛強），약하다（弱）

▶ 강인하다[強靭-] 形 堅韌，堅強，堅毅

衍生片語 의지가 강인하다（意志堅強），강인한 성격（堅毅的性格）

常用例句 그녀는 강인한 정신력을 가지고 있다.
她有著堅韌的意志。
참가 자격 요건은 이전에 경력이 있고, 강인한 신체 조건과, 수영
능력이 요구됩니다.
參加資格要求之前具備相關經驗、強健的身體條件和游泳能力。

相關詞彙 굳세다（堅強，剛強）

▶ 강조[強調] 名 強調

衍生片語 강조 사항（強調事項），명암〔明暗〕의 강조（明暗的強調）

常用例句 그의 연설에서는 전통성의 강조가 지배적이었다.
在他的演說中大部分在強調傳統性。
그러나 정작 설계자들은 손님의 입장에서 본 미적 측면보다 종업
원의 입장에서 본 실용성을 강조한다.
然而眞正的設計者強調的不是從顧客立場上所看到的美麗，而是從
員工立場上看到的實用性。

相關詞彙 강요（強迫），요구（要求）

▶ 개굴개굴 副 呱呱

衍生片語 개굴개굴 운다（呱呱地叫），개굴개굴하는 소리（呱呱叫的聲
音）

常用例句 개구리들이 연못에서 개굴개굴 울었다
青蛙在水塘裡呱呱地叫。

相關詞彙 개골개골（呱呱）

개발[開發] 名 開發

衍生片語　자원을 개발하다（開發資源），광산이 개발되다（開發礦山）

常用例句　다음 세대를 위해서는 자연을 어떻게 개발하느냐보다는 어떻게 보호하느냐를 생각하는 것이 더 바람직하다.
　　爲了下一代，與其去思考如何開發自然，思考如何保護自然更値得提倡。

相關詞彙　발전（發展），낙후（落後）

개방[開放] 名 開放

衍生片語　개방 외교（開放外交），문호 개방（門戶開放）

常用例句　고궁의 개방 시간이 아직 몰라요.
　　還不知道故宮開放的時間。
　　사회가 개방화되고 교육 수준이 높아짐에 따라서 여성들의 사회 진출이 뚜렷이 증가하고 있다.
　　隨著社會的開放、教育水準的提高，女性參與社會活動的情況有了顯著的增加。

相關詞彙　발전（發展）

개운하다 形 爽快，輕鬆，爽口

衍生片語　몸이 개운하다（身體淸爽），마음이 개운하다（心情輕鬆）

常用例句　약을 먹고 나니 몸이 좀 개운해졌다.
　　吃了藥，身上覺得輕鬆了些。
　　오이를 버무려 먹으니 개운하다.
　　黃瓜拌著吃比較爽口。

相關詞彙　시원하다（淸涼，爽快，淸爽）

갸륵하다 形 値得讚許

衍生片語　뜻이 갸륵하다（其志可嘉），효성이 갸륵하다（孝心可嘉）

常用例句　한 소년이 어린애의 목숨을 구했다는 갸륵한 이야기에 그녀는 감동했다.
　　她被一個少年勇救兒童的事蹟感動了。
　　이렇게 인내심이 강하고 정성이 지극한 게 정말 갸륵하다.
　　如此有耐力和誠心，眞是値得稱讚。

相關詞彙　가상하다（有兩下子），칭찬하다（稱讚）

▶ **거대하다[巨大-]** 形 巨大

衍生片語 몸집이 거대하다（塊頭大），조직이 거대하다（組織龐大）

常用例句 이와 같이 광고 회사의 지각 변동, 사업 환경의 급변, 소비자의 성향 변화가 광고업계에 불어올 거대한 변화의 시작을 예고하는 듯하다.
與此同時，廣告公司的急劇變動、企業環境的變化、消費者取向的變化，似乎都在預告著廣告業將出現巨變的徵兆。
시작은 아주 사소한 것일지라도 그것이 반복되면 나중에는 거대한 다리와 같은 위대한 일을 만들어 낸다.
即使開始於非常瑣碎的工作，但只要不停地重複，日後也可成就出像宏偉的大橋那樣偉大的事業。

相關詞彙 뇌물（賄賂）

▶ **거뜬하다** 形 輕鬆，清爽

衍生片語 마음이 거뜬하다（心情輕鬆），심신이 거뜬하다（身心愉悅）

常用例句 가사에서 벗어나 마음이 거뜬하다.
擺脫了家務，心裡輕鬆一些。
하룻밤 폭 잤더니 기분이 거뜬해졌다 。
好好睡了一夜，心情輕鬆多了。

相關詞彙 가뿐하다（清爽，輕鬆）

▶ **거북하다** 形 尷尬，難看，不舒服

衍生片語 마음이 거북하다（心裡不自在），사용하기가 거북하다（用起來不方便），거북한 장면（尷尬的場面）

常用例句 그에게 돈을 꾸어 달라고 하기가 거북했다.
不好意思向他借錢。
그들은 싸운 이후로 서로 만나면 늘 거북해한다.
他們打架以後，見了面總是覺得彆扭。

相關詞彙 어색하다（尷尬，拘束，彆扭）

▶ **거슬리다** 動 不合，違逆，妨礙

衍生片語 시대 조류를 거슬리다（逆時代潮流），귀에 거슬리다（不中聽），눈에 거슬리다（不順眼）

常用例句 저 못된 놈은 내 귀에 거슬리는 말만 골라서 한다.
那個混蛋總是挑我不愛聽的話說。

그는 자기를 억제하지 못하고 몇 마디 해서 아버지의 비위에 거슬렸다.

他控制不了自己，説了幾句話冒犯了父親。

相關詞彙 거역하다 (抗拒，拂逆)

거르다 動 間隔，隔

衍生片語 이틀 걸러 (隔兩天)，4 시간 걸러 (隔四個小時)

常用例句 연구원들은 실험에 몰두하느라 끼니를 거르기 일쑤였다.
研究人員潛心實驗，常常忘記吃飯。
일주일 걸러 병원에 간다.
隔一週去一次醫院。

相關詞彙 띄우다 (間隔)，간격 (間隔)

거절하다[拒絕-] 動 拒絕

衍生片語 제의를 거절하다 (拒絕提議)，피난 가기를 거절하다 (拒絕去避難)

常用例句 그는 나의 간곡한 부탁을 딱 잘라 거절했다.
他斬釘截鐵地拒絕了我的懇求。
김 부장은 한 번만 더 기회를 달라는 부하 직원의 요청을 차마 거절할 따름이었다.
金部長只是狠下心來，拒絕了部下提出的再給一次機會的請求。

相關詞彙 동의하다 (同意)

거창하다[巨創] 形 宏偉，盛大

衍生片語 기세가 거창하다 (氣勢宏偉)，거창한 계획 (宏偉的計劃)

常用例句 새로 나온 상품을 선전하기 위한 거창한 행사를 준비했다.
爲了宣傳新出的產品籌備了一場盛大的活動。
나는 거창한 모험을 시작하고 있었다고 믿는다.
我相信我當時正開始進行偉大的冒險。

相關詞彙 웅장하다 (宏偉，偉大)

거치다 動 ①經過，經歷 ②掛住

常用例句 편집이란 삶의 현실이 신문에 실리기까지 거치게 되는 모든 과정을 의미한다.
所謂編輯，就是將現實生活刊載到報紙時，所要經歷的一切過程。

당시 국어학자들은 한글 사용에 혼란이 있음을 느끼고 약 3년의
준비 기간을 거쳐 한글 사용 규범인 맞춤법을 발표하였다.
當時，國語學學者們感覺韓文的使用存在一定的混亂，經過大約三
年的準備後，頒布了韓文使用規範——正字法。

▶ **거품** 名 泡，泡沫

衍生片語 맥주 거품（啤酒泡沫），거품을 뿜어내다（冒泡）

常用例句 거품이 빠진 부동산 경기가 안정을 되찾고 있다.
陷入泡沫的房地產行業正重新趨於平穩。
이러한 거품이 물가 압력으로 이어지는 것은 불을 보듯 뻔하다.
很明顯，這種泡沫將迫於物價壓力而繼續下去。

相關詞彙 거품 경제（泡沫經濟）

▶ **건방지다** 形 高傲，狂妄

衍生片語 건방진 태도（傲慢的態度），건방지게 굴다（爲人狂妄）

常用例句 그녀는 건방지게도 선생님에게 말대꾸를 했다.
她傲慢地跟老師頂嘴。
제 말투가 건방졌다면 사과하겠습니다.
如果我的口氣有所怠慢的話，我道歉。

相關詞彙 거만하다（傲慢，高傲），겸손하다（謙虛，客氣）

▶ **건장하다** 形 健壯，健朗，壯實

衍生片語 건장한 체격（強健的體魄），건장한 젊은이（壯實的小伙子）

常用例句 그는 이미 70세가 되었지만 아직도 건장하다.
他已經七十開外了，但身體還是很硬朗。
건장하던 사람이 갑자기 급병〔急病〕에 걸렸다.
好端端的人，突然就染上急病了。

相關詞彙 튼튼하다（壯實），허약하다（虛弱）

▶ **건조[乾燥]** 名 乾燥，枯燥

衍生片語 건조기（乾燥器），건조시킨 채소（脫水蔬菜）

常用例句 목재를 말리는 방법에는 자연 건조와 인공 건조가 있다.
晾曬木材的方法有自然乾燥和人工乾燥。
겨울철 및 봄철 건조 기간 내 국립공원 산불 방지.
冬、春季乾燥期，注意預防國立公園的山林火災。

相關詞彙 습기（濕氣），소택지（沼澤地）

건지다 動 撈，抄，救

衍生片語 고기를 건지다（撈魚），본전을 건지다（撈本），문화유산을 건지다（拯救文化遺產）

常用例句 그들이 여기서 무슨 좋은 것을 건질 수 있겠는가？
他們能從這兒撈到什麼好處呢？
그녀의 용기있는 행동으로 우리는 목숨을 건졌다.
她勇敢的行爲救了我們的命。

相關詞彙 구하다（救）

걸림돌 名 障礙，絆腳石

衍生片語 걸림돌이 되다（成爲絆腳石），걸림돌을 제거하다（清除障礙）

常用例句 뛰어넘지 못할 걸림돌은 없다.
沒有不可逾越的障礙。
자금 부족이 연구 발전의 걸림돌이 되고 있다.
資金不足正成爲研究發展的障礙。

相關詞彙 장애（障礙），방해（妨礙）

걸치다 動 ①披，搭　②經過

衍生片語 외투를 걸치다（披著外衣），급히 잠옷을 걸치다（急匆匆地披上睡衣）

常用例句 그는 급한 나머지 속옷 위에 그냥 외투를 걸치고 나갔다.
他非常著急，睡衣外面只披了一件外套就出去了。
3시간에 걸쳐 진행된 이날의 강좌는 전문가 강연에 이어 무료 당뇨검사를 실시해 큰 호응을 얻었다.
今天的講座進行了3個小時，在專家講座之後，進行了免費糖尿檢驗，備受歡迎。

相關詞彙 입다（穿）

검증하다[檢證-] 動 檢驗，驗證

衍生片語 이론을 검증하다（驗證理論），가설을 검증하다（驗證假設）

常用例句 이 가정이 두루 통할 수 있는지 논리적으로 검증해야 한다.
這種假定是否是通用的，還應該經過邏輯上的驗證。

相關詞彙 검험하다（檢驗）

▶ 검토[檢討] 名 研討，查對

衍生片語 철저하게 검토되다（徹底討論），정세를 재검토하다（再次審時度勢）

常用例句 연밀한 검토 후에 결론을 내리자.
仔細研討後再下結論吧。

이에 언어 현실을 반영하여 기존 맞춤법을 수정해야 한다는 의식 아래 기존의 한글 맞춤법에 대해 검토가 이루어졌고, 드디어 1988년에 개정된 한글 맞춤법이 발표되었다.
因此在必須修訂現存的正字法來反映語言現實的意識指導下，展開了韓文正字法的研討，最終在1988年頒布了修訂後的韓文正字法。

相關詞彙 열심히（專心地），열렬하다（熱烈）

▶ 게놈(GENOM) 名 基因組，染色體組

衍生片語 게놈 분석（基因組分析）

常用例句 인간 게놈 프로젝트가 시작된 초기에는 저울추가 한때 유전 쪽으로 기울었으나 인간의 유전자 수가 뜻밖에 적은 것으로 나타남으로 말미암아 환경이 중요하다는 의견에 힘이 실리고 있다.
人類遺傳工程項目啓動初期，天平曾一度傾向於遺傳，但因爲人類的遺傳因子出乎意料地少，因此爲「環境重要說」賦予了力量。

올해부터 2013년까지 게놈 연구에 600여억 원을 투자할 계획인 경기도는 이르면 올 상반기에 이 같은 연구사업을 총괄할 '경기유전체연구센터'를 개설할 예정이라고 17일 밝혔다.
從今年開始到2013年爲止，京畿道將在基因研究方面預計投資600多億韓圜，並計劃在今年上半年成立「京畿遺傳基因研究中心」，全權負責此項研究。

相關詞彙 염색체（染色體）

▶ 게재하다[揭載-] 動 刊登，發表

衍生片語 신문에 게재하다（發表在報紙上），광고를 게재하다（刊登廣告）

常用例句 각 신문은 눈에 확 띄는 곳에 이 소식을 게재하였다.
各家報紙均在明顯的位置刊登了這則消息。

相關詞彙 싣다（刊登，裝）

► 겨레 名 同胞，同族，民族

衍生片語　겨레 붙이（同宗），온 겨레（全民族），한 겨레（一族）

常用例句　국난을 당하여 온 겨레는 침략자에 맞서 싸웠다.
國難當頭，全民族都奮起抵抗侵略。
우리 겨레의 소원은 통일이다.
統一是我們全民族的願望。

相關詞彙　동포（同胞）

► 겨를 名 閒暇，空閒

衍生片語　겨를철（農閒期間），겨를이 있다/없다（有空閒時間／無暇）

常用例句　여기까지 신경 쓸 겨를이 없다.
無暇顧及此事。
마주 오던 차를 미처 피할 겨를 없이 눈 깜짝할 사이에 들이받고 말
았다.
來不及躲避迎面而來的車，一下子就迎頭撞上了。

相關詞彙　틈（縫隙，閒暇）

► 격려[激勵] 名 激勵，勉勵

常用例句　밀레는 친구에 대한 이해와 격려를 넘어 친구의 자존심까지 지켜줄
줄 알았던 루소의 진정한 우정에 눈시울이 뜨거워졌다.
盧梭不僅理解、激勵朋友，而且懂得保護朋友自尊心，米勒爲他這
種真摯的友情而熱淚盈眶。

相關詞彙　고무（鼓舞）

► 격려되다[激勵-] 動 激勵

衍生片語　말에 격려되다（被語言所激勵），격려된 행동（激勵人的行動）

常用例句　많은 사람들이 이 말에 격려되어 미덕의 함양〔涵養〕에 힘쓴다.
許多人都受到這句話的激勵，注重品德修養。
아동들이 자기 자신의 문제해결 과정을 창조하도록 격려되어야 한
다
應該鼓勵兒童去創造環境，自己解決問題。

相關詞彙　격려하다（激勵）

▶ **격세지감[隔世之感]** 名 恍如隔世

衍生片語 격세지감을 느끼게 하다（使人感覺恍如隔世）

常用例句 텔레비전이 없었던 시절을 생각하면 격세지감을 느낀다.
現在回想起沒有電視機的時代真是恍如隔世。

相關詞彙 격세감（隔世感）

▶ **격차[隔差]** 名 差距，差別

衍生片語 격차를 해소하다（消除差距），격차가 크다（差距大），빈부 격차（貧富差距）

常用例句 통신과 정보 수단의 발달은 지역 간의 격차를 줄였다.
通訊和資訊工具的發達減少了區域間的差距。
이런 차이는 기업 간 격차가 확대되는 일례에 지나지 않는다.
這種差異只不過是企業間差距擴大的一個例子。

相關詞彙 차이（差異）

▶ **격하되다[格下-]** 動 降級，降格

衍生片語 신분이 격하되다（身分被降格），격하된 과장님（被降職的科長）

常用例句 이번 인사이동에서 김 부장은 과장으로 격하되었다.
這次人事變動中，金部長被降職為科長。

相關詞彙 낮추다（降低）

▶ **견주다** 動 相比，跟得上

衍生片語 힘을 견주어 보다（較勁），이전과 견주다（與以前相比）

常用例句 나는 그와 실력을 견주기에는 부족함이 있다.
和他相比，我的實力還有欠缺。
다음 문장들을 서로 견주어 차이를 알아보자.
比較下列句子，找出差異。

相關詞彙 비교하다（比較，對比）

▶ **견해[見解]** 名 見解

衍生片語 견해의 차이（見解分歧），명확한 견해（明確的見解）

常用例句 '올바른 인터넷 사용 태도'에 대한 자신의 견해를 서술하십시오.
請就「正確使用網際網路的態度」陳述一下自己的觀點。

이번에는 그가 양보해야 한다는 견해가 우세하다.

這次大多數的人認爲應該由他讓步。

(相關詞彙) 관점 (觀點)

결단력[決斷力] 名 決斷, 果斷

衍生片語　결단력이 있다 (有決斷力)，결단력이 부족하다 (不夠果斷)

常用例句　그들은 끈질긴 결단력으로 목표를 향해 나아간다.

他們堅忍不拔、果斷地向著目標前進。

비록 그들이 실패하더라도 그들의 결단력은 계속 살아남아 나머지 우리를 격려한다.

儘管他們失敗了，但他們的果敢精神一直生生不息，激勵著我們。

(相關詞彙) 우유부단 (優柔寡斷)

결손[缺損] 名 缺損, 虧損

衍生片語　결손 가정 (單親家庭)，결손 투매 (虧本抛售)

常用例句　이 일로 백만 원의 결손이 생겼다.

因爲這件事導致了百萬元的虧損。

아직 약간의 결손이 있다.

還有一些較小的虧損。

(相關詞彙) 밑지다 (虧損)

결재[決裁] 名 裁決, 批准, 簽字

衍生片語　결재 서류 (簽字文件)，결재를 받다 (獲批准)

常用例句　사장님의 결재가 떨어지자마자 프로젝트가 일사천리로 진행되었다.

社長一簽字，專案就以一日千里的速度順利推展起來。

5단계의 결재단계는 본부장-팀장-팀원 등 3단계로 축소된다.

五個階段的裁決過程被縮減爲本部長、組長、組員三個階段。

(相關詞彙) 인정 (承認)

결핍[缺乏] 名 缺乏, 欠缺

衍生片語　사랑의 결핍 (缺乏關愛)，문화적 결핍 (文化上的匱乏)，경험의 결핍 (經驗的欠缺)

常用例句　만성적인 수면 결핍은 중대한 문제를 야기할 수 있다.

慢性睡眠不足會引起嚴重問題。

무엇이 이러한 결핍을 조성하였는가?
是什麼造成了這些欠缺？

相關詞彙 모자라다（不足，缺乏）

▶ 겸비하다[兼備-] 動 兼備，兼具

衍生片語 재덕을 겸비하다（才德兼備），재예를 겸비하다（才藝兼備）

常用例句 그는 전문가로서의 재능에 탁월한 지도력까지 겸비한 유능한 청년
이었다.
他是一位同時兼備專業技能與出眾的領導能力的優秀青年。

相關詞彙 겸하다（兼）

▶ 겹치다 動 重合，重疊，衝突

衍生片語 시간이 겹치다（時間衝突），가난과 질병이 겹치다（貧病交加）

常用例句 시간이 겹치므로 중국어를 선택하면 러시아어를 들을 수가 없다.
由於時間衝突了，所以選了中文課就不能上俄語課了。

相關詞彙 중첩하다（重疊）

▶ 경건하다[敬虔-] 形 恭敬，虔誠

衍生片語 조용하고 경건하다（靜穆），경건한 기도（虔誠地祈禱）

常用例句 가장 경건한 마음으로 그의 죽음에 다시금 애도의 뜻을 표하였다.
我懷著最虔誠的心再次對他的去世表示哀悼。
경건한 자세로 선열들에 대한 묵념을 올린다.
恭敬地爲先烈默哀。

相關詞彙 공손하다（恭敬）

▶ 경매[競賣] 名 拍賣，標售

衍生片語 경매 홈페이지（拍賣網首頁），공개 경매（公開拍賣）

常用例句 그 그림은 경매에서 내 손에 10만 원에 떨어졌다.
那幅畫在拍賣會上被我以10萬元買下了。

相關詞彙 박매（拍賣）

▶ 경사지다 動 傾斜，傾側

衍生片語 경사진 언덕（斜坡），심하게 경사지다（傾斜得厲害）

常用例句 약수터로 가는 길이 몹시 경사졌다.

通往有泉水的地方，路傾斜得屬害。

그 배는 상당히 심하게 경사졌다.

那艘船傾斜得相當屬害。

相關詞彙 기울어지다（傾斜）

경솔하다[輕率-] 形 輕率，草率，冒然

衍生片語 성격이 경솔하다（性格魯莽），경솔한 행동（輕率的行動）

常用例句 무슨 일이 일어날지 생각하지도 않고 어떤 일을 서둘러 시작하는
것은 경솔하다.

不考慮會發生什麼就匆匆忙忙開始某項工作，這種方式是魯莽的。

경솔하게 찾아왔습니다.

冒昧前來（打擾了）。

相關詞彙 거칠다（魯莽，莽撞），침착하다（沉穩）

경신되다[更新-] 動 刷新，更新

衍生片語 기록이 경신되다（刷新紀錄），홈페이지가 자동으로 경신되다
（自動更新網頁）

常用例句 이번 대회에서 마라톤 기록이 여러 번 경신되었다.

在這次比賽中馬拉松紀錄被多次刷新。

相關詞彙 갱신하다（更新）

경향[傾向] 名 傾向

常用例句 하지만 우리 사회의 청년들은 일자리가 없다면서도 힘들고 어려운
일은 기피하는 경향이 있다.

然而我們這個社會的青年有一種傾向：即使沒有工作，也不愛去做
那些又累又難的工作。

이렇게 현대 생활에서 첨단의 영상 매체가 지배적인 위력을 가지
게 된 반면 인쇄 매체인 책의 역할은 위축되었다.

像這樣的現代生活中，尖端的影像媒體占據著支配性的地位。與此
相反，書本這種印刷媒體的作用則大大降低。

相關詞彙 추세（趨勢）

곁눈질 名 側目，斜視，瞟

衍生片語 곁눈질하다（瞟，瞥），곁눈질하지 않다（目不斜視）

常用例句 내 곁에 앉아 있던 여자는 아직도 계속 곁눈질로 나를 흘끔거리고

있었다.

坐在我旁邊的女孩還在一直瞟著我。

相關詞彙 측목시지（側目視之）

► 계열사[系列社] 名 下屬公司，分公司

衍生片語 재벌 계열사（財團分公司）

常用例句 이 회사는 ○○그룹의 계열사이다.
這個公司是○○集團的分公司。
그 회사는 여러 계열사를 하나로 통합했다.
這家公司把多個分公司整合成了一個。

相關詞彙 지점（分店，代理處）

► 고갈되다[枯渴-] 動 枯竭，乾涸，衰竭

衍生片語 수원이 고갈되다（水源乾涸），광산물이 고갈되다（礦產耗竭）

常用例句 오랜 가뭄으로 하천의 물이 고갈될 지경이다.
長久的乾旱導致河水幾近枯竭。
전쟁으로 나라의 재원이 거의 고갈되었다.
連年戰爭使得國家的財源都耗盡了。

相關詞彙 소멸하다（消滅，滅亡）

► 고무 名 橡膠

衍生片語 고무신（橡膠鞋），고무 나무（橡膠樹）

常用例句 경남 김해에 위치한 고무 부품 업체인 한국산업은 고무 사업이 사
양산업이라는 편견에도 불구하고 30여 년 동안 '고무'라는 한 우물
을 팠다.
位於慶南金海的橡膠配件企業——「韓國產業」，不顧橡膠生意是
夕陽產業此一偏見，30餘年間一直專注於橡膠產業。

► 고백하다[告白-] 動 坦白，表白，吐露

衍生片語 심사를 고백하다（表露心事），사랑의 고백（愛的告白），인생
고백（人生自白）

常用例句 소년은 이웃집 소녀에게 사랑을 고백했다.
少年向鄰家少女表白了自己的愛慕之情。

相關詞彙 자백하다（自白）

고비 名 關鍵，關頭

衍生片語　고비를 넘기다（度過重要關頭），생사의 고비（生死關頭）

常用例句　겨우 한고비를 넘기자 또 다른 문제가 생겼다.
剛過了一道關卡又出現了其他問題。
이 고비를 넘기면 반드시 좋은 날이 있을 것이다.
過了這個難關，就會過上好日子了。

相關詞彙　고개（坎）

고사하다[固辭-] 動 堅決推辭，堅決推掉

衍生片語　굳이 고사하다（堅決推辭），고사하고 받지 않다（力辭不受）

常用例句　그는 몇 차례의 권유에도 불구하고 회장 자리를 고사하였다.
盡管幾番勸説，他仍堅持謝絕擔任會長一職。

相關詞彙　굳이 사양하다（謝絕）

고스란히 副 原封不動地，照原樣

衍生片語　고스란히 남다（保留完好），고스란히 그대로 있다（原封不動）

常用例句　과거가 고스란히 보존되어 있는 고대 도시에서의 여행은 정말 꿈만
같았다.
在古風仍存的古都裡旅行真是夢幻般的享受。
헌책 더미에서 그걸 발견하고는 고스란히 여기에다 베꼈다.
在舊書堆裡發現了它，就把它照原樣抄在了這裡。

相關詞彙　몽땅（一股腦，全部）

고약하다 形 可惡，討厭，壞

衍生片語　심보가 고약하다（心眼壞），고약한 수단（惡劣的手段），고약
한 성미（怪脾氣）

常用例句　얼굴은 흉터가 있어 고약하게 보이지만 마음은 착하다.
雖然臉上有傷疤看起來很凶，但其實心地很善良。

相關詞彙　얄밉다（令人厭惡的）

고이 副 珍惜，精心，好看，安然

衍生片語　고이 기른 딸（精心養大的女兒），고이 잠들다（安然入睡）

常用例句　학창 시절의 아름다운 추억이 고이 간직되어 있는 사진들을 발견하
였다.

發現了一些老照片，裡面還珍藏著學生時代美好的回憶。

고이 길렀기 때문에 채소는 특별히 잘 자랐다.

由於精心栽培，菜長得特別好。

相關詞彙 공들이다（精心，細緻）

고이다 動 抵，托，囤積

衍生片語 고인 물（積水）

常用例句 맛있는 냄새 때문에 입에 침이 고였다.

香噴噴的味道令人垂涎三尺。

그녀의 눈에 눈물이 잔뜩 고였다.

她眼裡飽含著熱淚。

相關詞彙 괴다（支撐，積存）

고작 副 僅僅，只

常用例句 승강기가 작은 편이라 최대로 탈 수 있는 인원이 고작 6,7명에 불과하다.

因爲電梯小，最多只能容納六七個人。

오랜만에 만난 친구에게 고작 그게 인사냐?

和好久沒見的朋友這樣就算是打招呼了？

相關詞彙 기껏해야（頂多），그냥（一直，照樣）

고조되다[高調] 動 高漲，高潮，振奮

衍生片語 사기가 고조되다（士氣高漲），마음이 고조되다（激勵人心）

常用例句 두 나라 사이의 전쟁 위기감이 고조되다.

兩國之間的戰爭危機逐漸高漲。

혁명의 조류가 점차 고조된다.

革命的潮流逐漸高漲。

相關詞彙 뛰어오르다（高漲，奔騰），저조（低調，低潮）

고진감래[苦盡甘來] 名 苦盡甘來

常用例句 고진감래라더니 이렇게 좋은 일도 있구나.

人們常說苦盡甘來，眞有這樣的好事啊。

相關詞彙 고생 끝에 낙이 오다（苦盡甘來），전화위복（因禍得福）

고집스럽다 形 固執，頑固

衍生片語　고집스러운 성격（固執的性格）

常用例句　그는 고집스러운 만큼 나뭇결에 애착을 갖고 그 성질과 색상을 최
대한 살리는 작품으로 높이 평가받고 있다.
他「固執」地痴迷於樹皮的紋理，其作品最大程度地表現出了樹木
的特徵及其色彩樣貌，得到極高的評價。

相關詞彙　고집이 세다（非常固執）

고충[苦衷] 名 苦衷，難處

衍生片語　고충을 겪다（經歷困苦），고충이 없다（沒有苦衷）

常用例句　요즈음 청년들은 일자리를 구하는 데에 많은 고충을 느낄 것이다.
最近青年們在找工作時會感到很困難。
너는 그의 고충을 깊이 헤아려야 한다.
你應該好好體諒他的難處。

相關詞彙　어려움（困難，難處）

곤궁[困窮] 名 窮困，窘迫

衍生片語　생계가 곤궁하다（生活窘迫），곤궁에 빠지다（陷入困境）

常用例句　나는 사람이 부지런하기만 하면 먹고살지 못할 만큼 곤궁에 빠질
일은 없다고 생각한다.
我認爲只要人勤勞就決不會窮困到爲吃穿發愁的程度。
그는 이처럼 곤궁한 산골에서 태어났다.
他就出生在這個窮困的山村裡。

相關詞彙　빈곤（貧困），부유（富有）

곯다 動 腐爛，苦悶，挨餓

衍生片語　과일이 곯다（水果腐爛），배를 곯다（餓肚子），속으로 곯다
（内心苦悶）

常用例句　객지 생활을 오래 해서 마음이 많이 곯았다.
久居異地令我非常苦悶。
돈이 없어서 이틀이나 배를 곯았다.
因爲沒錢，已經餓了兩天肚子了。

相關詞彙　문드러지다（腐爛）

▶ 곰곰 副 仔細，細細，深思

衍生片語 곰곰 생각하다（仔細考慮），곰곰 따져보다（細細追究）

常用例句 선생님은 머리를 숙이고 곰곰 생각에 잠겼다.
　　　老師低著頭陷入了深思。
　　　그녀는 어제 있었던 일을 곰곰 되새기며 자신이 한 행동을 후회했다.
　　　她仔細回顧了昨天的事並對自己的行爲感到後悔。

相關詞彙 꼼꼼히（仔細），자세히（仔細）

▶ 곰팡이 名 霉，長毛

衍生片語 곰팡이가 슬다（發霉），곰팡이 얼룩（霉污），푸른 곰팡이(페니실린)（青黴素）

常用例句 과자를 오랫동안 내버려 두었더니, 곰팡이가 슬었다.
　　　點心放得太久，發霉了。

相關詞彙 부패하다（腐敗，腐爛）

▶ 공감대[共感帶] 名 共鳴，同感

衍生片語 공감대를 넓히다（擴大共識），공감대를 이루다（達成共識）

常用例句 회원들 사이에 공감대가 형성되었다.
　　　會員之間形成了共識。
　　　친숙한 노래 한 곡이 다른 연령의 관객들에게 공감대를 불러일으킬 수 있다.
　　　一首熟悉的歌曲能引起其他年齡層聽眾的共鳴。

相關詞彙 공명（共鳴）

▶ 공공연하다[公公然-] 形 公開的，公然的

衍生片語 공공연한 비밀（公開的祕密），공공연하게 대항하다（公然對抗）

常用例句 공공연하게 사과하는 것은 면목을 잃는 일이다.
　　　公開道歉是很丟臉的事。

相關詞彙 명목장담（明目張膽）

▶ 공유하다[共有-] 動 共有，分享

衍生片語 고락을 공유하다（同甘共苦），경험을 공유하다（分享經驗）

常用例句 이 기쁨을 모든 친구와 공유하고 싶다.
這份喜悅我希望與所有朋友共享。
마을 사람들이 그 땅을 공유하고 있다.
這塊土地歸村民共有。

相關詞彙 나누다（分享）

공포[恐怖] 名 恐怖

衍生片語 공포에 떨다（因爲恐懼而發抖），공포를 느끼다（感到恐怖）

常用例句 갑자기 전신이 옥죄어 오는 공포를 느꼈다.
突然有一種令全身發抖的恐怖感。
1970년대 석유 위기 이후 3여 년만에 세계가 다시 인플레이션 공
포에 휩싸이고 있다.
1970年的石油危機以後，走過30年，世界又再次籠罩在通貨膨脹的
恐懼當中。

과감하다[果敢-] 形 勇敢，果斷

衍生片語 과감하게 행동하다（果斷行動），과감하게 실행하다（果斷實
行）

常用例句 남에게 뒤처지지 않으려면 새로운 변화를 받아들이는 데 과감해야
한다.
要想不落後於別人，就要勇於接受新的變化。

相關詞彙 과단（果斷），주저하다（猶豫）

과감히[果敢-] 副 勇敢，果斷

衍生片語 과감히 행동하다（行動果斷），과감히 실행하다（果斷實行）

常用例句 결정했으면 주저 말고 과감히 실행해라.
既然決定了就不要猶豫，果斷去實行吧。
왕은 전쟁터에서 적군들에게 과감히 맞서 싸웠다.
國王在戰場上勇敢地迎擊敵軍。

相關詞彙 과단하게（果斷地）

과격하다[過激] 形 激進，偏激，過火

衍生片語 관점이 과격하다（觀點激進），행동이 과격하다（行動偏激）

常用例句 소년의 과격한 사상은 어머니의 마음을 괴롭혔다.
少年偏激的思想傷害了母親的心。

그는 행동이 과격하고 말이 험하기로 유명하다.
他因爲行爲偏激、言語粗魯而「出名」。

相關詞彙 급진적이다（激進的），보수적이다（保守的）

과도하다[過度-] 形 過度，過分

衍生片語 음주가 과도하다（過度飲酒），말이 과도하다（説話過分）

常用例句 그녀는 과도한 다이어트로 인해 거식증 환자가 되었다.
她由於瘦身過度而變成了厭食症患者。
과도한 욕심이란 참으로 더럽고 무서운 것이 아닌가.
過度的欲望難道不是非常骯髒而可怕的事嗎？

相關詞彙 지나치다（過度，過分）

과소비[過消費] 名 超前消費，過度消費

衍生片語 과소비 억제（抑制過度消費），과소비 근절（杜絶超前消費）

常用例句 과소비가 점점 자신의 감당수위를 넘어선다.
過度消費逐漸超出了自身的承受力。
무분별한 과소비 풍조가 경제의 발목을 잡고 있다.
盲目的消費熱潮限制著經濟發展。

相關詞彙 소비하다（消費）

과속[過速] 名 超速

衍生片語 과속 운행（超速行駛），과속 차량（超速車輛）

常用例句 빗길에서 과속은 매우 위험하다.
下雨天在路上超速行駛是很危險的。
과속으로 달리던 차들이 경찰의 단속에 걸렸다.
超速行駛的車被警察扣住了。

相關詞彙 초속（超速）

과연[果然] 名 果然，果眞

衍生片語 과연 그럴까（果眞是那樣嗎）

常用例句 그 실력으로 과연 취직 시험에 합격할 수 있을까?
就那種程度也能通過就職考試？
과연 신입사원이 혼자서 그 많은 일을 제대로 해 낼까 싶다.
想知道新職員是否眞能獨立做好那麼多工作。

相關詞彙 설마 (難道，難不成)

▶ 관행[慣行] 名 常規，老習慣

衍生片語 깊은 관행 (由來已久的常規)，무수한 관행 (無數常規)

常用例句 여러 해 된 관행이므로 바로 바꿀 수 없다.
因爲是多年的老習慣，所以無法馬上改掉。
한자리에 오래 있는 사람들은 대개 관행대로만 일을 처리하려고 한다.
人在一個位置上待久了，就只會按照常規來處理問題。

相關詞彙 버릇 (習慣)

▶ 광활하다[廣闊一] 形 宏闊，遼闊，廣闊

衍生片語 광활한 국토 (遼闊的國土)，광활한 들판 (遼闊的平原)

常用例句 남극 탐험대가 순백으로 펼쳐진 광활한 설원 위를 걷고 있다.
南極探險隊正在白雪皚皚的廣闊的雪原上行進。
미시시피 삼각주와 나일 삼각주는 광활한 지역이다.
密西西比三角洲和尼羅河三角洲幅員遼闊。

相關詞彙 넓다 (寬，廣)

▶ 괴다 動 積存，支撐，發酵

衍生片語 물이 괴다 (積水)，문을 괴다 (頂著門)，술이 괴었다 (酒發酵了)

常用例句 마당 여기저기에 빗물이 괴어 있다.
院子裡到處積著雨水。
그는 양손으로 머리를 괸 채 무엇을 생각하고 있다.
他兩手撐著頭不知道在想什麼。

相關詞彙 고이다 (支撐，囤積)

▶ 교묘하다[巧妙-] 形 巧妙

衍生片語 교묘한 방법 (妙法)，교묘한 꾀 (妙策)，교묘하게 일치하다 (巧合)

常用例句 여자는 활짝 웃으면서 교묘하게 경계심을 감추고 물었다.
女孩滿面笑容巧妙地隱藏了自己的警戒心問道。
그들은 내 글씨체까지 교묘하게 흉내 내어 감쪽같이 해 놓았다.
他們甚至巧妙地模仿了我的筆跡，神不知鬼不覺地做下了那件事。

相關詞彙 기발하다（絕，絕妙）

▶ 교제하다[交際-] 動 交往，打交道，來往

衍生片語 교제에 서투르다（不善交際），친밀하게 교제하다（來往密切）

常用例句 그는 사람들과 그다지 교제하지 않는다.
他不大跟人來往。
청춘 남녀가 교제하는 것은 지극히 자연스러운 일이다.
年輕男女交往是再平常不過的事了。

相關詞彙 왕래하다（往來）

▶ 구김살 名 皺褶，皺紋

衍生片語 구김살이 가다（起皺褶），구김살을 펴다（熨平褶皺），구김살
이 없이（順利地，暢快地）

常用例句 거기에 앉지 마라, 옷에 구김살이 간다.
別坐在那兒，衣服會皺的。
마음에 어둠과 구김살이 없는 사람은 남에게 희망을 준다.
內心不陰暗且沒有憂愁的人能給人帶來希望。

相關詞彙 주름（皺紋，褶）

▶ 구박하다[驅迫] 動 折磨，欺負

衍生片語 며느리를 구박하다（虐待兒媳婦），구박을 참아내다（忍受虐
待）

常用例句 다른 동네 아이들 구박 때문에 아이들이 제대로 학교에 다닐 수가
없었다.
因爲會被外村孩子欺負，孩子們都無法好好上學了。

相關詞彙 괴롭히다（欺負，折磨，刁難）

▶ 구사하다[驅使-] 動 驅使，驅趕，運用

衍生片語 유창하게 구사하다（靈活運用），비유법을 구사하다（運用比擬
法）

常用例句 그는 우리말 어휘를 자유자재로 구사하여 많은 걸작을 남겼다.
他靈活運用我們的母語詞彙，留下了許多傑作。
그는 부하를 자기 수족처럼 구사한다.
他把部下當作奴隸來使喚。

相關詞彙 부리다（驅使，使喚）

▶ **구슬프다** 形 哀凄，悲涼

衍生片語 마음이 구슬프다（心酸），구슬프게 울다（哀泣）

常用例句 갈 수 없는 고향을 그리는 내 마음은 한없이 구슬프고 처량했다.
思念著不能回去的故鄉，我的心無比淒涼悲傷。
구슬픈 노래 소리는 먼 데로부터 가까이 울려온다.
淒婉的歌聲由遠而近。

相關詞彙 처량하다（淒涼）

▶ **구실** 名 ①本分，分內的事 ②藉口，托詞，口實

衍生片語 사람 구실（爲人的本分），제 구실（自己分內的事），구실을 찾
다（找托詞）

常用例句 그는 어린 동생들을 돌봐 주며 맏형 구실을 톡톡히 하고 있다.
他照顧著年幼的弟弟妹妹，恪盡著大哥的本分。
그는 보호라는 구실 아래 우리를 자기 마음대로 하려 하였다.
他打著「保護」的藉口，其實是要把我們控制在他的股掌之中。

相關詞彙 본분（本分），핑계（藉口，托詞）

▶ **구역질[嘔逆-]** 名 噁心

衍生片語 구역질이 나다（嘔吐），구역질이 일다（嘔吐，噁心）

常用例句 땀과 먼지로 뒤덮인 그녀의 얼굴은 고개가 절로 돌려질 만큼 더럽
고 추하고 구역질 나는 것이었다.
由於汗液和灰塵的覆蓋，她的臉又髒又臭令人作嘔，幾乎令人想扭
頭就走。

相關詞彙 메스껍다（噁心，令人作嘔）

▶ **군계일학[群鷄一鶴]** 名 鶴立雞群

衍生片語 군계일학격（鶴立雞群）

常用例句 많은 사람 틈에 섞이면 군계일학 격으로 그의 품격은 더욱 두드러
져 보였다.
在人群中，他的品格更是鶴立雞群。

▶ **굳건하다** 形 堅實，牢固，堅定

衍生片語 굳건한 신념（堅定的信念），굳건한 관계（穩固的關係），굳건
한 믿음（絕對的信任）

常用例句　고객에게 굳건한 협력 기초와 보장을 제공합니다.
爲客戶提供堅實的合作基礎和保障。
굳건한 그의 태도에서 믿을 수 있는 저력을 느꼈다.
從他堅定的態度中，能感受到可信賴的力量。

相關詞彙　튼튼하다（堅定，堅實）

▶ 굳다[-따] 形 ①硬，堅固　②牢固，緊緊

衍生片語　굳은 땅（堅硬的土地），의지가 굳다（意志堅定）

常用例句　물먹은 모래는 밟아 굳혀진 황토보다 더 굳다.
見水的沙子比踩過的黃土還硬。
혀가 굳어 말이 잘 안 나온다.
舌頭發硬，話都説不好。

相關詞彙　뻣뻣하다（僵，硬），굳어지다（變硬）

▶ 굴곡[屈曲] 名 曲折，坎坷

衍生片語　굴곡이 있는 해안선（曲折的海岸線），굴곡있는 인생（坎坷的人生），굴곡을 겪다（歷經坎坷）

常用例句　돌이켜 보면 참으로 굴곡도 많고 파란도 많았던 한평생이었다.
回頭看看，眞是歷經坎坷波瀾壯闊的一生。
산의 굴곡이 수 키로미터에 걸쳐 뻗어있었다.
山巒起伏綿延幾公里。

相關詞彙　굽다（彎曲，折）

▶ 굴뚝 名 煙囪，煙筒

衍生片語　굴뚝을 청소하다（清理煙囪）

常用例句　만들어진 연기가 굴뚝에서 배출되어 나온다.
產生的煙從煙囪中排出來。

相關詞彙　연통（煙囪）

▶ 궁리하다[窮理-] 動 琢磨，探索，探究

衍生片語　사물의 이치를 궁리하다（探究事物的道理），문제를 궁리하다（研究問題）

常用例句　한참을 궁리한 끝에 묘안이 떠올랐다.
琢磨了老半天，最後想出了一條妙計。
사상은 자기가 궁리해야 한다.

思想要靠自己去探究。

相關詞彙 닦다（琢磨）

▶ 궁여지책[窮餘之策] 名 權宜之計，不得已之計

衍生片語 궁여지책으로 위기를 모면하다（用權宜之計因應危機），궁여지책일 뿐이다（不過是權宜之策）

常用例句 내키지 않았지만 궁여지책으로 거짓말을 했다.
雖然不情願，但是作爲權宜之計還是撒了謊。
지금과 같은 연합은 궁여지책일 뿐이다.
現在這種聯合不過是權宜之計。

相關詞彙 마지못하다（不得已）

▶ 궁핍[窮乏] 名 貧窮，困窘

衍生片語 재정적인 궁핍（財政匱乏），자금이 궁핍하다（資金緊縮）

常用例句 또한 잠시지만 생계의 궁핍에서 헤어날 수 있었다.
還可以從生活的艱辛中得到解脫，雖然只是暫時的。
훌륭한 통치는 불의와 궁핍과 가난을 제거할 수 있다.
出色的統治可以消除不正當的東西和貧困。

相關詞彙 빈궁（貧窮）

▶ 궁합[宮合] 名 合婚，算命

衍生片語 궁합이 맞다（合得來），궁합이 나쁘다（犯沖），찰떡궁합（天生一對）

常用例句 어머니는 며느리를 맞이하기 전에 며느릿감과 아들의 궁합을 보았다.
母親在娶兒媳婦之前，要先看看兒子和準媳婦的命合不合。

相關詞彙 사주팔자（四柱八字，生辰八字）

▶ 궂다 形 不好，壞，吃力，費勁

衍生片語 마음이 궂다（心情不好），날씨가 궂다（天氣很壞）

常用例句 날씨가 궂고 음울한 날이었다.
這是個壞天氣，是陰沉的一天。
날씨가 궂은 날이면 할머니께서는 으레 팔다리가 아프다고 하신다.
一到天氣不好時，奶奶總會説她的胳臂疼。

相關詞彙 힘들다（吃力，費勁）

▶ **권장하다[勸獎-]** 動 勸勉，獎勵，鼓勵

衍生片語 농공을 권장하다（獎勵農工），독서를 권장하다（獎勵讀書）

常用例句 정부는 국민들에게 허례허식을 줄이기를 권장하였다.
政府鼓勵人民破除繁文縟節。
회사에서는 사원들에게 출퇴근 시 대중 교통수단을 이용하라고 권장하였다.
公司獎勵員工上下班使用大眾交通工具。

相關詞彙 격려하다（激勵，鼓勵）

▶ **권익[權益]** 名 權益，權利

衍生片語 노동자의 권익（勞工的權益），권익 보호（權益保護）

常用例句 국회에서는 노동자의 권익을 보호하는 법을 통과시켰다.
國會通過了保護勞工權益的法案。

相關詞彙 권리（權利）

▶ **귀가[歸家]** 名 返家，回家

衍生片語 귀가 시간（回家時間），귀가 공포증（回家恐懼症）

常用例句 지하철이 고장 나서 일을 마치고 귀가하던 시민들이 큰 불편을 겪었다.
由於地鐵故障，下班回家的市民感覺到很不方便。
귀가 후 재미있었냐는 부모의 질문도 속뜻을 이해해야 한다.
應該理解回家後父母所問的「（今天過得）有趣嗎」這句話的涵意。

相關詞彙 귀향（回鄉）

▶ **귀납적[歸納的]** 冠 歸納性的

衍生片語 귀납적 정의（歸納性的定義），귀납적 논증（歸納性的論證）

常用例句 구체적 사실을 분석하여 얻은 귀납적 결론이 설득력이 있다.
在分析具體事實基礎上歸納出來的結論都具有說服力。

相關詞彙 연역적（演繹性的）

▶ **귀성객[歸省客]** 名 探親者，回鄉的人

衍生片語 귀성객 수송하다（運送回鄉旅客）

常用例句 추석 이틀 전부터 서울역은 귀성객으로 크게 붐볐다.
從中秋前兩天開始，首爾站就擠滿了回鄉省親的人。

相關詞彙 객지（客地，異鄉）

귀추[歸趨] 名 結局

衍生片語 귀추가 주목되다（關注結局），평화 문제의 귀추（和平問題的走向）

常用例句 쉽게 끝날 것 같지 않은 이들의 논쟁을 지켜보고 있는 국민들이 과연 누구의 손을 들어 줄지 귀추가 주목된다.
對於他們這場看來不會輕易結束的爭論，旁觀的民眾到底會支持誰，我們將拭目以待。
일의 귀추를 보고 결정하자.
先看一下事情的走向再做決定吧。

相關詞彙 결과（結果）

규명하다[糾明-] 動 追究，澄清，查明

衍生片語 본원을 규명하다（追溯本源），진상을 규명하다（追查真相）

常用例句 아무쪼록 조속히 문제의 원인을 규명해 주십시오.
請一定盡快查明問題的原因。
이 두 가지 추세의 성격을 규명하고 분석할 수 있다.
我們可以探究分析這兩種趨勢的性質。

相關詞彙 따지다（追究）

규제 [規制] 名 限制，限定

衍生片語 시장 규제（市場限制），수출 규제（出口限制）

常用例句 경제 자유 구역에서 외국인이 보다 쉽게 투자할 수 있도록 규제를 완화할 방침이다.
在經濟自由區執行放寬限制的方針，以便於外國人投資。
여러 가지 법률로써 노동운동을 구제한다.
制定了種種法律來限制工人運動。

相關詞彙 규정（規定）

균형[均衡] 名 平均，平衡，均衡

衍生片語 균형이 깨지다（打破平衡）

常用例句 줄다리기의 매력은 줄을 당기는 양쪽의 힘이 균형을 이루는 데에

있다.

拔河的魅力在於拉繩子兩端的力量達到均衡。

자전거를 처음 탈 때는 균형을 잡기가 쉽지 않아 넘어지기 십상이다.

第一次騎自行車很不容易保持平衡，一般都會摔倒。

팔을 휘두를 때 조금이라도 몸의 균형을 잃으면 쉽게 넘어질 수 있기 때문이다.

這是因爲在揮動胳臂時，哪怕身體失去了一點點平衡就很容易會摔倒。

(相關詞彙) 평형（平衡），평균（平均）

그럴싸하다 形 像樣，不錯，可以

(衍生片語) 그럴싸한 핑계（像樣的藉口）

(常用例句) 보잘 것 없어 보이던 찻그릇이 보물이 되기도 하고 그럴싸한 도자기가 장독으로 쓰이기도 한다.

不起眼的茶碗可能成爲寶物，而像樣的陶瓷器也可能只被用作醬缸。

이건 매우 그럴싸한 영어 학습 웹 사이트이다.

這是一個很不錯的英語學習網站。

(相關詞彙) 그럴듯하다（像樣，不錯）

극복하다[克服-][-뽁] 動 克服

(衍生片語) 어려움을 극복하다（克服困難），위기를 극복하다（克服危機）

(常用例句) 우리에게 닥친 위기를 슬기롭게 극복해야 한다.

我們應該機智地克服逼近的危機。

정부는 인플레를 극복했다.

政府克服了通貨膨脹。

(相關詞彙) 초극（力克）

극성스럽다[極盛-] 形 積極，熱情，逞威

(衍生片語) 바이러스가 극성스럽다（電腦病毒肆虐），극성스럽게 찬미하다（熱情讚美）

(常用例句) 그 부모는 아이들에게 유난히 극성스럽게 군다.

那對父母待孩子太過分了。

어둠 속에서 모기떼가 낚시꾼들에게 극성스럽게 덤벼들었다.

黑暗中，蚊子群向垂釣者們猛撲上來。

相關詞彙 적극적이다（積極）

극적[劇的] 名 戲劇性的

衍生片語 극적 변화（戲劇性的變化），극적 효과（戲劇性的效果）

常用例句 임금 협상안에 대한 견해차를 좀처럼 좁히지 못하고 파국으로 치닫던 한국 기업의 노사 협상이 어젯밤 12시에 극적으로 타결되었다.
由於對勞動報酬協商案的意見分歧無法輕易縮小，韓國企業勞資協商一度陷入僵局，在昨晚12點忽然戲劇性地解決了。
사태가 극적인 변화를 만나 악화되었다.
事態戲劇性地惡化。

相關詞彙 희극적（喜劇的），비극적（悲劇的）

근근이[僅僅-] 副 勉強地，將就地

衍生片語 근근이 살다（勉強度日），근근이 모면하다（倖免，僥倖逃脫）

常用例句 이 좌석에는 두 사람이 근근이 앉을 수 있다.
這個座位勉勉強強能坐下兩個人。
그녀는 부모의 도움 없이 근근이 살아갔다.
沒有了父母的資助，她只能勉強糊口。

相關詞彙 겨우（勉強）

근본[根本] 名 根本

衍生片語 근본 원리（根本原理），근본 문제（根本問題）

常用例句 근본이 튼튼해야 큰일을 해 낸다.
基礎扎實才能做大事。
'콩 심은 데 콩 나고 팥 심은 데 팥 난다.'라는 말은 도덕의 근본이다.
「種瓜得瓜，種豆得豆」這句話是道德的根本。

相關詞彙 근원（根源），기초（基礎）

근본적[根本的] 名 根本的

衍生片語 근본적인 세제 개혁（根本性的稅制改革）

常用例句 보통 위인들과 평범한 사람들은 근본적으로 다르다기보다는 작은 생각에서 차이가 난다.
通常偉人和平常人並沒有根本上的區別，只是在一些小的想法上略有差異。

그 문제는 근본적으로 잘 해결되었다.
那個問題從根本上得以解決了。

相關詞彙 구체적（具體的）

근사하다[近似-] 形 相似，近似，不錯，精彩

衍生片語 의견이 근사하다（意見相似），분위기가 근사하다（氣氛很好）

常用例句 학생들의 작품이 개성이 부족하여 거의 근사하다는 느낌을 받았다.
學生們的作品由於缺乏個性而感覺都差不多。
네가 그 모자를 쓰니까 매우 근사해 보여.
你戴這個帽子看上去真不錯。

相關詞彙 비슷하다（相似，相近）

근시안적[近視眼的] 冠 短視的，目光短淺的

衍生片語 근시안적 사고방식（目光短淺的思考方式），근시안적 태도（鼠目寸光的態度）

常用例句 정부는 근시안적인 해결책의 제시에 앞서, 농산물을 포함한 식량 문제가 단순한 교역 차원의 문제에 머무르지 않고 한 국가의 생존을 위협할 수 있는 심각성을 가졌음을 알아야 한다.
政府應該充分吸取短視的解決方法帶來的教訓，應該意識到包括農產品在內的糧食問題並不單純是貿易層面的問題，其嚴重性會威脅一個國家的生存。
이 협회는 정부 정책이 근시안적이고 자유시장원칙에 역행한다고 비난했다.
這個協會指責政府政策鼠目寸光，違背了自由市場的原則。

相關詞彙 시야가 좁다（眼界窄）

근접하다[近接-] 動 接近，臨近，靠近

衍生片語 이상에 근접한 현실（貼近理想的現實），근접한 곳에 살고 있다（住在鄰近的地方）

常用例句 2006년 상반기 업종별로 새로운 직원을 선발한 기업의 비율은 90%에 근접한 수준인 것으로 집계되었다.
據統計，2006年上半年根據行業分類選拔新職員的企業比率接近90%。
수학 교학 방법을 생활의 실제에 근접시킨다.
讓數學教學更貼近生活實際。

(相關詞彙) 접근하다（接近）

▶ 근질근질하다 [形] 癢，發癢

衍生片語 등이 근질근질하다（背癢），손이 근질근질하다（手癢）

常用例句 가을이 되니 피부가 건조해서 몸이 근질근질하다.
秋天皮膚變得乾燥，身上會有些癢。

(相關詞彙) 가렵다（癢）

▶ 긁다[극따] [動] ①搔　②刮　③惹

衍生片語 머리를 긁다（搔頭皮），재화를 긁어 모으다（搜刮錢財）

常用例句 등이 몹시 가려우니 좀 긁어 주세요.
我後背癢，替我抓一抓癢。
경제적인 문제로 바가지를 긁는 것은 부부간에 피해야 할 일이다.
夫妻間應該避免因為經濟問題發牢騷。

(相關詞彙) 비위를 건드리다（觸怒）

▶ 금시초문[今始初聞/今時初聞] [名] 聞所未聞

衍生片語 금시초문의 괴질（聞所未聞的怪病）

常用例句 나는 내게 금시초문인 그 이야기에 대해 아무것도 몰랐다.
我對這件從未聽聞的事情毫不知情。

(相關詞彙) 전대미문（聞所未聞）

▶ 급기야[及其也] [副] 終於，畢竟

衍生片語 급기야 헤어졌다（終於分手了），급기야 손을 떼다（終於放手）

常用例句 급기야 결혼을 하지 않고서라도 사회 생활에만 전념하려는 여성들
이 점차 늘어나고 있는 실정이다.
現在的情況是，即使最終不能結婚，也要全心地投入到社會的女性
正逐漸增多。
그는 돈을 물 쓰듯 하더니 급기야 빈털터리가 되었다.
他揮金如土，最後成了窮光蛋。

(相關詞彙) 필경（畢竟，終究）

▶ 급변하다[急變-] [動] 巨變，驟變，突變

衍生片語 날씨가 급변하다（天氣驟變），형세가 급변하다（形勢突變）

常用例句 오늘날 급변하는 기업 환경에서 생존하려면 신속함과 민첩함, 예지 등을 갖추고 있어야 합니다.

要想在當今瞬息萬變的企業環境中生存，必須具備速度、敏捷和睿智等各種素質。

이와 같이 광고 회사의 지각 변동, 사업 환경의 급변, 소비자의 성향 변화가 광고업계에 불어올 거대한 변화의 시작을 예고하는 듯하다.

與此同時，廣告公司的急劇變動、企業環境的變化、消費者取向的變化，似乎都在預示著廣告業將出現巨變的徵兆。

相關詞彙 격변하다（劇變）

급작스레 副 突然，驟然

衍生片語 급작스레 생각나다（驀然想起），급작스레 악화되다（驟然惡化）

常用例句 집에 다다를 무렵 급작스레 퍼붓기 시작한 소나기 때문에 옷이 흠뻑 젖고 말았다.

快到家的時候，被突如其來的陣雨淋得濕透。

과속하던 차가 횡단보도 앞에서 급작스레 멈춰 섰다.

超速行駛的車猛然地在人行道前停了下來。

相關詞彙 갑자기（突然）

급증하다[急增-] 動 增加

衍生片語 교통 사고가 급증하다（交通事故激增）

常用例句 급증하고 있는 도시 인구수에 대해서 여러분 어떤 생각을 하고 있습니까?

對於激增的城市人口數量，各位有什麼看法？

최근 들어 각종 범죄가 급증하면서 감시 카메라 설치가 사회적 문제로 대두되고 있다.

最近隨著各種犯罪的激增，設置監控攝影鏡頭正在躍升為一個社會問題。

급진적[急進的] 冠 激進的，迅速的

衍生片語 급진적 사고방식（激進的思考方式），급진적 타결（迅速達成妥協）

常用例句 급진적 이미지로 인해 민주노동당은 국민의 강력한 지지를 받지 못

해 왔다.

民主勞動黨由於其激進形象一直得不到國民強有力的支持。

한국 경제는 1970년대 이후 급진적으로 발전했다.

韓國經濟自1970年代以後急速成長。

相關詞彙 과격하다 (過激，激進)

기껏 副 至多，頂多

衍生片語 기껏 빨리 (盡快) ，기껏 힘쓰다 (盡全力)

常用例句 이런 보살핌이 없다면, 우리는 몇 시간 혹은 기껏 며칠밖에 못 산다.

如果沒有這些保護，我們最多只能活幾天甚至幾小時。

그는 기껏 20세에 지나지 않다.

他最多不超過20歲。

相關詞彙 고작 (頂多，充其量)

기대다 動 倚靠，倚仗，依靠

衍生片語 나무에 기대다 (靠在樹上) ，권세에 기대다 (倚仗權勢)

常用例句 담벼락에 기대어 초조히 기다리는 우리의 발 아래로 낙엽만 수북이 쌓여있다.

我們靠在牆上焦急等待著，腳下堆滿了落葉。

임무를 완성하려면 여러분 모두의 노력에 기대어야 한다.

想要完成任務，還得仰仗各位的努力。

相關詞彙 의지하다 (依靠，倚仗)

기리다 動 褒揚，讚譽

衍生片語 스승의 은혜을 기리다 (歌頌師恩) ，공덕을 기리다 (歌功頌德)

常用例句 인류사회는 인류의 가치를 기리기 위해 항상 거대한 기념비들을 만들었습니다.

人類社會經常為了歌頌人類的價值而建造宏偉的紀念碑。

성탄을 기리는 꽃불이 도시 하늘을 눈부시게 수놓았다.

慶祝聖誕的煙火將城市的天空照得絢爛奪目。

相關詞彙 찬양하다 (讚揚)

기법[技法][-뻡] 名 方法，技法

衍生片語 좋은 기법 (好技法) ，옛날의 기법 (舊的技法)

常用例句 하지만 이런 뛰어난 목공예 문화가 있었다 하더라도 그 기법을 현

대에 살리지 못한다면 아무 쓸모없는 것이 되고 만다.
然而即便有如此出眾的木工工藝文化，在現代如果不將這些技法發揚光大，最終也會毫無用處。

이 기법은 한옥의 장점을 살리고 단점을 보완했다는 점에서 전통문화를 발전적으로 계승한 사례로 높이 평가 받고 있다.
在發揚韓式房屋的優點並彌補其不足這一點上，這個技法成爲一個具發展性地繼承傳統文化的典範，而獲得高度評價。

相關詞彙 방법（方法），비법（祕方）

기부하다[寄附] 動 捐獻，捐贈

衍生片語 거액을 기부하다（捐獻巨款），익명으로 기부하다（匿名捐贈）

常用例句 그 노인은 자신의 전재산을 자선 단체에 기부했다.
那位老人將全部財産都捐給了慈善機構。
그는 장서 전부를 새로 생긴 도서관에 기부했다.
他把全部藏書捐獻給了剛成立的圖書館。

相關詞彙 바치다（捐獻）

기암괴석[奇巖怪石] 名 奇峰怪石

衍生片語 솟은 기암괴석（巍巍聳立的奇峰怪石）

常用例句 기암괴석의 기이한 모습은 비할 데 없는 장관이었다.
奇峰怪石的奇妙景致無比壯觀。

相關詞彙 층암절벽（層岩絕壁）

기운[氣運] 名 勁道，精神

衍生片語 기운이 세다（勁道很足），기운이 부족하다（沒精神），기운이 가득하다（精力充沛）

常用例句 기운을 내라, 그렇지 않으면 뒤떨어질 것이다.
打起精神來，不然就要落後了。

相關詞彙 힘（勁，勁頭）

기왕이면[既往-] 副 既然，已經

常用例句 기왕이면 잘못했다는 것을 안 이상 마땅히 빨리 바로잡아야 한다.
既然知道做錯了，就應該趕快改正。

相關詞彙 이왕이면（既然）

기우[杞憂] 名 杞人憂天

衍生片語　터무니없는 기우（荒唐的杞人憂天）

常用例句　물론 대기업 쪽에선 이런 예측이 기우에 불과하다고 말한다.
當然大企業方面則稱這種猜測不過是杞人憂天。
혹시 일이 잘못되지나 않을까 하는 걱정은 기우였다.
擔心事情不順利只是杞人憂天。

相關詞彙　쓸데없는 걱정（杞人憂天）

기울이다 [-우리-] 動 ①傾倒，傾注　②斟

衍生片語　마음을 기울이다（傾注心血），술을 기울이다（斟酒）

常用例句　과거 올바른 생활 습관을 가지지 않았다 해도 중년이 되어서라도
건강에 관심을 기울이면 장수할 가능성이 높아지는 것이다.
即使過去沒有養成良好的生活習慣，中年時只要關注健康，長壽的
可能性也會提高。
처음 박물관을 찾은 관광객들은 안내원의 설명을 하나라도 놓칠세
라 귀 기울여 들었다.
第一次進博物館的遊客害怕錯過講解員的任何一句話，豎起耳朵認
眞聽著。

相關詞彙　경주하다（傾注）

기이하다[奇異-] 形 奇異，古怪

衍生片語　경치가 기이하다（景色奇異），행위가 기이하다（行爲怪異）

常用例句　사실은 소설보다 더 기이하다.
事實比小說更離奇。
바위가 풍화하여 기이한 모양이 되었다.
岩石經過風化呈現各種奇異的形狀。

相關詞彙　이상하다（異常，奇怪）

기절초풍[氣絶-風] 名 暈，昏

衍生片語　기절초풍 만큼 충격적인 소식（令人爲之氣憤的爆炸性消息）

常用例句　내가 방에 들어가자 그는 귀신이라도 본 것처럼 기절초풍했다.
我走進房間的時候，他像看見鬼似的暈過去了。
내가 그 뉴스를 봤을 때 난 거의 기절초풍했다.
我看到那條新聞的時候簡直要暈了。

相關詞彙 기절하다 (氣絕，暈)

▶ 기존[既存] 名 現有，現存

衍生片語 기존의 풍속 (現存的風俗)，기존의 규칙 (已有的規定)

常用例句 새 시설을 지을 예산이 없으니 기존 시설을 이용할 수밖에 없다.
既然沒有建造新設施的預算，只好使用現有設施了。

相關詞彙 현존 (現存)

▶ 기피하다 [忌避-] 動 忌諱，逃避，迴避

衍生片語 병역을 기피하다 (逃避兵役)，기피한 것 (忌諱的事)

常用例句 하지만 우리 사회의 청년들은 일자리가 없다면서도 힘들고 어려운
일은 기피하는 경향이 있다.
然而我們社會的青年有一種傾向：即使沒有工作，也不愛做那些又
累又難的工作。
대학의 이공계 기피 현상이 점점 심해짐에 따라 기업 연구소의 인
력난도 더불어 심각해지고 있다.
隨著大學的理工科被冷落的現象愈演愈烈，企業研究所的人才緊缺
現象也隨之嚴峻了起來。

相關詞彙 꺼리다 (忌諱，顧忌)

▶ 기필코[期必-] 副 必定，一定

衍生片語 기필코 약속을 지키겠다 (一定會遵守約定)，기필코 성공할 것이
다 (必定成功)

常用例句 무슨 일이 있어도 기필코 그 놈들 죽일 작정이었어.
打算不論發生什麼事都一定要消滅那些混蛋。
우리의 목적은 기필코 달성해야 한다 .
我們的目標一定要實現。

相關詞彙 꼭 (必定)

▶ 기호[嗜好][記號] 名 ①口味，嗜好　②記號，標記

衍生片語 기호에 맞다 (投其所好)，연락 기호 (聯絡記號)

常用例句 그 회사는 대중의 기호에 맞추어 상품을 개발하였다.
這家公司根據大眾的喜好進行了產品開發。
컴퓨터에는 알아보기 쉽게 만든 많은 기호가 사용된다.
在電腦中使用很多便於識別的標記。

相關詞彙 취미（愛好），취향（愛好）

▶ 긴밀하다[緊密-] 形 緊密，密切

衍生片語 긴밀한 협력（密切合作），긴밀한 연락（密切聯繫）

常用例句 더욱 긴밀한 경제 무역 관계를 세운다.
建立更密切的經貿關係。
양국 간의 경제 관계가 긴밀하다.
兩國間的經濟關係較爲密切。

相關詞彙 밀접하다（密切）

▶ 길어지다[기러-] 動 變長，拉長

衍生片語 해가 길어지다（白天變長）

常用例句 노선이 길어지면서 갈 사람이 점점 없어지게 될 것이다.
路線一拉長，走的人就會變少。
반가운 소식에 기뻐만 할 수 있다면 좋으련마는 길어진 노후를 어
떻게 살아갈까 하는 우려 역시 떨치기 어렵다.
我們當然希望能只聽到讓人高興的消息，但卻無法擺脫如何安享晚
年的擔憂。

相關詞彙 짧아지다（變短）

▶ 근본적[根本的] 名 根本性的

衍生片語 근본적인 세제 개혁（根本性的稅制改革）

常用例句 정부는 이처럼 안이한 너무 쉽고 가볍게 여기는 태도를 버리고 근
본적인 대책을 모색해야 할 것이다.
政府應該拋棄這種把一切看得過於簡單輕鬆的安逸態度，去探求根
本性對策。
그 문제는 근본적으로 잘 해결되었다.
那個問題從根本上得以解決。

相關詞彙 구체적（具體的）

▶ 기대[期待] 名 期待

衍生片語 앞날이 기대되다（期待未來），기대에 어긋나다（辜負期望）

常用例句 그에게 너무 기대를 걸어서는 안 된다.
不要對他有太多期待。
우리 정부가 원만한 사태 해결을 위해 노력을 하고 있느니만큼 곧

좋은 소식이있으리라 기대한다.
鑑於政府爲圓滿解決事態所做的努力，我們相信很快就會有好消息。

▶ 기원[起源] 名 起源

衍生片語 문명의 기원（文明的起源）

常用例句 의회의 기원은 이보다 훨씬 이전으로 거슬러 올라간다.
議會的起源要追溯到比這還要久遠的時代。
한국에서는 결혼식을 한 후 '폐백'을 드리는데, 이것은 예전에 신부 집에서 혼례를 올린 후 시댁의 시부모님께 인사 드리던 풍습에서 기원하였다.
在韓國要在婚禮過後給長輩行見面禮，這起源於以前在新娘家舉行婚禮之後要拜見公婆的風俗。

▶ 긴박하다[緊迫-] 形 緊急，緊迫

衍生片語 형세가 긴박하다（形勢緊迫），사정이 긴박하다（情況緊急）

常用例句 이들 나라들은 긴박한 재정위기를 발견하기 위해 경고시스템을 구축할 것이라고 말한다.
這些國家說將建立預警機制，以及時發現緊急的財政危機。

相關詞彙 긴급하다（緊急）

▶ 긴장감[緊張感] 名 緊張感

衍生片語 긴장감을 풀다（緩解緊張）

常用例句 면접 시험 할 때 조금한 긴장감이 있는 것은 나쁜 일도 아니다.
面試時有點緊張感也不是件壞事。
지나친 스트레스는 문제가 되겠지만 적당한 긴장감은 우리의 생활에 활력을 주므로 스트레스는 필요하다.
雖然過度的壓力會產生問題，但是適當的緊張感會給我們的生活帶來活力，因此壓力是必需的。

相關詞彙 떨다（顫動）

▶ 까칠까칠하다 形 粗糙，憔悴

衍生片語 피부가 까칠까칠하다（皮膚粗糙），표면이 까칠까칠하다（表面粗糙）

常用例句 아침에 면도를 하지 않아 턱이 까칠까칠하였다.

早上沒刮鬍子，下巴粗粗的。

소년은 영양 부족 때문인지 얼굴이 까칠까칠했다.

少年可能是因爲營養不良的關係，臉色很憔悴。

(相關詞彙) 파리하다 (憔悴)

깎아내리다 動 貶低，詆毀

衍生片語 남의 말을 깎아내리다 (貶低別人的話)

常用例句 아무리 웃기는 이야기라도 그것이 다른 사람을 깎아내리는 것이라면 유머로 보기 어렵다.

即使是再好笑的故事，如果是貶低別人的，就很難被視爲幽默。

나는 이제껏 다른 사람을 깎아내려가며 스스로를 높인 적 없었다.

我從來不會貶低別人來抬高自己。

(相關詞彙) 헐뜯다 (貶低，詆毀)

깔깔 副 嘎嘎，咯咯

衍生片語 깔깔 대다 (咯咯直笑)

常用例句 그녀는 빤히 쳐다보더니 깔깔 웃기 시작했다.

她睜大眼睛看了看，就開始咯咯地笑了起來。

(相關詞彙) 껄껄 (咯咯)

깔끔하다 形 乾淨俐落，精明能幹

衍生片語 깔끔한 사람 (爽快的人)，깔끔한 성격 (乾淨俐落的性格)

常用例句 그는 깔끔한 사람이다.

他是一個爽快的人。

깔끔한 외모와 출중한 능력이 그 사람의 매력이야.

乾淨清爽的外貌和出衆的能力是那個人的魅力所在。

(相關詞彙) 깨끗하다 (乾淨)

깜짝 副 吃驚，嚇壞，一愣

衍生片語 깜짝 놀라다 (嚇一跳)

常用例句 그런데 몇 년 후 밀레가 루소의 집을 방문했을 때 깜짝 놀라고 말았다.

但是幾年之後米勒造訪盧梭家時，他大吃一驚。

(相關詞彙) 깜빡 (猛然地眨眼，突然想不起來的樣子)

▶ **깜짝깜짝** 副 一驚一驚的

衍生片語 깜짝깜짝 놀라다（吃驚）

常用例句 그는 자다가도 깜짝깜짝 놀란다.
他常常會從睡夢中驚醒。

相關詞彙 깜짝（嚇一跳）

▶ **깡충깡충** 副 蹦蹦跳跳

衍生片語 깡충깡충 뛰어다니다（蹦來蹦去）

常用例句 조카한테 사탕을 사줬더니 기뻐서 깡충깡충 뛰었다.
給小姪子買完糖，他高興得蹦蹦跳跳。

相關詞彙 깡충깡충（蹦蹦跳跳）

▶ **깨닫다[-따]** 動 認識，理解，醒悟

衍生片語 뜻을 깨닫다（領悟其意），자기 입장을 깨닫다（認清自己的立場）

常用例句 그녀는 위험에 처해 있다는 것을 분명히 깨달았다.
她清楚地認識到自己正處在危險中。
갯벌 자체가 가지는 소중한 가치를 다시금 깨닫게 된다.
再次領悟到了沙灘所具有的珍貴價值。

相關詞彙 이해하다（理解）

▶ **깨뜨리다** 動 ①打破 ②破壞

衍生片語 조화를 깨뜨리다（破壞和諧），행복을 깨뜨리다（破壞幸福）

常用例句 이 기록은 당분간 깨뜨릴 것 같지 않다.
這個紀錄似乎暫時無法被打破。
하지만 오늘날 사람들은 힘의 균형을 이루기보다는 어떻게든 빨리 힘의 균형을 깨뜨려 승부를 결정지으려고만 한다.
然而今天的人們並不喜歡保持力量的均衡，而想更加迅速地打破均衡決一勝負。

相關詞彙 깨다（打壞）

▶ **꺼리다** 動 忌諱，避忌

衍生片語 조금도 꺼리지 않다（毫不避諱），죽음을 꺼리다（忌諱死亡）

常用例句 그들은 일을 하는데 조금도 꺼리지 않는다.
他們做事毫無顧忌。
아무 거리낌 없이 제멋대로 군다.
肆無忌憚，任意妄爲。

相關詞彙 기피하다（逃避，迴避，忌諱）

껄껄 副 笑得很痛快，笑呵呵

衍生片語 껄껄거리다（笑呵呵），껄껄대다（呵呵地笑）

常用例句 그는 껄껄 웃으며 수염을 쓱쓱 쓸어내렸다.
他一邊捻鬚一邊呵呵地笑。
큰 소리로 껄껄 웃다.
放聲大笑。

相關詞彙 하하（哈哈大笑）

껑충껑충 副 跳躍，顚

衍生片語 껑충껑충 뛰어다니다（蹦來蹦去）

常用例句 토끼가 껑충껑충 뛰어간다.
兔子一蹦一跳的。
새해 들어 물가가 껑충껑충 뛰어올랐다.
進入新年以來，物價跳躍似地往上漲。

相關詞彙 껑충거리다（蹦跳）

꼬깃꼬깃 副 皺巴巴

衍生片語 종이를 꼬깃꼬깃 접다（把紙揉皺）

常用例句 그는 편지를 꼬깃꼬깃 구겨서 휴지통에 넣었다
他把信揉得皺巴巴地扔進垃圾桶。

相關詞彙 쪼글쪼글하다（皺巴巴）

꼬르륵 副 咕嚕

衍生片語 꼬르륵 소리（咕嚕聲）

常用例句 배가 고파서 뱃속에서 꼬르륵 소리가 난다.
肚子餓了，裡面咕嚕咕嚕直叫。

相關詞彙 쪼르륵（咕嚕嚕）

▶ **꼬박** 副 足足，整整

衍生片語　꼬박 종일（整整一天）

常用例句　그들이 파산한 뒤 오늘까지 벌써 꼬박 1년이 된다.
從他們垮台到今天已經足足有一年了。
노인회 회장님으로부터 매달 꼬박꼬박 보내 주는 후원 회비를 잘 쓰고 있다는 감사의 편지를 받았다.
收到老人協會會長的感謝信，説他們正有效地利用每個月按時寄去的資助經費。

▶ **꼬이다** 動 ①絞，擰　②乖僻　③引誘　④聚集

衍生片語　배가 꼬이다（肚子絞痛），성격이 꼬이다（性情乖戾），
소비자를 꼬이다（誘騙消費者），모기가 꼬이다（蚊子聚集）

常用例句　그는 여전히 그 일에 대해 심사가 꼬여 있다.
他仍對那件事耿耿於懷。
시작할 때부터 일이 꼬이더니 끝까지 말썽이다.
事情從一開始就不順，一直到最後都很棘手。

相關詞彙　꾀다（誘騙）

▶ **꼬집다** 動 ①擰，掐　②揭短

衍生片語　잘못을 꼬집다（揭短），허리를 꼬집다（掐腰）

常用例句　아내는 외박한 남편의 허리를 세게 꼬집었다.
妻子狠狠地掐了一把外宿丈夫的腰。
그 일을 여러 사람이 있는 데서 꼬집어야겠니?
一定要在眾人都在場的時候揭短嗎？

相關詞彙　꼬다（擰，掐）

▶ **꼬치꼬치** 副 ①吹毛求疵　②窮根究底　③乾瘦

衍生片語　꼬치꼬치 따지다（吹毛求疵），꼬치꼬치 말라가다（乾乾瘦瘦的）

常用例句　남이 무엇인가를 말하면 그는 즉시 꼬치꼬치 따진다.
不管別人説什麼他都會馬上挑毛病。
나는 꼬치꼬치 캐묻는 성벽이 있다.
我有刨根問底的毛病。
건장하던 남자가 꼬치꼬치 말라서 허약해진다.

曾經健壯的男子如今骨瘦如柴。

相關詞彙 빼빼 마르다（乾瘦）

꿀꺽 副 ①咕嚕 ②完全

衍生片語 꿀꺽 넘기다（沒過），꿀꺽 참다（完全忍住）

常用例句 개구리가 물을 마시듯 꿀꺽 마신다.
像青蛙灌水一樣咕嚕咕嚕地喝。
해가 꿀꺽 넘어갔다.
太陽完全落下去了。
발이 복사뼈까지 진흙에 꿀꺽 빠졌다.
泥水淹過了腳踝。

相關詞彙 꿀딱（整整，全）

꼼꼼하다 形 仔細，細心

衍生片語 꼼꼼한 교정원（細心的校對員），꼼꼼한 일꾼（細心的工人）

常用例句 꼼꼼하게 검사한다.
細心地檢查。
우리 나이 정도 되면 건강 검진을 더 꼼꼼하게 챙겨야지요.
到我們這個年齡就得認真地進行健康檢查。

꽁꽁 動 ①結凍 ②緊緊 ③哼哼唧唧

衍生片語 꽁꽁 얼다（凍實），꽁꽁 묶다（緊緊捆住）

常用例句 갑자기 한파가 들이닥쳐 수도가 꽁꽁 얼었다.
寒流忽然來襲，管線都結凍了。
밧줄로 그를 꽁꽁 묶기 시작했다.
開始用繩子把他緊緊地綁了起來。
아내는 아직도 화가 풀리지 않는지 꽁꽁 앓는 소리만 하고 일어나
지도 않는다.
可能妻子還沒消氣，就是一味地哼哼唧唧不起床。

相關詞彙 끙끙（哼唧）

꾀다 動 引誘，誘騙

衍生片語 손님을 꾀어 장사하다（攬客做生意），돈으로 꾀다（用錢誘騙）

常用例句 물고기를 꾀어내어 낚시에 걸리게 한다.
引魚兒上鉤。

뱀은 이브를 꾀어 금단의 열매를 따게 했다.
蛇引誘夏娃偷吃了禁果。

相關詞彙 유혹하다（誘惑，引誘）

▶ 꾀하다 動 圖謀，謀算

衍生片語 사리를 꾀하다（謀私利），발전을 꾀하다（謀求發展）

常用例句 국민을 선동하여 국가의 분열을 꾀하는 자는 위험 분자이다.
煽動國民，圖謀國家分裂的人是危險分子。
그녀는 사리사욕을 꾀해서 직원들로부터 비난을 받았다.
她只顧謀求私利私欲受到職員們的指責。

相關詞彙 도모하다（圖謀）

▶ 꾸깃꾸깃하다 形 皺巴巴的

衍生片語 신문이 꾸깃꾸깃하다（報紙皺巴巴的），꾸깃꾸깃한 바지를 다리다（熨平了皺巴巴的褲子）

常用例句 꾸깃꾸깃한 헝겊이 허리에 둘리어 있었습니다.
皺巴巴的補丁遍布腰間。

相關詞彙 구기다（皺，弄皺）

▶ 꾸리다 動 ①包，打 ②修整 ③辦

衍生片語 짐을 꾸리다（打包），이삿짐을 꾸리다（整理搬家行李）

常用例句 혹시라도 빠뜨리는 물건이 있을까 하여 미리 배낭을 꾸려 두었다.
害怕萬一忘了什麼東西，所以早早就把背包整理好了。
이 연구는 혼자 수행하기 어려우니 연구팀을 꾸리는 것이 좋겠다.
這項研究獨立進行有點困難，最好能組織一個研究小組。
어머니께서 대가족 살림을 꾸려 나가느라 무척 힘겨워하셨다.
母親為了操持一大家人的生計，非常辛勞。

相關詞彙 꾸미다（擺設）

▶ 꾸뻑 副 點頭

衍生片語 꾸뻑 졸다（打瞌睡）

常用例句 자기를 길러 준 은혜를 잊지 않겠다는 듯이 연방 꾸뻑꾸뻑 절을 한다.
連連低頭行禮，彷彿在說不會忘記撫養自己的恩情。

相關詞彙 까딱（點頭）

▶ **꾸벅꾸벅** 副 點頭

衍生片語 꾸벅꾸벅 졸다（打瞌睡），꾸벅꾸벅 고개를 숙이다（連連點頭）

常用例句 아버지는 아들의 담임 선생님께 꾸벅꾸벅 인사했다.
父親向孩子的班主任點頭打招呼。
따뜻해진 날씨 때문인지 승객들은 하나같이 꾸벅꾸벅 졸고 있었다.
可能因爲天氣回暖了，乘客一個個都在點頭打盹。

相關詞彙 꼬박꼬박（點頭）

▶ **꾸역꾸역** 副 湧進

衍生片語 꾸역꾸역 먹다（往嘴裡塞），꾸역꾸역 모여들다（湧進）

常用例句 사람들이 백화점에 꾸역꾸역 모여들었다.
人們湧進了百貨公司。
그렇게 꾸역꾸역 먹지 마라.
別一次往嘴裡塞那麼多。

相關詞彙 꼬약꼬약（湧進）

▶ **꾸짖다** 動 斥責，責備，教訓

衍生片語 행위를 꾸짖다（責備……行爲），엄하게 꾸짖다（嚴屬斥責）

常用例句 선생님이 수업 시간에 떠든다고 나를 꾸짖으셨다.
我因爲在課堂上講話被老師指責了。
그가 협상에 실패해서 부장이 그 문제로 그를 꾸짖은 것 같다.
他在洽談中失敗，部長好像因此而教訓了他。

相關詞彙 탓하다（責備，嗔怪）

▶ **꿇다** 動 跪下，跪倒

衍生片語 무릎을 꿇다（跪下），꿇고 앉다（跪坐）

常用例句 그는 무릎을 꿇고 기도하기 시작했다.
他跪下開始祈禱。
그는 결국 무릎을 꿇고 용서를 빌었다.
他最終下跪求饒了。

相關詞彙 엎드리다（伏，拜）

▶ **끄덕** 副 點頭

衍生片語 끄덕 인사하다（點頭打招呼），고개를 끄덕 움직이다（點頭）

常用例句 대답 대신에 고개를 끄덕 움직인다.
以點頭代替回答。

相關詞彙 까딱（點頭）

▶ **끈끈하다** 形 黏糊糊，濃厚

衍生片語 끈끈한 느낌（黏糊糊的感覺），몸이 끈끈하다（身上黏糊糊的）

常用例句 며칠 계속 야근을 하여 온몸이 끈끈하다.
連上了幾天夜班，全身黏糊糊的。
두 사람 사이에는 끈끈한 우정이 싹텄다.
他們兩人之間有著深厚的友誼。

相關詞彙 끈적끈적하다（黏黏糊糊）

▶ **끈기** 名 黏度，耐性

衍生片語 끈기가 좋다（有韌性），끈기가 있는 사람（有耐性的人）

常用例句 한 가지 일에 끈기 있게 매달리는 사람이 성공하는 법이다.
能夠耐心做一件事的人必定會成功。
일단 목표를 정했으면 끈기 있게 밀고 나가라.
一旦確定了目標，就要堅持不懈地去做。

相關詞彙 인내심（忍耐心，毅力）

▶ **끈질기다** 形 耐久，牢靠，強韌

衍生片語 끈질긴 노력（堅忍不拔的努力），끈질긴 생명력（頑強的生命力）

常用例句 남모르게 어려운 사람들을 도왔던 그는 담당자의 끈질긴 요청에도 끝내 이름을 밝히지 않았다.
他默默地幫助有困難的人們，即使當事人再三請求，他還是沒有說出自己的名字。
큰 부상으로 더 이상 재기가 어렵다는 판정을 받았음에도 불구하고 그 선수는 끈질긴 노력 끝에 우승을 차지했다.
那個運動員雖然接到了自己因為身負重傷很難東山再起的「判決」，但仍然不斷努力，終於拿到了冠軍。

相關詞彙 고집스럽다（固執）

▶ **끊임없이[끄니업시]** 副 不斷地

衍生片語　끊임없이 불평을 늘어놓다（不斷地抱怨），끊임없이 감시하다
（持續監視）

常用例句　끊임없이 전화가 걸려 온다.
不斷地有電話打進來。
이러한 사람들은 똑같이 반복되는 답답한 일상에서 벗어나 끊임없
이 새로운 모험을 즐기는 것을 좋아한다.
這些人喜歡從日常一成不變的煩悶生活中掙脫出來，不斷地去享受
新的冒險帶來的快樂。

相關詞彙　쉴새없이（不斷地）

▶ **끌끌** 副 嘖嘖，打嗝的樣子

衍生片語　혀를 끌끌 차다（嘖嘖咋舌）

常用例句　그녀는 그 부부가 크게 말다툼하는 것을 보면서 혀를 끌끌 찼다.
看到那對夫婦大聲吵架，她不由嘖嘖咋舌。

相關詞彙　딸꾹질하는 소리（呃呃地打嗝）

▶ **끌어당기다[끄러-]** 動 拉過來，拉攏

衍生片語　소매를 끌어당기다（拉袖子）

常用例句　밧줄을 내 앞으로 끌어당겼다.
把繩子拉到了我的面前。
호박을 문지를 때 깃털을 끌어당기는 힘이 생긴다는 사실을 과학
자들이 알아냈다.
科學家們發現了一個事實：摩擦琥珀時會產生吸引羽毛的力量。

▶ **끙끙** 副 哼哼，哎喲

衍生片語　끙끙 앓다（病痛呻吟），입으로 끙끙거리다（嘴裡哼哼）

常用例句　그는 어제 넘어졌는데, 아직까지도 끙끙거리고 있다.
他昨天摔了一跤，到現在還哎喲哎喲地叫。

相關詞彙　우물우물（支支吾吾，咕噥）

▶ **끝내** 副 一直，始終，到底，終究

衍生片語　끝내 변화가 없다（始終沒有變化），끝내 완성되었다（終於完成
了）

常用例句 남모르게 어려운 사람들을 도왔던 그는 담당자의 끈질긴 요청에도 끝내 이름을 밝히지 않았다.
他默默地幫助有困難的人們，面對當事人的再三請求，他始終沒有說出自己的名字。

끝내 어떤 결과도 얻지 못했다.
終究也沒什麼結果。

相關詞彙 늘（始終），결국（到底）

► 끼니 名 餐，頓

衍生片語 끼니때（吃飯時間），끼니를 거르다（不吃飯）

常用例句 그는 밥 대신 라면으로 끼니를 때우고 있다.
平時吃飯他都用泡麵應付一餐。

연구원들이 실험에 몰두하느라 끼니를 거리기 일쑤였다.
研究員潛心試驗，經常忘記吃飯。

相關詞彙 끼（頓，餐）

► 끼얹다 動 澆，潑灑，淋

衍生片語 불에다 기름을 끼얹다（火上澆油），얼굴에 끼얹다（向臉上潑去）

常用例句 그 말 한 마디에 모임의 분위기가 일순간 찬물을 끼얹은 듯이 조용해졌다.
他的一句話，使聚會的氣氛一下子靜了下來，就像被澆了盆冷水似的。

相關詞彙 뿌리다（澆，潑）

► 낄낄 副 唧唧，嗤嗤

衍生片語 낄낄 웃다（嗤嗤地笑）

常用例句 옛날 사진을 보면서 그들은 낄낄거렸다.
看著以前的照片，他們嗤嗤地笑了起來。

相關詞彙 키득키득（嗤嗤）

➤ **나른하다** 形 無力，沒勁，軟趴趴

衍生片語 몸이 나른하다（渾身無力），손발이 나른하다（手腳無力）

常用例句 아침, 저녁으로 쌀쌀한 요즘에는 감기 몸살로 인해 몸이 나른하고 식욕이 없다고 하는 사람이 많다.

最近由於早晚天氣轉涼，很多人得了感冒，都說渾身無力，沒有食欲。

그는 온 몸이 나른해지며 정신이 나지 않았다.

他覺得渾身無力，打不起精神。

相關詞彙 노곤하다（沒勁，無力）

➤ **나름** 名 ①……要看什麼…… ②……也要看怎麼……

衍生片語 능력 나름으로（看個人能力），값은 품질 나름이다（一分錢一分貨）

常用例句 그것은 사람 나름이다.

那得看人（每個人都不一樣）。

지난달보디 용돈이 두 배나 늘었는데도 여전히 부족한 걸 보면 역시 돈은 쓰기 나름이다.

即使零用錢比上個月增加了兩倍依然不夠，看來還是要看錢是怎麼花的。

➤ **나름대로** 副 各有各的，各自的

衍生片語 자기 나름대로（按照自己的方式）

常用例句 이것이 그 나름대로 그 문제를 해결하는 최선의 방법이다.

這應該是解決那個問題的最佳方法。

그 사람에게도 나름대로 일처리하는 방식이 있다.

他也有自己處理問題的方式。

相關詞彙 나름（怎麼做）

➤ **나부끼다** 動 飄揚，招展

衍生片語 깃발이 나부끼다（旗幟飄揚），머리카락이 나부끼다（髮梢飛揚）

常用例句 멀리서 깃발이 나부끼고 있는 것을 발견했다.

發現遠處旗幟飄揚。

相關詞彙 휘날리다（飄揚）

▶▶ **나아가다** 動 ①前進 ②好轉

衍生片語 준결승에 나아가다（進入到準決賽的爭奪），시대와 함께 나아가다（和時代同行，與時俱進）

常用例句 비판을 받은 사람은 자신이 처한 상황을 돌아보고 더 나아가 좋은 방향으로 발전시킬 수 있기 때문이다.
這是因爲被批評的人在回顧自身的處境後，可以朝著更好的方向發展。
이것이 장차 한국이 나아갈 길이다.
這是韓國未來的發展之路。

相關詞彙 전진하다（前進）

▶▶ **나아지다** 動 好起來

衍生片語 건강이 나아지다（康復），솜씨가 나아지다（手藝有長進）

常用例句 환자는 병세가 나아지고 있다.
患者的病情正在好轉。
회사 사정이 좀처럼 나아지지 않아서 김 사장은 직원들 월급 줄 일로 마음이 무거웠다.
因爲公司情況不見好轉，金社長爲了發薪水給職員而發愁。

相關詞彙 좋아지다（好轉）

▶▶ **나위** 名 餘地

衍生片語 더할 나위 없다（再也沒有……），말할 나위 없다（沒的説）

常用例句 오늘은 공원을 산책하기에 더할 나위 없이 좋은 날씨이다.
今天的天氣對於在公園散步來説，眞是再好不過了。
그 여자의 요리 솜씨는 더할 나위 없다.
她的廚藝沒得挑。

相關詞彙 여지（餘地）

▶▶ **나풀나풀** 副 搖搖擺擺，搖晃

衍生片語 나풀나풀 춤추다（搖搖擺擺地跳舞）

常用例句 나비가 나풀나풀 이 꽃 저 꽃으로 날아다녔다.
蝴蝶在花叢中翩翩起舞。
마지막 잎새가 나풀나풀 날려 내려왔다.
最後一片落葉飛落了下來。

相關詞彙 흔들거리다 (搖擺)

▶ **난데없이** 副 想不到的，突如其來的

衍生片語 난데없이 나타나다 (突然出現)，난데없이 변화가 일어나다 (突然發生變化)

常用例句 집에 다다를 무렵 난데없이 퍼붓기 시작한 소나기 때문에 옷이 흠뻑 젖고 말았다.
快到家的時候，被突如其來的陣雨淋得濕透。
그는 난데없이 사람들이 많은 곳으로 달려갔다.
他突然往人多的地方跑去。

相關詞彙 갑자기 (突然)

▶ **난치병[難治病]** 名 頑症

衍生片語 난치병을 앓다 (得了頑疾)，난치병 완치 (戰勝頑症)

常用例句 심뇌혈관 질병은 WHO가 예로 드는 현대의 난치병 중의 하나다.
心腦血管疾病被世界衛生組織列爲現代頑症之一。

相關詞彙 불치병 (不治之症)

▶ **난무하다[亂舞]** 動 狂舞，猖獗，橫行

衍生片語 눈발이 난무하다 (雪花狂舞)，폭력이 난무하다 (暴力橫行)

常用例句 자동차 불빛을 따라 눈발이 마구 난무하고 있었다.
雪花隨著車燈狂舞。
사기꾼이 난무하는 것은 어떤 면에서 사회 경제 질서의 결함을 반영하는 것이다.
騙子的猖獗，從某方面上，反映了社會經濟秩序的缺失。

相關詞彙 날뛰다 (猖獗，猖狂)

▶ **난입하다[亂入-]** 動 強行闖入

衍生片語 집에 난입하다 (闖入家中)，난입한 깡패들 (強行闖入的無賴)

常用例句 시위대가 국회의사당으로 난입했다.
示威隊伍闖入了國會議事廳。

相關詞彙 틈입하다 (闖入)

▶ **날뛰다** 動 蹦跳，猖獗，猖狂

衍生片語 기뻐 날뛰다 (快樂得跳起來)，세력이 날뛰다 (勢力猖獗)

常用例句 토끼는 날뛰면서 앞으로 나아갔다.

兔子蹦蹦跳跳著往前跑去。

강도가 날뛰는 문제를 근본적으로 해결해야 한다.

必須從根本上解決強盜猖獗的問題。

相關詞彙 껑충거리다（蹦蹦跳跳）

▶ 남짓 **名** 出頭，有餘，帶零頭

衍生片語 8백 남짓（八百有餘），20세 남짓의 사람（二十出頭的人）

常用例句 사람의 유전자 수가 2만여 개 남짓으로 꼬마선충이나 초파리등과 같은 벌레와 별반 차이가 없다는 사실이 밝혀짐으로 해서 해묵은 유전 대 양육의 논쟁이 다시 불붙었다.

研究證明人的基因數約有兩萬多個，跟果蠅、線蟲這些蟲子沒有太 大的區別。隨著此一事實的公布，再次引發了沉寂已久的關於遺傳 和養育的爭論。

相關詞彙 약간 넘게 되다（稍微出頭）

▶ 납득[納得] **動** 了解，理解

衍生片語 납득시키다（使了解）

常用例句 그 사건에 대해 담당자로부터 자세히 설명을 들었지만 도저히 납 득이 안 간다.

關於那次事件，雖然已經聽取了負責人的詳細說明，但依然無法理 解。

相關詞彙 이해（理解）

▶ 납작 **副** ①張著嘴 ②摔趴

衍生片語 납작 엎드리다（摔倒趴下），납작 받아먹다（張嘴吃東西）

常用例句 그는 급히 운전석에 납작 엎드렸다.

他一下子從駕駛座上摔倒在地上。

아이는 입을 납작 벌리고 먹을 것을 찾다.

孩子張著小嘴找東西吃。

相關詞彙 엎드러지다（跌倒）

▶ 낮아지다[나자-] **動** 降低

衍生片語 생산량이 낮아지다（產量下降），시세가 낮아지다（行情走低）

常用例句 수세가 아직 낮아지지 않고 있다.

水勢未降。

네 가지 수칙을 충실히 지킨 중년 성인의 경우 심장병 발병 위험이 35% 가량 낮아지는 것으로 나타났다.

研究結果證明，中年人只要切實遵守四條守則，心臟病發病的危險就可以降低35%。

相關詞彙 늘어나다（增長）

낮추다[낟-] 動 降低，貶低

衍生片語 값을 낮추다（降價），소리를 낮추다（放低聲音）

常用例句 이득 없는 가격 낮추기 경쟁이 끝나지 않을 것 같다.
沒有利益的降價競爭似乎不會結束。

젊었을 때 건강에 관심이 없던 사람도 중년의 나이에 네 가지 건강한 생활습관을 가진다면 심장병의 발병을 낮추고 조기 사망 위험을 줄일 수 있다.
年輕時不關心健康的人到中年時，如果有四種健康的生活習慣，仍然可以降低心臟病的發病率，減少英年早逝的危險。

相關詞彙 올라가다（上去，升高）

내돌리다 動 亂傳

衍生片語 함부로 내돌리다（亂傳），물건을 내돌리다（亂傳東西）

常用例句 이 일은 나 역시 내돌릴 수 없는 것이다.
這件事情我也是不會亂傳的。

相關詞彙 전하다（傳）

내리막길 名 下坡路，下滑

衍生片語 인생의 내리막길（人生的下坡路），내리막길로 내려가다（走下坡路）

常用例句 경영이 좋지 않아 관광업이 내리막길을 내려 간다.
由於經營不善，旅遊業出現下滑現象。

相關詞彙 쇠락（衰落）

내보내다 動 ①排放 ②派，調

衍生片語 물을 내보내다（排水），자식을 외국으로 내보내다（送孩子出國）

常用例句 왜 에너지를 절약하자는 광고를 계속 내보내는데도 별 효과가 없는

걸까요?

為什麼一直播放節約能源的廣告卻沒有什麼效果呢？

창문을 열어 탁한 공기를 밖으로 내보냈다.

打開窗，把渾濁的空氣排放出去。

相關詞彙 수출하다（輸出）

내뿜다 動 噴，冒，散發

衍生片語 한숨을 내뿜다（呼出一口氣），담배 연기를 내뿜다（噴雲吐霧）

常用例句 이들은 이동할 때 매연을 내뿜는 비행기나 자동차 대신 자전거를 이용하고, 석유 화학 연료를 많이 쓰거나 생태계를 위협하는 숙박 업소는 피한다.

他們在出遊的時候，會選擇自行車來代替排放廢氣的飛機或汽車，也會避免大量使用石油化學燃料或投宿會威脅生態的休息場所。

명절의 폭죽이 밤하늘에 가지각색의 불꽃을 내뿜는다.

節日的煙火把夜空點綴得五顏六色。

相關詞彙 내보내다（排出，放出）

내색하다[—色] 動 表露，流露

衍生片語 쉽게 내색하다（輕易表露），불안한 내색을 하다（流露出不安）

常用例句 남극에서의 연구 활동을 마치고 귀국한 허 교수는 그곳에서의 생활이 상당히 힘들었을 법도 한데 전혀 그런 내색을 하지 않았다.

結束了南極的研究後回國的許教授，儘管在那裡生活有相當多的困難，可是他一點也沒顯露在臉上。

사람들 앞에서는 자신의 감정을 쉽게 내색할 수 없다.

不能在人前輕易表露自己的情感。

相關詞彙 표명하다（表明，表露）

내장되다[內藏-] 動 內部含有，收納

衍生片語 도서가 내장되다（圖書被收納起來，館藏），기계가 내장되다（內藏器械）

常用例句 그녀는 다양한 부엌용품들로 내장된 새로운 감각의 부엌을 기대한다.

她很期待收納各種廚房用品的新式廚房。

相關詞彙 내포（內含）

내쫓다 [動] 趕，打發

衍生片語 밖으로 내쫓다（往外趕），파리를 내쫓다（趕走蒼蠅）

常用例句 요즈음 경영 합리화라는 이름 아래 많은 사람을 직장에서 내쫓고 있다.
最近在經營合理化的名義下，好多人被趕出職場。

相關詞彙 쫓아내다（趕走）

냉철하다[冷徹-] [形] 冷靜而透徹

衍生片語 냉철한 머리（冷靜的頭腦），사물을 보는 눈이 냉철하다（看問題的眼光很冷靜）

常用例句 시장의 현황에 대해 냉철한 분석을 했다.
對市場的現狀做了冷靜而透徹的分析。

相關詞彙 냉정하다（冷靜）

너그럽다 [形] 寬厚，厚道，寬容

衍生片語 태도가 너그럽다（態度寬容），성품이 너그럽다（做人厚道）

常用例句 엄하게 자신을 다스리고 너그럽게 남을 대한다.
嚴以律己，寬以待人。
산세는 조금도 험준하지 않고 완만하고 너그러웠다.
山勢一點也不險峻，又緩又平。

相關詞彙 받아들이다（接受，包容）

넘치다 [動] 漫，溢，超出

衍生片語 정력이 넘치다（精力充沛），맥주가 넘치다（啤酒溢出來了）

常用例句 강물이 사방으로 흘러 넘친다.
河水四溢。
웅장한 노래 소리에는 열정과 힘이 넘친다.
雄壯的歌聲中洋溢著熱情和力量。

相關詞彙 넘쳐 흐르다（溢出，充沛）

넙죽 [副] 痛快，一下子

衍生片語 넙죽 받다（欣然接受），넙죽 엎드리다（一下子撲倒）

常用例句 하인은 용서해 달라고 빌며 바닥에 넙죽 엎드렸다.
下人一下子撲倒在地上求饒。

술을 주는 대로 넙죽 받아 마시다가 금세 취해 버렸다.

把所有敬的酒都痛快地喝掉了，不一會兒就醉了。

相關詞彙 통쾌하다（痛快）

노른자 名 ①蛋黃 ②核心，骨幹

衍生片語 흰자와 노른자（蛋黃和蛋清），회사의 노른자（公司骨幹）

常用例句 불을 낮춘 다음 풀어놓은 달걀 노른자를 냄비 속에 있는 뜨거운 혼합물에 조심스럽게 붓는다.

關小火後把打好的蛋黃小心地倒入鍋中的混合物中。

그는 노른자 땅을 갖고 있는 알부자다.

他是擁有黃金地段的富翁。

相關詞彙 핵심（核心）

노리다 動 窺伺，暗算

衍生片語 기회를 노리다（伺機），우승을 노리다（覬覦勝利）

常用例句 그는 속으로 계속 왕의 자리를 노리고 있다.

他內心一直覬覦國王的寶座。

그는 화난 눈으로 나를 노렸다.

他憤怒地看著我。

相關詞彙 도모하다（圖謀）

논쟁[論爭] 名 爭論

衍生片語 법률상의 논쟁（法律上的爭論），열띤 논쟁（激烈的爭論）

常用例句 어떤 문제에 관해 아무와 논쟁을 벌였다.

針對某些問題和一些人展開了爭論。

해묵은 유전 대 양육의 논쟁이 다시 불붙었다.

由來已久的遺傳與教育的爭論又重燃戰火。

相關詞彙 토론（討論）

누누이 副 累累，屢次，累次

衍生片語 누누이 발생하다（屢屢發生），같은 말을 누누이 하다（重複同樣的話）

常用例句 복도에서 뛰지 말라고 볼 때마다 누누이 타일렀는데도 학생들은 여전히 말을 듣지 않는다.

每次看到都告訴他們不要在走廊上跑，但勸了好多次學生還是不聽

ㄴ

話。

이것은 그녀가 나에게 누누이 일깨워준 것이지만, 나는 그다지 믿지 않았다.

這件事她已經多次提醒了我，但我都不太相信。

(相關詞彙) 누차 (屢次，累次)

누추하다[陋醜-] 形 簡陋

衍生片語 누추한 집 (寒舍)

常用例句 비록 누추하기 하지만, 그래도 내 것이다.

雖然簡陋，但畢竟是我自己的。

(相關詞彙) 초라하다 (粗陋)

눈부시다 動 ①耀眼 ②輝煌

衍生片語 눈부신 태양 (耀眼的太陽)

常用例句 현대 과학은 눈부신 발달을 했다.

現代科學已取得長足的發展。

과학의 발달로 인해 우리의 생활 수준이 눈부시게 향상되었다는 것은 의심할 여지가 없다.

毫無疑問，由於科學的發展，我們的生活水準得到了顯著的提升。

(相關詞彙) 화사하다 (華美)

느긋하다 形 寬裕，輕鬆，休閒

衍生片語 느긋한 분위기 (輕鬆的氣氛)，마음이 느긋하다 (心情悠閒)，성격이 느긋하다 (性格泰然自若)

常用例句 그는 참으로 교양있는 사람이다. 언제나 당황하지 않고 느긋해 보인다.

他是個有教養的人，什麼時候看上去都是不慌不忙、泰然自若。

조급하게 생각하기보다는 당면한 일에 여유있게 대처하는 느긋한 자세가 필요하다.

我們遇事不能毛毛躁躁，處理問題時要有條不紊、遊刃有餘。

(相關詞彙) 여유롭다 (從容，輕鬆)

능동적 名 主動的

衍生片語 능동적인 태도 (主動的態度)

常用例句 이 문제에는 능동적으로 대처해야 한다.
要積極面對那個問題。
그리고 맡은 일은 자신이 능동적으로 대처해서 끝까지 책임을 져야 할 것이다.
另外，要積極主動地處理自己所承擔的事情並負責到底。

相關詞彙 자발적（自發的），수동적（被動的）

▶ 능청스럽다 形 假惺惺，裝模作樣

衍生片語 능청스러운 웃음（假惺惺的笑容），능청스러운 태도（裝模作樣的態度）

常用例句 그녀는 능청스럽게 거짓말을 늘어놓았다.
她假惺惺地說了謊話。
그가 능청스럽게 와서 위로했다.
他假惺惺地過來安慰。

相關詞彙 위선적（偽善的，虛偽的）

▶ 능통하다[能通-] 形 精通，熟練

衍生片語 외국어에 능통하다（精通外語），외과수술에 능통하다（精通外科手術）

常用例句 한 가지 기술에 능통하면 취직하는 데 도움이 된다.
精通一門手藝有助於就業。

相關詞彙 정통하다（精通）

▶ 늦추다 動 減慢，舒緩，延滯

衍生片語 기일을 늦추다（拖延日期），속도를 늦추다（減速）

常用例句 그들은 교통 신호등이 있건 없건 교차로에서 속도를 늦추지 않습니다.
不管經過的交叉路口有沒有信號燈，他們都不減速。
이 일은 반드시 조속히 끝마쳐야지 더 이상 늦출 수 없다.
這件事一定要盡快處理，決不能再拖了。

相關詞彙 올리다（提高，加快）

▶ **다가서다** 動 靠近

衍生片語 옆으로 다가서다（向邊邊靠），안으로 다가서다（往裡靠）

常用例句 첫 영화가 흥행에 성공하면서 그는 자신의 꿈에 한걸음 더 다가서게 되었다.
隨著他的第一部電影票房獲得成功，他離自己的夢想又近了一步。
나이가 육십 줄에 다가서니 기력이 예전만 못하다.
一到了60多歲，力氣就不如從前了。

▶ **다다르다** 動 到達，臨到

衍生片語 학교에 다다르다（到達學校），산정상에 다다르다（登上山頂），높은 수준에 다다르다（到達一個高的水準）

常用例句 이런 기회가 우리에게 다다를 수 있을까?
這樣的機會是否會降臨到我們身上？

相關詞彙 도착하다（到達）

▶ **다다익선[多多益善]** 名 多多益善，越多越好

衍生片語 다다익선의 관점（多多益善的觀點）

常用例句 다다익선이라고 많으면 많을수록 좋다.
所謂多多益善就是越多越好。
많은 사람이 돈은 다다익선이라고 생각한다.
很多人認爲錢越多越好。

相關詞彙 드물다（稀有）

▶ **다닥다닥** 副 結實累累，密密麻麻

衍生片語 다닥다닥 붙어 있었다（密密麻麻地貼著）

常用例句 하늘 가득 별들이 다닥다닥 많아서 셀 수가 없다.
滿天的星星密密麻麻，多得數不過來。
가지에 앵두 열매가 다닥다닥 열려 있다.
枝條上掛滿了結實累累的櫻桃。

相關詞彙 주렁주렁（累累）

▶ **다루다** 動 ①操縱，操作 ②對待 ③管理

衍生片語 문제를 다루다（處理問題），부하를 공평히 다루다（公平地對待下屬），거칠게 다루다（粗糙地處理，做工粗糙）

常用例句 다루는 솜씨가 탁월해야 한다.

好的廚師應該具備卓越地運用食材的手藝。

수술은 사람의 생명을 다루는 일이라 자칫 잘못하면 치명적인 실수를 하게 된다.

手術是生死攸關的事情，稍有差池就會造成致命的失誤。

相關詞彙 취급하다（經管，經辦）

▶ **다소[多小]** 名 多少，稍微

衍生片語 다소를 불문하고（不管多少），양의 다소（量的多少），돈을 다소 보내다（多少寄點錢）

常用例句 발을 다쳐서 걷는 데 다소의 불편이 있다.

腳受傷了，走路的時候多少有些不便。

연령별로 보면 20대와 50대의 행복지수가 다른 연령대에 비해 다소 낮은 편으로 나타났다.

結果顯示，按照年齡來看，相較於其他年齡層，20多歲的人和50多歲的人幸福指數相對偏低一些。

相關詞彙 얼마간（或多或少）

▶ **다소곳하다** 形 溫順的，文雅的

衍生片語 성격이 다소곳하다（性情溫和），다소곳하고 부드럽다（嫻靜溫柔）

常用例句 그 젊은 여자는 성격이 다소곳하다.

那個女孩個性很隨和。

相關詞彙 온순하다（溫順）

▶ **다정다감하다[多情多感-]** 形 情感豐富的

衍生片語 다정다감한 소녀（感情豐富的少女），다정다감하게 대하다（深情地對待）

常用例句 그는 무엇보다도 그녀의 다정다감한 성격이 마음에 들었다.

他曾經最喜歡她感情豐富的性格。

相關詞彙 다정하다（多情）

▶ **다짐하다** 動 ①砸緊，打夯 ②決心 ③叮囑

衍生片語 다짐을 받다（下定決心），다짐(을) 두다（下定決心）

常用例句 소년은 어른이 되면 엄마를 찾으러 가겠다고 다짐을 했다.

這個小男孩下定決心，長大後一定要去找媽媽。

끝까지 사양하고 싶었던 일이지만 일단 맡기로 한 이상 최선을 다하리라고 다짐했다.

本來是想推辭到底的工作，但既然決定接手，就下定決心會竭盡全力。

相關詞彙 다짐 받다（下決心），마음먹다（決心）

다채롭다[多彩-] 形 多變，精彩，豐富多彩

衍生片語 다채로운 활동（精彩的活動），다채로운 시장（多變的市場）

常用例句 단오를 맞아 강릉에서는 체육, 문화 행사가 다채롭게 펼쳐졌다.
爲迎接端午節，江陵展開了多姿多彩的體育、文化活動。
가을 운동회에서는 다채로운 행사가 열린다.
秋季運動會上舉行了豐富多彩的活動。

相關詞彙 풍부하다（豐富）

다행[多幸] 名 僥倖，幸虧

衍生片語 불행중 다행（不幸中的大幸），다행한 일（幸事）

常用例句 이것은 우리 나라를 위해 참으로 다행한 일이다.
這眞是我們國家的幸事啊。
별 탈 없이 임무를 완성할 수 있게 되어서 다행이다.
順利完成任務眞是萬幸。

相關詞彙 불행（不幸），행운（幸運）

닥치다 動 臨近，迫近

衍生片語 곤란이 닥치다（困難逼近），눈 앞에 닥치다（近在眼前）

常用例句 예를 들어 어려운 일이 닥쳤을 때, 평범한 사람들은 보잘 것 없는 나 하나가 희생한댔자 그게 무슨 힘이 되겠느냐고 생각한다.
比如面對困難時，普通人都會想，即便是犧牲我這麼一個小人物又能有什麼用呢。
우리에게 닥친 위기를 슬기롭게 극복해야 한다.
我們應該機智地克服一步步逼近的危機。
물가가 오른다고 해서 닥치는 대로 물건을 사들이는 태도는 지양해야 한다.
我們要摒棄那種一聽到漲價，就看到什麼買什麼的購物態度。
월말 실적 보고가 코앞에 닥쳤는데도 그는 여행갈 생각만 하고 있다.

月底業績報告近在眼前，他卻只想著去旅行。

相關詞彙 다가오다（走近）

▶ **단김에** 副 一口氣，一股勁

衍生片語 단김에 끝까지 읽었다（一口氣讀完）

常用例句 이런 신입사원들을 위해 한마디 충고를 하자면 '쇠뿔도 단김에 빼
라'는 말이 있듯이 우선은 미루지 말고 시작하는 것이 중요함을 명
심해야 한다는 것이다.
如果說要給這些新職員一句忠告的話，那就是打鐵要趁熱，要牢記
做事不要往後延，開始很重要。

相關詞彙 단숨에（一口氣）

▶ **단란하다[團欒-]** 形 團圓，和睦

衍生片語 가정이 단란하다（家庭和睦），단란한 분위기（和睦的氣氛）

常用例句 우리 마을 사람들은 싸움도 시샘도 없이 단란하게 지낸다.
我們村裡的人都是和睦相處，從不爭吵鬧、衝突。
추석날의 둥근 달은 단란을 상징한다.
中秋的圓月象徵著闔家團圓。

相關詞彙 화목하다（和睦）

▶ **단순[單純]** 名 單純

衍生片語 단순한 생활（簡單的生活），단순한 사람（單純的人）

常用例句 사태를 단순하게 생각하지 마라.
不要把事態想得那麼單純。
농산물을 포함한 식량 문제가 단순한 교역 차원의 문제에 머무르
지 않고, 한 국가의 생존을 위협할 수 있는 심각성을 가졌음을 알아
야 한다.
我們必須意識到，包括農產品在內的糧食問題，並不單純是貿易層
面的問題，其嚴重性會威脅一個國家的生存。
임성수 사장은 단순한 고무제품이 아닌 고무와 관련된 자동차 부
품을 만든다면 자동차 수요가 늘어날 경우 충분히 가능성이 있으
리라고 예상했다.
林誠洙社長預測：如果不只是製造橡膠製品，還製造與橡膠有關的
汽車配件的話，汽車的需求增加時，就會有可能發展起來。

相關詞彙 순진하다（純眞），착하다（善良）

▶ 단장하다[丹粧-] **動** 打扮，化妝

衍生片語　곱게 단장하다（打扮得漂漂亮亮的），공원을 단장하다（裝飾公園）

常用例句　아이들이 봄날 꽃봉오리처럼 단장하였다.
孩子們扮成了春天的花蕾。

相關詞彙　장식하다（裝飾）

▶ 단적[端的] **名** 明顯，清楚

衍生片語　단적 증거（明顯的證據），단적 예시（明顯的例子）

常用例句　각종 경제지표들이 불황이 계속되고 있음을 단적으로 보여 주고 있다.
各項經濟指標都清楚地證明經濟衰退尚在持續。
이것은 중국 경제의 위상을 단적으로 보여 주는 예다.
這個例子清楚地表明了中國經濟的狀況。

相關詞彙　분명히（分明）

▶ 단적으로[端的-] **副** 直截了當地，直率地

衍生片語　단적으로 말하다（直截了當地說），단적으로 묘사하다（直接描寫）

常用例句　그 지표는 지금의 우리 경제 사정을 단적으로 보여준다.
這項指標直接地顯示了我們現在的經濟狀況。
그의 사상은 단적으로 꼬집어서 말하기 어려운 정도로 다양하다.
他的思想非常豐富，很難用一句話直接概括。

相關詞彙　단도직입적이다（直截了當）

▶ 단짝 **名** 摯友，拍檔

衍生片語　둘이 단짝으로 지내다（兩人是摯友），더 이상 좋을 수 없는 단짝（最佳拍檔）

常用例句　초등학교 때 단짝이었던 한우정 씨를 찾습니다.
尋找國中時的摯友韓宇正。
그들 두 사람은 재담을 하는 오랜 단짝이다.
他們是說相聲的老搭檔。

相關詞彙　벗（朋友）

▶ 달구다 **動** 煉，燒熱

衍生片語 쇠를 달구다（煉鐵），난로를 달구다（燒熱爐子）

常用例句 감기에 걸렸을 때는 뜨끈뜨끈하게 달군 방에서 이불을 뒤집어쓰고
자는 것이 최고다.
　感冒時，在燒得熱呼呼的房裡蓋上被子睡一覺最管用。

相關詞彙 태우다（燒）

▶ 달려들다 **動** 撲上去，衝上去

衍生片語 개가 사람에게 달려들다（狗撲向人），적진으로 달려들다（衝入
敵陣）

常用例句 세 사람이 그 일에 달려들어 하루만에 끝냈다.
　三個人忙一件事，只用一天就完成了。
막내는 맛있는 음식만 보면 눈에 불을 켜고 달려든다.
　老么只要看到好吃的東西就會兩眼發亮直撲過去。

▶ 달성하다[達成] **動** 達到，做到

衍生片語 목표를 달성하다（達成目標），임무를 달성하다（完成任務）

常用例句 여기까지 달성한다는 것은 결코 쉽지 않다.
　要做到這種程度並不容易。

相關詞彙 성취하다（達成）

▶ 달아오르다 **動** 燒紅，熱烘烘

衍生片語 마음이 달아오르다（心裡暖洋洋的），쇠불이가 달아오르다（鐵
塊被燒紅了）

常用例句 공연장 분위기가 점점 달아오르고 있다.
　演唱會的氣氛逐漸沸騰起來。

相關詞彙 뜨겁다（熱）

▶ 달이다 **動** 煎，熬

衍生片語 약을 달이다（煎藥），차를 달이다（煎茶）

常用例句 온 집 안이 장 달이는 냄새로 진동했다.
　滿屋都散發著熬醬的味道。

相關詞彙 끓이다（煮，熬）

▶ **담당[擔當] 名** 擔當，擔任

衍生片語　안내를 담당하다（負責介紹），담당 구역（負責區域），담당자
（負責人）

常用例句　남 박사가 이 병실의 담당하는 의사다.
南博士是這個病房的負責醫生。
그 사건에 대해 담당자로부터 자세히 설명을 들었지만 도저히 납
득이 안 간다.
關於那次事件，雖然已經聽取了負責人的詳細說明，但依然無法理
解。

相關詞彙　맡다（承擔），책임지다（負責）

▶ **담담하다[淡淡-] 形** ①清澈，明亮　②淡薄，清淡

衍生片語　강물이 담담히 흐르다（河水清澈），담담한 국（清淡的湯）

常用例句　모든 준비를 끝낸 지금의 심경은 담담할 뿐이다.
各種準備都做好了，現在心情異常平靜。
국에 간을 안 했는지 담담하다.
湯裡可能沒放鹽，很淡。

相關詞彙　산뜻하다（清淡）

▶ **담백하다[淡白-] 動** ①坦白，坦率　②清淡

衍生片語　마음이 담백하다（內心坦蕩），숨김없이 담백하다（坦蕩無所隱
瞞），담백한 음식（清淡的飲食）

常用例句　나는 그녀의 솔직 담백한 태도를 좋아한다.
我喜歡她坦誠的態度。
요리는 맛이 담백해서 내 입맛에 잘 맞는다.
菜很清淡，很合我的口味。

相關詞彙　솔직하다（坦率）

▶ **당당하다[堂堂-] 形** ①堂堂正正，理直氣壯　②凜凜

衍生片語　당당한 체격（健壯的體魄），당당한 승부（堂堂正正的勝負）

常用例句　회사에서 성공하려면 모든 일에 당당하게 대처하라.
如果想在公司成功，就要所有事情都堂堂正正地處理。

相關詞彙　정정당당하다（堂堂正正）

▶ **당분간[當分間] 名** 目前，暫時

衍生片語 당분간 바쁘다（這段時間很忙）

常用例句 당분간 비는 오지 않을 게다.
暫時不會下雨。
당분간 농산물 가격의 오름세가 지속될 것이라는데도 수입한 농산물로 먹을거리를 대체하겠다니 답답할 뿐이다.
目前農產品的價格漲勢即使可能會持續，要把糧食換成進口農產品的這種想法，也著實讓人很鬱悶。

相關詞彙 지금（目前），현재（現在）

▶ **당첨 名** 中獎，中籤

衍生片語 당첨 번호（中獎號碼），당첨금（獎金），당첨권（中獎券）

常用例句 무료 여행권에 당첨되었다면서 수수료 5만 원을 먼저 입금하라고 하더라고요.
說是中了免費旅遊券，要（我們）先交5萬元。

▶ **대견스럽다 形** 愜意，滿意

衍生片語 대견스럽지 않다（不覺愜意）

常用例句 그의 행동을 보면 매우 대견스럽다.
對他的做法感到非常滿意。
부모님은 어른 못지않게 일하는 어린 아들을 대견스럽게 여기셨다.
父母看著年紀輕輕卻做事不輸大人的兒子，感到非常欣慰。

相關詞彙 흐뭇하다（愜意，欣慰）

▶ **대굴대굴 副** 骨碌，咕嚕

衍生片語 대굴대굴 굴리다（骨碌碌地滾動）

常用例句 작은 몸이 어찌나 빠르고 날렵한지 대굴대굴 달려가는 것이 마치 공이 굴러 가는 것만 같다.
小小的身軀行動卻很敏捷俐落，就像骨碌碌來回滾動的球。

相關詞彙 데굴데굴（骨碌碌）

▶ **대단찮다 形** 無足輕重，沒什麼了不起

衍生片語 대단찮은 감기（小感冒），대단찮은 일（無足輕重的事）

常用例句 대단찮은 선물이지만 정성껏 준비했으니 꼭 받아 주십시오.
小小禮物，不成敬意，請收下。
그 코치는 팀의 경기력 부진을 대단찮게 생각하고 있다.
那位教練並不把球隊缺乏戰鬥力當回事。

相關詞彙 하찮다（無足輕重）

대동소이하다[大同小異] 形 差不多

衍生片語 대동소이한 나이（差不多的年紀），방법은 대동소이하다（方法都大同小異）

常用例句 오늘 발표한 내용은 지난번에 발표한 것과 대동소이하다.
今天發表的內容和上次的大同小異。
두 선수의 실력이 대동소이해서 쉽게 승부가 나지 않는다.
兩位選手的實力不相上下，很難輕易分出勝負。

相關詞彙 비슷하다（差不多，相似）

대두되다 動 抬頭，興起

衍生片語 독재정치가 대두되다（獨裁政治抬頭）

常用例句 누가 차기 대통령 후보로 좋은가 하는 문제가 대두되고 있다.
又開始討論誰是下屆總統候選人的問題了。
수명 연장이라는 결실이 환영할 일임에는 틀림없으나 대비해야 할 노후의 생계 문제 역시 크게 대두될 것이기 때문이다.
這是因爲雖然延長壽命這個成果無疑會大受歡迎，然而不得不面對的養老問題也將會凸顯出來。

相關詞彙 비롯하다（開始），일어나다（起來）

대롱대롱 副 搖搖晃晃，晃晃悠悠

衍生片語 대롱대롱 매달리다（搖搖欲墜地掛著），대롱대롱 내려가다（搖搖晃晃地落下來）

常用例句 사과 한 알이 가지에 대롱대롱 매달려 있다
一個蘋果搖搖欲墜地掛在樹上。

相關詞彙 나풀나풀（搖搖擺擺）

대변하다[代辯-][代辦-][對辯] 動 ①代言，代……辯護 ②代辦 ③回答

衍生片語 질문에 대변하다（回答提問）

常用例句 동료가 일을 일부 대변해 주어 빨리 마칠 수 있었다.
同事幫忙做了一部分使得我可以很快完成。
대변하기 위해 많은 조사를 하여 증거를 확보했다.
爲辯護而做了大量調查蒐證。

相關詞彙 변호하다（辯護）

▶ **대비하다[對備-]** 動 對付，應對

衍生片語 화재에 대비하다（應對火災），만일의 사태에 대비하다（應付緊急事態）

常用例句 노후를 대비하기 위해 그는 저금을 시작했다.
爲了防老，他開始儲蓄。
한옥은 심한 추위에 대비한 구들과 여름의 무더위에 시원하게 지낼 수 있는 마루가 한 지붕 밑에 공존하고 있다.
韓國傳統房屋裡同時擁有應對嚴寒的熱炕和可以清涼度夏的地板。

相關詞彙 준비하다（準備），마련하다（準備）

▶ **대서특필[大書特筆]** 名 大書特書，大寫特寫

衍生片語 대서특필할 만하다（值得大寫特寫），신문에 대서특필하다（報紙上大肆渲染）

常用例句 그의 사망 소식은 모든 신문에 머릿기사로 대서특필되었다.
他死亡的消息被當作報紙頭條大寫特寫。

相關詞彙 과장하다（誇張）

▶ **대우하다[待遇-]** 動 對待，以禮相待

衍生片語 냉담하게 대우하다（冷漠以待），동등하게 대우하다（平等對待）

常用例句 그 회사는 직원들을 차별 없이 대우한다.
公司對職員都是一視同仁。
노인은 손님을 예절 바르게 대우했다.
老人對客人以禮相待。

相關詞彙 대하다（對待）

▶ **대접하다[待接-]** 動 接待，招待，應酬

衍生片語 손님을 대접하다（招待客人），극진히 대접하다（眞誠地接待）

常用例句 제 집에 들러 주시면 식사와 술을 대접하겠습니다.

若您光臨寒舍，我會用美酒和美食來招待您。

사람들을 어떻게 대접해야 하는지 아주 잘 알고 있다.

非常明白如何招待客人。

相關詞彙 우대（優待，厚待）

▶ 대책[對策] 名 對策，措施

衍生片語 비상 대책（非常對策），종합 대책（綜合對策），대책을 강구하다（謀求對策）

常用例句 계속 늘어나는 쓰레기 처리를 위해 신속한 대책을 세워야 한다.

必須迅速制訂對策以處理不斷增加的垃圾。

그렇게 아무 대책 없이 직장을 그만두겠다면 곤란하지요.

如果像那樣毫無計劃就辭職，肯定會有問題的。

相關詞彙 대항책（對策），조치（措施）

▶ 대처하다[對處-] 動 對付，應對

衍生片語 식량 부족에 대처하다（因應糧食不足）

常用例句 그리고 맡은 일은 자신이 능동적으로 대처해서 끝까지 책임을 져야 할 것이다.

另外，要主動處理自己所承擔的事情，並要負責到底。

相關詞彙 대하다（對待）

▶ 대체[代替] 名 代替

衍生片語 대체 상품（替代商品），대체 화폐（替代貨幣），대체 효과（替代效應）

常用例句 그가 갈 수 없으니 네가 그를 대체해서 한 번 가라.

他不能去，你替他去一趟吧！

相關詞彙 대신（代替），교대（輪流）

▶ 대체로[大體-] 副 大體上，大致

常用例句 대체로 그의 사업은 잘 되고 있다.

他的事業大體上進行得很順利。

대체로 물건도 다양하고 가격이 싸다는 장점이 있을 뿐 아니라 직접 나가서 쇼핑하는 번거로움도 없기 때문에 특히 바쁜 직장인들에게는 더욱 큰 매력이 있다.

從整體上看，不僅有種類豐富、價格低廉的優點，而且省去了直接

外出購物的麻煩，這對於忙碌的上班族有很大吸引力。

相關詞彙 개략（大略）

▶ 대피하다[待避-] 動 躲避

衍生片語 대피소（避難所），화재 대피 훈련（火災逃生訓練）

常用例句 모든 사람이 빨리 안전한 곳에 대피해 인명 피해는 없었다.
所有人都迅速躲到了安全地帶，所以沒有人員傷亡。
우리는 그들에게 집을 떠나 대피해야 할 필요성을 설득시켜야만
했다.
我們必須說服他們，讓他們意識到離家躲避的必要性。

相關詞彙 비키다（躲避，避讓）

▶ 더덕더덕 副 累累，簇簇，補丁又補丁

衍生片語 더덕더덕 열린 과일（果實累累）

常用例句 그 아이는 더덕더덕 기운 옷을 입는다.
那孩子穿著一件補丁又補丁的衣服。
얼굴에 밥풀이 더덕더덕 붙어 있다.
臉上沾滿了飯粒。

相關詞彙 다닥다닥（累累，密密麻麻）

▶ 더듬다 動 摸索，探尋，回想

衍生片語 흔적을 더듬다（摸索痕跡），추억을 더듬다（追尋記憶），진리
를 더듬다（探求眞理）

常用例句 한참 기억을 더듬은 끝에 겨우 답을 생각해 낼 수 있었다.
回憶了好半天，總算是想出了答案。
아무리 말을 잘 하는 사람도 긴장을 하면 말을 더듬기 쉽다.
再怎麼會說話的人如果緊張就容易結巴。
앞을 보지 못하는 김 노인은 지팡이로 길을 더듬어 느릿느릿 걸었
다.
看不到路的金老頭用拐杖摸索著慢慢地走著。

相關詞彙 탐색하다（探索）

▶ 더럭 副 突然，頓時

衍生片語 더럭 내려앉다（突然坐下來），더럭 화가 나다（突然發火）

常用例句 돈이나 더럭 생기면 좋겠다.

如果一下子就有很多錢該有多好。

얼굴빛이 더럭 창백하게 변했다.

臉色頓時變得慘白。

相關詞彙 갑자기（突然）

더부룩하다 形 蓬鬆，毛茸茸，膨脹

衍生片語 머리가 더부룩하다（頭髮蓬鬆），속이 더부룩하다（肚子脹）

常用例句 이것저것 너무 많이 먹었더니 배가 더부룩했다.

東吃一口西吃一口結果肚子都鼓起來了。

집 앞 묵정밭에는 잡초만 더부룩하게 자라 있다.

房子前的荒地上長滿了雜草。

相關詞彙 텁수룩하다（蓬鬆，毛茸茸）

덜렁대다 動 冒失，毛手毛腳

衍生片語 덜렁대는 아이（冒失的孩子），일을 덜렁대며 처리하다（處理事情馬馬虎虎）

常用例句 그는 처음에 경험이 없었으므로 일을 하면 부주의하고 덜렁댔다.

他起初因爲沒有經驗，做起事來很不小心，冒冒失失的。

相關詞彙 대충대충（敷衍了事）

덤덤하다 形 冷淡，默默，淡然

衍生片語 맛이 덤덤하다（味道清淡），생활이 덤덤하다（生活平淡），덤덤한 대우（冷淡對待）

常用例句 그는 오랜만에 만난 친구를 보고도 덤덤한 표정이었다.

即便看到很久沒見的朋友，他也是一副淡淡的表情。

열띤 토론이 진행되는 중에도 그는 덤덤하게 앉아 있기만 했다.

討論進行得很熱烈的時候，他也只是沉默不語地坐著。

相關詞彙 담담하다（淡然）

덥석 副 猛然地

衍生片語 덥석 베어 물다（猛然地咬了一口），덥석 잡다（猛然地抓住）

常用例句 그는 두 눈을 뜨고, 덥석 일어섰다.

他睜開雙眼猛然地站了起來。

그는 허락도 없이 골치 아픈 일을 덥석 맡아 왔다.

他未經允許就冒失地把那件麻煩事攬了過來。

相關詞彙 왈칵（猛然）

▶ **덧나다** 動 發炎，加重，胃口不好

衍生片語 상처가 덧나다（傷口發炎），병세가 덧나다（病情加重），입맛
이 덧나다（胃口不好）

常用例句 실수로 상처를 건드렸더니 상처가 덧났다.
不小心碰到傷口，結果發炎了。
상처 난 손으로 물질을 자꾸 문지르면 상처가 덧나기 십상이다.
如果受傷的手總是沾水的話，傷口會發炎的。

相關詞彙 덧내다（發炎）

▶ **덩그렇다** 形 ①聳立，高聳　②空蕩蕩

衍生片語 덩그렇게 솟아 있다（聳立），구름 속으로 덩그렇게 솟다（高聳
入雲）

常用例句 오래된 피아노 한 대만이 먼지를 뒤집어쓴 채 덩그러니 놓여 있다.
空蕩蕩的就擺著一架落滿灰塵的舊鋼琴。
방 안에 나 혼자 덩그렇게 남아 있다.
房間裡空蕩蕩地只剩我一個人。

相關詞彙 우뚝（聳立）

▶ **덩실덩실** 副 手舞足蹈

衍生片語 덩실덩실 춤을 추다（手舞足蹈）

常用例句 그녀는 아들이 시험에 합격한 것이 너무 기뻐서 덩실덩실하며 춤
을 추었다.
她聽說兒子通過考試的消息，高興得手舞足蹈。

相關詞彙 당실당실（手舞足蹈）

▶ **덮어놓다** 動 掩蓋，掩飾

衍生片語 잘못을 덮어놓다（掩飾錯誤），덮어놓고（一味地，不問青紅皂
白）

常用例句 아이들에게 덮어놓고 야단만 치면 어떡해요.
不問青紅皂白就一味地責備孩子怎麼行呢。
경찰은 덮어놓고 나를 잡아 가두었다.
警察不問青紅皂白就把我抓起來了。

相關詞彙 다짜고짜（不由分說，不分青紅皂白）

▶ 데다 動 燙（傷）

衍生片語　손을 데다（燙手），발을 데다（燙腳）

常用例句　발등을 데어서 걸을 수가 없다.
腳背燙壞了，走不了路了。
뜨거운 물에 데지 않도록 주의하시오.
小心別讓開水燙著。

相關詞彙　뜨겁다（熱，燙）

▶ 데면데면하다 形 馬虎，粗心大意，怠慢

衍生片語　데면데면한 사람（辦事不認真的人）

常用例句　이 사람은 데면데면하여 일에 좀 빈틈이 있다.
這個人很粗心，做事有點馬虎。
손님을 데면데면하게 대접하지 마라.
不要怠慢了客人。

相關詞彙　건성으로（馬馬虎虎）

▶ 데우다 動 加熱

衍生片語　다시 데우다（再熱一下），물을 데우다（熱一下水），우유를 데
우다（熱牛奶）

常用例句　술을 데워 마시다.
熱酒喝。
뜨거운 물을 먼저 찻잔에 부은 뒤 따라내어 찻잔을 데운다.
先將熱水注進茶杯後暖暖茶杯。

▶ 도덕[道德] 名 道德

衍生片語　도덕가（道德家），도덕적 제재（道德譴責），도덕 교육（道德
教育）

常用例句　도덕에 어긋난 행동을 한다.
做違背道德的事。
「콩 심은 데 콩 나고 팥 심은 데 팥 난다.」라는 말은 도덕의 근본
이다.
「種瓜得瓜種豆得豆」這句話是道德的根本。

相關詞彙　윤리（倫理）

▶ **도란도란** 副 嘰嘰喳喳，竊竊私語

衍生片語 　도란도란 이야기하다（竊竊私語）

常用例句 　아홉 식구가 둘러앉아 도란도란 이야기를 나누었다.
　　　　　九個人圍坐在一起竊竊私語。
　　　　　도란도란 속삭이는 소리를 확실하게 들으려 한다.
　　　　　想聽清楚他們私底下說的話。

相關詞彙 　소곤소곤（嘰嘰喳喳）

▶ **도리어** 副 反而

衍生片語 　도리어 좋다（反而好），술은 도리어 약이다（酒反而是藥）

常用例句 　그를 칭찬은커녕 도리어 비난해야만 하겠다.
　　　　　別說是稱讚他了，反而應該責備他。
　　　　　이번에 승진하지 못한 것이 도리어 나에게 새로운 기회가 되었다.
　　　　　這次沒能晉升對我來說反而是一個新的機會。

相關詞彙 　반대로（反而），오히려（反倒）

▶ **도배하다**[塗褙-] 動 裝裱，裱糊

衍生片語 　벽지를 도배하다（糊壁紙），도배장이（裝裱工）

常用例句 　그는 침실을 꽃무늬 벽지로 도배했다.
　　　　　他把臥室貼滿了花朵圖案的壁紙。

相關詞彙 　표구하다（裝裱）

▶ **도심**[都心] 名 市中心

衍生片語 　도심의 호텔（市中心的酒店），서울 도심에 살다（住在首爾市中心）

常用例句 　도심은 땅값이 비싸다.
　　　　　市中心的地價很貴。
　　　　　도심에 있는 공원인데도 자연을 느낄 수 있어서 휴식하기 좋네요.
　　　　　雖然是位於市中心的公園，但是依然能感受到大自然，很適合休閒。

▶ **도저히**[到底-] 副 無論如何，怎麼也

衍生片語 　도저히 비교가 안되다（不可同日而語），도저히 있을 수 없다（無論如何都不可能）

常用例句　그에게는 도저히 상대가 될 수 없다.
　　　　　無論如何都不是他的對手。

相關詞彙　아무리...해도（無論如何）

독단적[獨斷的] 冠 擅自，專斷

衍生片語　독단적 행동（擅自行動），독단적 주장（擅自做主），독단적 판
　　　　　단（武斷的判斷）

常用例句　회장은 독단적인 결정으로 회원들에게 신뢰를 얻지 못했다.
　　　　　會長專斷的決定得不到會員們的信賴。
　　　　　직원들은 김 부장의 독단적 성격을 비난했다.
　　　　　職員們都指責金部長獨斷專行的性格。

相關詞彙　제멋대로（擅自）

독지가[篤志家] 名 慈善家

衍生片語　독지가의 도움（慈善家的幫助），유명한 독지가（著名慈善家）

常用例句　이 장애인 복지 시설은 많은 독지가의 도움으로 운영된다.
　　　　　這個殘障人士福利設施在多位慈善家的幫助下得以營運。

相關詞彙　자선가（慈善家）

독촉[督促] 名 督促，催促

衍生片語　빚 독촉（催債）

常用例句　우리들은 그녀에게 되도록이면 빨리 서울로 올 것을 독촉했다.
　　　　　我們催促她盡快來首爾。
　　　　　도서관에서 편지로 그에게 책 반납을 독촉하였다.
　　　　　圖書館來信催促他盡快還書。

相關詞彙　재촉하다（催促）

돈독히[敦篤-] 副 敦厚

衍生片語　우정을 돈독히 하다（加深友情）

常用例句　양국은 관계를 돈독히 하기로 합의했다.
　　　　　雙方就促進兩國關係的篤實發展達成協議。
　　　　　일손은 느리지만 심덕이 좋고 부지런하여 배 국장의 신임을 돈독
　　　　　히 얻고 있었다.
　　　　　雖然幹活有點慢，但是品德好，人也勤快，深受裴局長的信任。

相關詞彙 독실히（篤實）

▶ **돋구다** 動 提高

衍生片語 안경의 도수를 돋구다（增加眼鏡度數），활력을 돋구다（增加活力）

常用例句 그러는 대신에 그들은 서로의 흠집내기에만 목청을 돋구고 있다.
取而代之的只是他們提高嗓門互相挑對方的毛病。

相關詞彙 높이다（提高）

▶ **돋보이다** 動 顯眼，觸目

衍生片語 돋보인 노래 솜씨（出眾的歌藝），돋보이게 하다（使顯眼，突顯）

常用例句 이번 영화에서 그의 연기는 단연 돋보였다.
在這部電影中他的演技非常出眾。
그 옷은 그녀의 몸매를 한층 더 돋보이게 했다.
這件衣服更加突顯了她的身材。

相關詞彙 선보이다（亮相，披露）

▶ **돋치다** 動 長出，帶著

衍生片語 가시가 돋치다（帶刺），날개 돋친 듯 팔리다（頃刻之間銷售一空）

常用例句 그렇게 가시 돋친 말을 해야 직성이 풀려요?
你非要說話帶刺心裡才舒服嗎?
고슴도치 등에는 뾰족한 가시가 돋쳐 있다.
刺蝟身上長著尖尖的刺。

相關詞彙 생기다（生長）

▶ **돌돌** 副 捲成團，軲轆轆，潺潺

衍生片語 종이를 돌돌 말다（把紙捲成團），돌돌 돌아가다（軲轆轆地轉）

常用例句 맑은 시냇물이 돌돌 흘러내리고 있다.
清澈的溪水潺潺流過。
수레가 돌돌 소리를 내기 시작했다.
車輪開始軲轆轆地響。
그녀는 돌돌 만 신문으로 파리를 내리쳤다.
她用捲起來的報紙打了蒼蠅。

相關詞彙 둘둘 （軲轆轆）

▶ 동냥 名 乞討，化緣

衍生片語 동냥 나온 거지 （前來乞討的乞丐）

常用例句 우린 가난하지만 그래도 동냥은 안 받아요.
我們雖然窮，但是我們不接受施捨。
승복을 한 스님 한 분이 공양미 동냥을 하며 마을을 돌고 있었다.
一位穿僧服的師父來我們村裡化緣。

相關詞彙 걸식하다 （乞討）

▶ 동동 副 咚咚，一浮一浮地

衍生片語 밥알이 동동 뜨다 （漂著飯粒），발을 동동 구르다 （咚咚地跺腳）

常用例句 사람들이 언 발을 동동 구르며 버스를 기다리고 있다.
人們一邊跺著被凍僵的腳，一邊等公車。
작은 북이 동동 울린다.
小鼓咚咚響。

相關詞彙 동실동실 （漂浮，咚咚）

▶ 동문서답하다[東問西答-] 動 答非所問，文不對題

衍生片語 묻는 말에 동문서답하다 （答非所問）

常用例句 그와 이야기할 때 종종 동문서답한다.
和他談話，往往是答非所問。

相關詞彙 문동답서하다 （問東答西）

▶ 동포[同胞] 名 同胞

衍生片語 해외 동포 （海外同胞），재미동포 （在美同胞）

常用例句 고국에 계신 동포 여러분 사랑합니다.
身在祖國的同胞們，我愛你們。
외국에 살고 있는 한 동포가 초등학교 때 헤어진 친구를 찾는다는 위와 같은 내용의 전자우편을 한 인터넷 사이트의 '사람찾기' 난에 보냈다.
一位身在國外的同胞，向一個網址的「尋人欄」發送了如上內容的電子郵件，以尋找小學時失散的朋友。

相關詞彙 형제 （兄弟），한겨레 （同胞）

► **동향[動向]** 图 ①動態，走勢　②老鄉，同鄉

衍生片語　여론의 동향（輿論動向），연구 동향（研究動態）

常用例句　동향을 좀 살피고 나서 얘기하자.
先觀察一下動向再說吧。
그 사람의 동향을 낱낱이 파악하여 수시로 보고하도록 하라.
注意那個人的一切動向，隨時報告！

相關詞彙　움직임（趨勢，走向）

► **동호회[同好會]** 图 愛好者協會，聯誼會

衍生片語　동호회에 가입하다（加入聯誼會），영화 동호회（影迷協會）

常用例句　이 단체는 이권과 관계없는, 순수한 체육 동호회로 조직되었다.
這個團體和利權無關，只是單純的體育同好會。

相關詞彙　동아리（社團）

► **되뇌다** 動 反覆説，重溫

衍生片語　같은 말을 되뇌다（重複同樣的話）

常用例句　그는 그 구절을 주문처럼 되뇌었다.
他像念咒似的一直重複那個句子。
그녀는 오래전부터 아들한테 가겠다고 되뇌고 있다.
她老早就開始念著要到兒子那裡去。

相關詞彙　되풀이하다（重複）

► **되새기다** 動 咀嚼，反芻，重新思索

衍生片語　과거를 되새기다（回味過去），문제를 되새기다（重新思考問題）

常用例句　정상적인 소는 매번 50～60회 되새긴다.
正常的牛每次反芻50～60次。
그녀는 그날 일어난 일들을 되새겨 보았다.
她重新思考了那天發生的事。

相關詞彙　씹다（咀嚼）

► **되짚다** 動 ①重新　②回顧，轉身回頭

衍生片語　되짚어 생각하다（回想），지나온 인생을 되짚어 보다（回顧過往人生）

常用例句 그녀는 몸을 돌려 집을 향해 왔던 길을 되짚어 가기 시작했다.
她轉過身，沿原路往回家的方向走去。
그는 고등학교 시절을 되짚고 있었다.
他回想起了高中時代。

相關詞彙 되돌다（重返，返回）

두근두근 副 怦然，怦怦

衍生片語 가슴이 두근두근 떨리다（心怦怦地跳）

常用例句 흥분해서 심장이 두근두근 뛰었다.
興奮得心怦怦直跳。
그를 볼 때마다 가슴이 두근두근 뛰어놀곤 했다.
每次看見他都覺得怦然心動。

相關詞彙 도근도근（怦然）

두드러지다 動 突出

衍生片語 두드러진 공적（突出的功績），두드러진 차이（明顯的差異），
두드러진 특징（突出的特徵）

常用例句 특히 중산층에서 적자 가정의 감소가 가장 두드러졌다.
尤其是中產階級赤字家庭的減少最爲明顯。
특히 석유류의 제품이 25.3% 가량 상승해 지난 한 해 동안 가장 두
드러진 상승세를 보였다.
特別是石油類商品大約上漲了25.3%，呈現出過去一年間最爲突出
的上升態勢。

相關詞彙 뚜렷하다（明顯，顯著）

두들기다 動 狠打，亂打，敲

衍生片語 대문을 두들기다（砸大門），종을 두들기다（敲鐘）

常用例句 그는 주먹으로 문을 쾅쾅 두들겼다.
他當時用拳頭哐哐地砸門。
법에 근거하여 마약 범죄를 흠씬 두들긴다.
依法嚴厲打擊毒品犯罪。

相關詞彙 뚜들기다（狠打）

두루 副 歷，遍，泛

衍生片語 두루 배우다（博學），두루 관람하다（一一瀏覽）

常用例句 그는 외국 사람인데도 한국의 역사를 두루 꿴다.
他雖然是外國人，但十分精通韓國歷史。
전국 각지를 두루 돌아다녔다.
周遊祖國各地。

相關詞彙 대충（大略，大概）

두터이 副 篤定，堅定

衍生片語 우정을 두터이 하다（加深友情）

常用例句 어머니는 두터이 신앙을 가지셨다.
母親有著堅定的信仰。
회장은 비서실장을 두터이 신임한다.
會長非常信任祕書辦公室的室長。

相關詞彙 두텁다（篤，深）

둔하다[鈍-] 形 ①遲鈍，笨拙　②低沉　③不快

衍生片語 머리가 둔하다（腦子遲鈍），소리가 둔하다（聲音低沉），칼이 둔하다（刀很鈍）

常用例句 일요일 저녁이라 시내로 들어오는 차량들의 움직임이 둔하다.
因爲是星期天傍晚，所以入市的車輛速度緩慢。
그 사람은 키도 크고 몸집도 좋지만, 동작은 결코 둔하지 않다.
他雖然個子很高、塊頭很大，但是動作一點也不笨拙。

相關詞彙 굼뜨다（遲鈍，慢吞吞）

둘둘 副 轱轆轱轆，一圈一圈地

衍生片語 바퀴가 둘둘 돌아가다（車輪轱轆轆地轉），둘둘 감다（一圈圈地繞）

常用例句 그는 상처에 붕대를 둘둘 감쌌다.
他一圈圈地把傷口纏上了繃帶。
아버지는 둘둘 만 헌 신문지 묶음을 팔에 끼고 있었다.
父親把捲好的舊報紙捆夾在腋下。

相關詞彙 돌돌（轱轆轆）

둥실 副 飄，升起

衍生片語 하늘에 둥실 뜬 애드벌룬（天空上飄著的氫氣球），하늘에 둥실 떠가는 구름（天空中飄浮的雲彩）

常用例句 초가지붕 위에 보름달이 둥실 떠 있다.
茅草屋頂上升起一輪滿月。
산 위에 쟁반 같이 둥근 달이 둥실 떠올랐다.
山上升起銀盤似的明月。

相關詞彙 둥실 (飄，升起)

뒤따르다 動 跟著

衍生片語 형을 뒤따르다 (跟著哥哥)，물가 인상에 뒤따르다 (伴隨物價上漲)，거센 반발이 뒤따르다 (強烈的反駁緊隨其後)

常用例句 많은 소년과 소녀들이 서커스 행렬을 뒤따랐다.
很多少男少女都跟在馬戲團的隊伍後。
하지만 막상 인터넷 쇼핑을 하려들면 여러 가지 불편과 위험도 뒤따른다.
但眞要打算網購時，各種不便和危險也會隨之而來。

相關詞彙 따르다 (跟隨)

뒤바뀌다 動 顛倒，翻轉

衍生片語 순서가 뒤바뀌다 (顛倒順序)，역사가 뒤바뀌다 (顛倒歷史)

常用例句 전세는 곧 우리에게 유리한 방향으로 뒤바뀔 것이다.
局勢一定會朝著對我們有利的方向轉變。
나는 결코 내 위치가 그녀와 뒤바뀔 것이라고 생각해 본 적이 없다.
我從未想過要跟她換位置。

相關詞彙 도치되다 (倒置)

뒤죽박죽 副 雜亂無章，亂七八糟

衍生片語 뒤죽박죽 난잡한 뜬소문 (亂七八糟的傳聞)，뒤죽박죽인 말 (毫無頭緒的語言)

常用例句 오랫동안 책상 정리를 안 했더니 책상 위가 뒤죽박죽이다.
好久沒有整理桌子了，桌子上亂七八糟。
생각할 것이 너무 많아 머릿속이 뒤죽박죽이다.
腦子裡想法太多，一片混亂。

相關詞彙 엉망진창 (一塌糊塗，亂七八糟)

뒤척이다 動 翻找，輾轉

衍生片語 물건을 뒤척이다 (翻東西)，밤새도록 몸을 뒤척이다 (整夜輾轉

反側)

> 常用例句　그는 얼마 동안 이불 위에서 뒤척이다가 숨을 확 토해 내고는 일어
> 나 앉았다.
>
> 　　他在床上輾轉反側，過了一會兒深呼一口氣坐了起來。

> 相關詞彙　뒤집다（翻，倒）

▶ 뒤틀리다 動 彆扭

衍生片語　심사가 뒤틀리다（心裡彆扭），계획이 뒤틀리다（計劃受阻）

常用例句　계획이 중간에서 뒤틀렸다.
　　計劃在中途出了點問題。
　　주요 자재가 나무로 되어 있어 뒤틀림이 심하고 화재에 약하다는
　　것이 큰 약점으로 지적되어 왔다.
　　主要材料爲木質，變形嚴重，不能防火，這些被認爲是最大的弱
　　點。

相關詞彙　비뚤어지다（傾斜，搞擰）

▶ 뒷받침 名 後盾，後台，靠山

衍生片語　뒷받침해 주다（撐腰），뒷받침이 있다（有後盾）

常用例句　재능을 타고나고 하더라도 후천적 노력에 의해 뒷받침 되지 않으면
　　성공하기 어렵다.
　　即使有天生的才華，但如果沒有後天努力作爲保障也很難成功。
　　누가 그를 뒷받침해 주든 이치에 맞으면 두려울 것이 없다.
　　不管誰給他撐腰，有理就不用怕。

相關詞彙　배경（背景，後台）

▶ 뒹굴다 動 打滾，遊手好閒

衍生片語　뒹굴며 지내다（遊手好閒），뒹구는 낙엽（飄舞的落葉）

常用例句　뒹굴며 지내며 정당한 직업에 종사하지 않는다.
　　遊手好閒不務正業。
　　아이들은 종일 풀밭에서 뒹굴며 놀았다.
　　孩子們整天在草地裡打滾玩耍。

相關詞彙　빈둥빈둥（遊手好閒）

▶ 들뜨다 動 ①浮起，翹　②浮腫

衍生片語　마음이 들뜨다（心情浮躁），얼굴이 들뜨다（臉浮腫），벽지가

들뜨다〔壁紙翹起來了〕

常用例句 그는 현실에 발을 붙이지 못한 들뜬 환상가이다.
他是位浮於現實之上的幻想家。
모처럼 휴가에 들뜬 영수는 일이 손에 잡히지 않는 눈치였다.
難得的休假讓永洙心猿意馬，一副什麼工作都做不下去的樣子。

▶ 들락날락 副 進進出出，精神恍惚

衍生片語 들락날락 정신이 없다〔精神恍惚〕，정신이 들락날락 혼미하다
〔精神恍惚〕

常用例句 저 집엔 많은 사람들이 무시로 들락날락한다.
那棟房子好多人都能隨意進出。
아이들이 강에서 들락날락 자맥질하고 있었다.
孩子們在江裡來來回回地鑽入水裡又鑽出來。

相關詞彙 들랑날랑〔進進出出〕

▶ 들썩들썩 副 聳動，心神不定，亂哄哄

衍生片語 어깨를 들썩들썩 하다〔抖肩膀〕，마음이 들썩들썩 들떠 있다〔心
神不定〕

常用例句 세찬 바람에 지붕이 들썩들썩 움직인다.
屋頂在大風中搖擺。

相關詞彙 뜰썩뜰썩〔聳動，心神不定〕

▶ 들썩이다 動 聳動，激盪

衍生片語 이불을 들썩이다〔抖被子〕，마음이 들썩이다〔心神不定〕

常用例句 그녀의 마음은 배낭여행에 대한 기대감으로 들썩였다.
她內心對背包旅行心馳神往。
음악 소리에 나도 모르게 엉덩이가 들썩였다.
在音樂聲中我也不由自主地扭動起來。

相關詞彙 떨다〔抖〕

▶ 들쑥날쑥 副 參差，錯落

衍生片語 들쑥날쑥 가지런하지 못하다〔參差不齊〕，개 이빨처럼 들쑥날쑥
하다〔像狗牙一樣參差不齊〕

常用例句 같은 나이라도 아이들의 키는 들쑥날쑥하다.
即使年紀相仿，孩子們的身高也是參差不齊。

푸른 소나무과 잣나무가 들쑥날쑥 흩어져 있다 .
青松翠柏錯落其間。

相關詞彙 들쭉날쭉 (參差，錯落)

▷ 들어맞다 動 符合，應驗

衍生片語 앞뒤가 들어맞다 (前後一致)，의견이 들어맞다 (意見吻合)，
말이 들어맞다 (言語中肯)

常用例句 어제 꾼 꿈이 딱 들어맞았다.
昨天作的夢真的應驗了。
이것은 그 상황에 딱 들어맞는 말이다 .
這話跟實際情況十分吻合。

相關詞彙 적합하다 (切合，吻合)

▷ 들쭉날쭉 副 參差，凹凸不平

衍生片語 들쭉날쭉 솟은 봉우리 (高高低低的山峰)，들쭉날쭉 가지란하지
못하다 (凹凸不平)

常用例句 그들은 들쭉날쭉한 그 해안선의 아름다움에 감탄했다.
他們驚嘆於蜿蜒的海岸線的美麗。
아이들이 줄을 선다고 선 것이 들쭉날쭉 제멋대로이다.
孩子們排的隊，是歪歪扭扭、隨心所欲。

相關詞彙 울퉁불퉁 (凹凸，崎嶇)

▷ 들키다 動 被發覺，被察覺

衍生片語 일이 들키다 (事情被發現)，시험에서 부정행위가 들키다 (考試
作弊被發現)

常用例句 소년은 지갑을 훔치려다가 주인에게 들켰다.
少年偷錢包時被主人發現了。
학생들이 담배를 피우다 선생님께 들켜서 혼이 났다.
學生們吸菸時被老師發現，挨罵了。

相關詞彙 발견되다 (被發現)

▷ 등용[登用] 名 任用，提拔

衍生片語 인재 등용 (人才錄用)，요직에 등용하다 (委以要職)

常用例句 학벌이나 배경이 등용의 수단이 되어서는 안 된다.
不能把學歷或背景作為錄用人才的手段。

그 일에 적합하지 않은 사람을 등용했다.
錄用了並不適合做那項工作的人。

相關詞彙 임용하다（任用）

등장[登場](하) 名 登場，登台

衍生片語 신무기의 등장（新式武器的出現），등장 인물（上場人物）

常用例句 합병으로 거대 광고회사가 출현하고, 새로운 매체의 등장과 기존
매체의 몰락이 가속화된다.
由於合併出現了大型廣告公司，加速了新媒體的出現和現有媒體的
沒落。
전통적인 한옥을 개량하여 발전시킨 미래형 한옥들이 속속 등장하
고 있다.
將傳統韓式房屋進行改良發展而成的新型韓式房屋正陸續出現。

相關詞彙 나타나다（出現）

등재하다[登載-] 動 刊登，登載

衍生片語 광고를 등재하다（刊登廣告），사진을 등재하다（登載照片）

常用例句 각 신문은 눈에 확 띠는 곳에 이 소식을 등재했다.
各大報紙都在顯要位置刊登了這則消息。
그의 작품이 신문에 등재되었다.
他的作品刊登在了報紙上。

相關詞彙 싣다（刊登，發表）

디저트 (dessert) 名 甜點

衍生片語 디저트를 좋아하다（喜歡甜點），디저트로 사과 파이를 먹다（甜
點吃了蘋果派）

常用例句 음식을 나르는 공간, 음료수와 디저트의 배치, 쓰레기통의 위치 등
을 고려하지 않으면 종업원들이 신속하게 움직이지 못하고 일이 두
배로 많아져서 서비스를 제대로 제공할 수 없다.
如果不考慮運送食物的空間、飲料與甜點的放置、垃圾桶的位置
等，服務生就無法快速移動，要做的工作也會成倍增加，就不能按
時提供服務。

相關詞彙 후식（飯後甜點）

➤ **따끈하다** 形 熱呼呼，暖熱的

衍生片語　따끈한 커피（熱呼呼的咖啡）

常用例句　따끈한 아랫목에서 언 몸을 녹였다.
　　　　　熱呼呼的炕把凍僵的身體都暖和過來了。
　　　　　그 때는 바닷물도 매우 따끈했다.
　　　　　那時候的海水也是十分暖和的。

相關詞彙　뜨끈하다（熱呼呼）

➤ **따끔하다** 形 嚴厲，狠狠，針刺般的痛

衍生片語　손이 따끔하다（手像針刺般的痛），따끔하게 욕하다（狠狠地
　　　　　罵），따끔한 비판（嚴厲的批判）

常用例句　가시에 찔린 손가락이 따끔하다.
　　　　　扎了刺的手指很痛。
　　　　　그런 녀석에게는 따끔한 맛을 보여 주어야 한다.
　　　　　對那種傢伙就應該讓他知道一下厲害。

相關詞彙　매섭다（嚴厲，狠狠）

➤ **따름** 名 只不過，只是

衍生片語　추측일 따름이다（不過是猜測），감사할 따름이다（只有感激）

常用例句　일이 이렇게 될 줄은 몰랐다. 함께 준비한 동료들에게 미안할 따름
　　　　　이다.
　　　　　眞沒有想到事情會變成這個樣子，只是感覺對不起一起準備的同
　　　　　事。
　　　　　이것은 단지 하나의 추측일 따름이다.
　　　　　這只不過是一種猜測。

相關詞彙　뿐（僅）

➤ **딱하다** 形 可憐，難堪，爲難

衍生片語　딱한 사정（爲難的事情），딱한 형편（難堪的境遇）

常用例句　이렇게 비가 많이 오는 날에 아이에게 하필 소풍 간다고 했으니 딱
　　　　　하다.
　　　　　幹嘛偏偏在這種下雨天跟孩子說要去郊遊呢，眞讓人爲難。
　　　　　추위에 떨며 구걸하는 아이가 하도 딱해 보여서 집 안으로 들어오
　　　　　게 했다.

覺得寒風裡瑟瑟發抖沿街乞討的孩子太可憐，所以就讓他進屋了。

相關詞彙 난처하다（爲難，尷尬）

► **딴** 名 自以爲

衍生片語 자기 딴（自認爲），제 딴（自認爲）

常用例句 자기 딴에는 그 말을 위로하느라 했겠지만 나에게는 그게 더 상처가 되었다.
雖然他自以爲那些話是出於安慰才說的，但對我而言卻是一種傷害。
제 딴에는 그만하면 넉넉할 줄 알았습니다.
我本來以爲那些就足夠了。

相關詞彙 스스로（而已，只不過）

► **딸리다** 動 附屬，附帶，屬於

衍生片語 딸려 있는 조항（附帶條件），고양잇과에 딸리다（屬於貓科）

常用例句 이 학교는 사범대학에 딸린 것이다.
這所學校是師範大學附屬學校。
호랑이는 고양잇과에 딸린 동물이다.
老虎屬於貓科動物。

相關詞彙 부속（附屬）

► **딸리다** 動 不足，不夠

衍生片語 일손이 딸리다（人手不夠），지격이 딸리다（不夠資格），공급이 딸리다（供給不足）

常用例句 그의 중국어는 정말 훌륭해서 아무리 질문을 해도 딸리는 법이 없다.
他的中文眞厲害，怎麼問都難不倒。

相關詞彙 부족하다（不足）

► **땋다** 動 編，編結

衍生片語 머리를 땋다（編辮子），수염을 땋다（編鬍子）

常用例句 어머니는 나의 머리를 두 갈래로 땋아 리본을 묶어 주었다.
媽媽把我的頭髮分成兩股，編好辮子後綁上了髮帶。
아이가 할아버지의 무릎에 앉아 수염을 땋는 장난을 하고 있다.
孩子坐在爺爺腿上編鬍子玩。

相關詞彙 엮다（編，紮）

▶ 때굴때굴 副 骨碌碌

衍生片語 때굴때굴 구른다（骨碌碌地滾）

常用例句 꼬마는 갑자기 배탈이 났는지 배를 움켜잡고 때굴때굴 구르기 시
작했다.
孩子突然鬧肚子，抱著肚子開始骨碌骨碌打起滾來。

相關詞彙 대굴대굴（骨碌碌）

▶ 때다 動 燒，生

衍生片語 불을 때다（生火），장작을 때다（燒柴火）

常用例句 석탄을 때는 것보다 가스를 때는 것이 더 계산이 맞는다.
燒瓦斯比燒煤划算。

相關詞彙 태우다（燒，燃）

▶ 떠돌아다니다 動 漂泊，漂流

衍生片語 떠돌아다니는 거지（居無定所的乞丐），떠돌아다니며 걸식하다
（流浪乞食）

常用例句 떠돌아다니던 인류가 농사를 짓기 위해서 한곳에 정착하여 살게 되
면서 문명이 발생하였다.
四處流浪的人類爲了從事農耕而定居在某個地方，繼而產生了文
明。
중세기의 음유 시인들은 생계를 꾸려가면서 유럽을 떠돌아다닌 시
인 음악가였다.
中世紀的吟遊詩人就是指一邊謀生一邊在歐洲流浪的詩人音樂家。

相關詞彙 표박하다（漂泊）

▶ 떨어뜨리다 動 遺落，降低，落下

衍生片語 이름을 떨어뜨리다（漏掉名字），안경을 떨어뜨리다（弄掉眼
鏡），위신을 떨어뜨리다（喪失威信）

常用例句 지나친 속보 경쟁으로 보도의 정확성과 객관성을 떨어뜨리는 이러
한 행태는 하루빨리 개선되어야 할 것이다.
過分追求及時報導的競爭，大大降低了報導的準確性和客觀性，這
種情況應該早日得到改善。
직위를 떨어뜨려 유임시켰다.

降級留任了。

相關詞彙 떨어지다（降低，下降）

▶ **떨치다** 動 擺脫，扔下

衍生片語 속박을 떨치다（擺脫束縛），더위를 떨치다（解暑），멍에를 떨치다（掙脫枷鎖）

常用例句 매달리는 아이를 떨치고 갔다.
甩開纏人的孩子走了。

相關詞彙 벗어나다（擺脫）

▶ **또박또박** 副 ①清清楚楚 ②踢躂

衍生片語 또박또박 말하다（說得清清楚楚），또박또박 걷다（踢躂踢躂地走路）

常用例句 매일 또박또박 복습을 한다.
每天一絲不苟地復習。
또박또박 울려오는 담임선생님의 구두 굽 소리에 학생들은 모두 긴장하고 있었다.
聽到班主任老師的鞋跟發出的踢躂踢躂聲，學生們就都已經很緊張了。

相關詞彙 뚜벅뚜벅（咯噔咯噔）

▶ **뚝뚝** 副 咔嚓，簌簌，淅淅瀝瀝

衍生片語 눈물이 뚝뚝 떨어지다（眼淚簌簌地掉下），나뭇가지가 뚝뚝 부러지다（樹枝咔嚓一聲折斷了）

常用例句 뚝뚝 소리를 내며 나뭇가지가 바람에 부러졌다.
咔嚓一聲樹枝被風吹斷了。

相關詞彙 뚝뚝（咔嚓）

▶ **똘똘** 副 骨碌碌，咕嚕嚕

衍生片語 구슬이 똘똘 굴리다（珠子骨碌碌地滾），실을 똘똘 몽치다（把線咕嚕嚕地纏起來）

常用例句 종이를 똘똘 말아.
把紙咕嚕嚕地捲起來。

相關詞彙 데굴데굴（骨碌骨碌）

▶ **뚝뚝** 副 咔嚓，簌簌，瀝瀝

衍生片語 빗방울이 뚝뚝 떨어지다（雨點簌簌落下）

常用例句 비가 뚝뚝 멈추지 않는다.
雨淅淅瀝瀝地下個不停。
악어는 잡은 먹이를 다 먹어 치운 뒤에 마치 그 불행한 희생자를 불쌍하게 여기기라도 하듯 투명한 눈물을 뚝뚝 떨구며 운다.
鱷魚吃掉抓到的食物之後，似乎在可憐那些不幸的犧牲者，會汩汩流下透明的眼淚。

相關詞彙 뚝뚝（咔嚓，簌簌）

▶ **뚜렷하다** 形 鮮明，顯露，顯著

衍生片語 눈에 뚜렷하다（歷歷在目），주제가 뚜렷하다（主題鮮明），뚜렷한 특징（顯著的特徵）

常用例句 사실이 뚜렷하여, 변명의 여지가 없다.
事實很清楚，沒有什麼可解釋的。
사회가 개방화되고 교육 수준이 높아짐에 따라서 여성들의 사회 진출이 뚜렷이 증가하고 있다.
隨著社會開放、教育程度的提高，女性參與社會活動有了顯著的增加。

相關詞彙 두드러지다（顯著）

▶ **뚜벅뚜벅** 副 咯噔

衍生片語 뚜벅뚜벅 걷다（咯噔咯噔地走），뚜벅뚜벅하는 소리（咯噔的聲音）

常用例句 뚜벅뚜벅 소리를 내면서 들어갔다.
咯噔咯噔地走了進去。

相關詞彙 또박또박（踢躂）

▶ **뛰어나다** 動 優秀，優越，出眾

衍生片語 재능이 뛰어나다（才華出眾）

常用例句 실력이 뛰어나다고 해도 대인 관계에 문제가 있다면 조직 사회에서 살아남기 어려울 것이다.
即便能力超群，但若是人際關係有問題，也很難在社會上生存。
하지만 이런 뛰어난 목공예 문화가 있었다 하더라도 그 기법을 현대에 살리지 못한다면 아무 쓸모없는 것이 되고 만다.

然而即便有如此出眾的木工工藝文化，在現代如果不將這些技法發揚光大，最終也會毫無用處。

(相關詞彙) 훌륭하다（優秀）

► **뛰어넘다[-따]** 動 躍過，跨過

衍生片語 담을 뛰어넘다（翻牆），장애물을 뛰어넘다（躍過障礙物）

常用例句 글을 띄운 지 3일 만에 인터넷을 통해 만날 수 있게 된 그들은 시간과 공간도 뛰어넘는 인터넷의 위력이 놀랍기만 하다고 말했다.

他們在網路上發消息，3天後就透過網際網路見面了，這讓他們不得不驚訝於網際網路能夠跨越時空的威力。

할인 지역 밖의 통화 요금은 10초당 22원으로 두 배를 훌쩍 뛰어넘는다.

折扣區域之外的通話費每10秒22元，一下上漲了兩倍。

► **뛰어놀다** 動 跳動，遊玩

衍生片語 고기가 못에서 뛰어놀다（魚兒在池中游著）

常用例句 운동장에서 뛰어노는 아이들의 모습을 보는 것만으로도 마냥 기뻤다.

僅僅是看著體育場裡玩耍的孩子們，就覺得特別高興。

아이가 엄마의 배속에서 뛰어놀곤 했다.

胎兒常常在媽媽的腹內玩耍。

(相關詞彙) 뛰놀다（跳動，遊玩）

► **뜨끈하다** 形 熱呼呼，暖和

衍生片語 방바닥이 뜨끈하다（地板很暖和），구들이 뜨끈하다（炕熱呼呼的）

常用例句 난로 위에 올려 놓은 도시락이 뜨끈하다.

放在爐子上的便當熱呼呼的。

(相關詞彙) 따끈하다（熱呼呼）

► **뜨끔하다** 形 火辣辣的

衍生片語 손이 뜨끔하게 아프다（手火辣辣地疼）

常用例句 뜨끔하게 혼을 내 주어야 다시는 안 그러지.

狠狠地教訓一頓，下次才不會那樣。

넘어질 때 허리가 뜨끔했는데 병원에 한번 가 보아야겠다.
跌倒時腰火辣辣地疼，得去醫院看看。

相關詞彙 화끈하다（火辣辣）

뜬구름 名 浮雲，轉瞬即逝

衍生片語 뜬구름같은 인생（轉瞬即逝的人生），하늘에 떠다니는 뜬구름
（天空中飄來盪去的浮雲）

常用例句 푸른 하늘에는 뜬구름이 유유히 흐르고 있었다.
藍天上飄著悠悠的浮雲。
뜬구름같은 사랑을 펼쳤다 .
展開了一段浮雲般的愛情。

相關詞彙 부운（浮雲）

띄엄띄엄 副 斷斷續續，零零星星

衍生片語 띄엄띄엄 쓰다（斷斷續續地寫），띄엄띄엄 말하다（斷斷續續地
說）

常用例句 흥미로운 부분만 골라 띄엄띄엄 읽었더니 책의 전체적인 내용을 파
악하기 어려웠다.
只挑有意思的部分斷斷續續地讀，便很難了解全書的整體內容。
하늘에는 띄엄띄엄 새벽별 몇 개만이 있을 뿐이다.
天上稀稀落落地只有幾顆晨星。

相關詞彙 드문드문（零星，稀稀落落）

띄우다[띠-] 動 ①飄，浮 ②發出 ③間隔

衍生片語 연을 띄우다（放風箏），배를 띄우다（撐船）

常用例句 나무를 심을 때 간격을 좀 띄워 심어야 잘 자란다.
植樹時，讓樹和樹之間有一些間隔，樹才能長得好。
분위기를 띄우고 싶으면 신나는 노래를 부르는 것이 좋다.
如果想活躍氣氛，最好唱些歡快的歌曲。
외국 여행 중 시간을 내어 친구들에게 그림엽서를 띄웠다.
在國外旅遊時，抽空給朋友郵寄了明信片。

相關詞彙 날리다（飄，飛揚）

ㄹ

➤ **레스토랑 (restaurant)** 名 餐廳，餐館

衍生片語　레스토랑에서 식사하다（在餐廳用餐），레스토랑을 경영하다（經營餐館）

常用例句　레스토랑 하면 '화려하다, 멋있다' 등의 말이 떠오른다.
　　　　　一提到餐廳，就會想到「華麗、氣派」等詞語。
　　　　　교외에는 전문적으로 휴양자를 위하여 서비스하는 레스토랑이 있다.
　　　　　郊區有專門為度假人士服務的餐廳。

相關詞彙　식당（餐廳）

➤ **로봇(robot)[-봇]** 名 機器人

衍生片語　로봇을 연구하다（研究機器人）

常用例句　로봇에게는 팔을 움직이면서 걷는 것이 무척이나 어려운 일이다.
　　　　　對機器人來說，揮動胳臂走路是很困難的事。
　　　　　지금은 물결이 거세고 폭이 넓은 강에 다리를 건설할 때 기계와 로봇을 이용하지만, 과거에는 커다란 연을 날렸다.
　　　　　雖然現在在浪大江寬的水面上建橋時使用機械和機器人，但從前都是透過放巨大的風箏來實現的。

相關詞彙　과학기술（科學技術）

➤ **마구잡이** 名 蠻幹，亂來，盲目

衍生片語 마구잡이 벌목 (濫砍濫伐)

常用例句 물가가 오른다고 해서 마구잡이로 물건을 사들이는 태도는 지양해야 한다.
我們要摒棄那些一聽到漲價，就盲目跟風的購物態度和行爲。
객관적인 법칙을 무시하고 마구잡이로 하지 마라.
不要無視客觀規律去蠻幹。

相關詞彙 무턱대고 (盲目，蠻幹)

➤ **마냥** 副 盡情，足夠

衍生片語 마냥 발휘하다 (盡情發揮)，마냥 자기를 놓아두다 (盡情放縱自己)

常用例句 공원을 뛰어다니는 아이들의 모습이 마냥 즐거워 보였다.
公園裡跑來跑去的孩子們看上去非常快樂。

相關詞彙 마음껏 (盡情)

➤ **마다하다** 動 拒絕，不願意

衍生片語 대접을 마다하다 (拒絕接待)，호의를 마다하다 (拒絕好意)

常用例句 그는 술자리를 마다하고 집에 일찍 들어갔다.
他推辭了酒宴早早回家了。
오히려 중년층이나 노년층은 이런 일도 마다하지 않기 때문에 청년들에 비하여 일자리를 쉽게 얻는다.
反而是中年人、老年人並不拒絕這種工作，所以他們比年輕人更容易找到職位。

相關詞彙 거부하다 (拒絕，抗拒)

➤ **마당** 名 場面，局面

衍生片語 떠나는 마당 (離別的場面)，위급한 마당 (危急的場面)

常用例句 외부의 인재를 데려와도 모자라는 마당에 오랫동안 몸담았던 인재들이 회사를 떠나는 사례가 잇따르고 있다.
在即使引進外部人才，人手依然不足的情況下，又不斷發生在公司裡工作多年的人才離開公司的事件。

相關詞彙 지경 (情況，境地)

➤ **마련** 名 準備，儲備，籌備

衍生片語 새옷을 마련하다（準備新衣服），돈을 마련하다（準備錢）

常用例句 30만 원만 마련해 줄 수 없겠나?
能不能就幫我籌到30萬韓圜？

만들어진 순간부터는 사용자의 마음먹기에 따라 새로운 쓰임을 갖기 마련이다.
從被創造出來的一瞬間起，它會根據使用者的決定而具備新的用途。

이번에 개최된 시골 체험 캠프는 도시 아이들로 하여금 자연을 만끽할 수 있는 기회를 마련해 주었다.
這次舉辦的鄉村體驗營讓城市的孩子們有了享受自然的機會。

현재 얼마 남지 않은 100여 종의 야생동물이나마 보호할 수 있는 방안이 마련되어서 다행이다.
慶幸的是現在已經出現了保護僅存的爲數不多的100餘種野生動物的方案。

서울병원과 나라일보가 함께 마련하는 제31회 건강교실 공개강좌가 오는 8일 서울병원에서 열립니다.
首爾醫院和國家日報共同舉辦的「第31屆健康教室公開講座」8日在首爾醫院舉行。

相關詞彙 준비（準備），대비（預備）

➤ **마무리** 名 完成，結束

衍生片語 마무리를 짓다（收尾），마무리를 잘하다（圓滿收尾）

常用例句 제너럴 모터스사의 한국 대우자동차 인수 계획이 순조롭게 마무리됐기 때문에, 분석가들은 한국 최대 자동차 회사인 현대가 이로 인해서 막대한 타격과 도전을 받을 것이라고 여긴다.
分析人士認爲，由於通用汽車公司對韓國大宇公司的收購計劃順利完成，韓國最大的汽車公司現代汽車將爲此遭受巨大的打擊和挑戰。

회의가 마무리될 무렵 그는 아무도 모르게 슬그머니 자리를 빠져 나왔다.
會議快結束時，他一個人神不知鬼不覺地偷偷溜了出來。

相關詞彙 완성하다（完成），끝내다（結束）

➤ **마비되다[痲痹/麻痹]** 動 麻木，癱瘓

衍生片語 돈에 마비되다（被金錢所麻痺），신경이 마비되다（神經麻木）

常用例句 친구는 척추가 마비되어 앉거나 일어나지를 못한다.
朋友的脊椎麻痺了，不能坐也不能站。

相關詞彙 저리다（麻木）

➤ **마중하다** 動 迎接，出迎

衍生片語 친구를 마중하다（接朋友），손님을 마중하다（接客人）

常用例句 친구를 마중하러 공항에 갔다.
去機場接朋友。
이번 승리는 흔히 있는 일이 아니었기 때문에 황제까지 마중을 하였다.
由於這次勝利非比尋常，連皇帝都親自出迎了。

相關詞彙 픽업하다（迎接），배웅하다（相送）

➤ **마지못해** 形 不得不，不得已

衍生片語 마지못해 승낙하다（不得已答應），마지못해 행동하다（不得已為之）

常用例句 그와 얼굴이 마주치자 마지못해 인사를 꾸벅한다.
和他迎面碰到，不得已打了聲招呼。
아무것도 먹고 싶지 않았는데 주위에서 자꾸 권하는 바람에 마지못해 조금 먹는 시늉을 했다.
本來什麼都不想吃，但周圍的人總是在勸，所以不得已假裝吃了一點。

相關詞彙 부득이（不得已）

➤ **막다르다** 形 窮，絕，盡頭

衍生片語 날은 저물고 길은 막다르다（日暮途窮），막다른 골목에 다다르다（走投無路）

常用例句 성공을 보장하지는 못해도, 적어도 기업이 막다른 길로 들어서는 것은 막을 수 있다.
雖不能保證一定成功，但起碼不會讓企業走投無路。

相關詞彙 막히다（受阻，不通）

막무가내[莫無可奈] 名 無可奈何，根本不聽

衍生片語　막무가내로（不得已而……）

常用例句　아이의 고집은 아무리 어르고 구슬려도 막무가내였다.
小孩的牛脾氣上來，不論怎麼哄怎麼騙都毫無作用。

막상[-쌍] 副 事實上，實際上

衍生片語　막상 때가 닥치면（眞到了那時）

常用例句　막상 얼굴을 대하고 보니 할 말이 없었다.
眞的見面了卻又無話可說。
하지만 막상 인터넷 쇼핑을 하려 들면 여러 가지 불편과 위험도 뒤따른다.
但眞的打算網購時，各種不便和危險也會隨之而來。

相關詞彙　급기야（究竟，終於）

막상막하[莫上莫下] 名 不相上下，難兄難弟

衍生片語　실력은 막상막하이다（實力不相上下）

常用例句　내 영어 수준은 그와 막상막하다.
我的英語程度跟他不相上下。
두 사람은 한국어 수준에 있어서 막상막하이다.
兩人的韓國語程度不相上下。

相關詞彙　엇비슷하다（差不多，不相上下）

만끽하다[滿喫-] 動 享受

衍生片語　자유를 만끽하다（享受自由）

常用例句　이번에 개최된 시골 체험 캠프는 도시 아이들로 하여금 자연을 만끽할 수 있는 기회를 마련해 주었다.
這次舉辦的鄉村體驗營，讓城市的孩子們有了享受自然的機會。

相關詞彙　누리다（享受，享用）

만만치 않다 形 厲害，不可輕視，了不起

衍生片語　추위가 만만치 않다（不是一般的寒冷），비용이 만만치 않다（費用不菲）

常用例句　현재 최고 경영대학원들의 수업료는 물론 만만치 않습니다.

現在最頂級的經營學研究所的學費自然不菲。

이번 개발에 대한 이 일대 지역 주민들의 반발이 만만치 않다.

這一帶的居民對這次開發的反對意見非常強烈。

相關詞彙 만만하다（好對付，容易）

▶ **만무하다[萬無-]** 形 絕無，萬無

衍生片語 이럴 리 만무하다（決無這樣的道理）

常用例句 상대 후보의 인기가 워낙 높아서 이번 선거에서는 김 의원이 당선될 리 만무하다.

對方候選人的人氣相當高，這次選舉中金議員決不可能當選。

그렇게 착한 사람이 사람을 죽였을 리 만무하다.

那麼善良的人決不可能殺人。

▶ **만족스럽다[滿足-]** 形 滿足，滿意

衍生片語 상황이 만족스럽다（情況令人滿意），생활이 불만족스럽다（對生活不滿意）

常用例句 나는 이번 시험 결과가 만족스럽다.

我對這次考試的結果很滿意。

우선 직접 물건을 보고 사는 것이 아니기 때문에 자신이 기대했던 물건이 아니거나 물품의 상태가 만족스럽지 않을 경우가 많다.

首先因爲物品不是親眼看到後買的，所以有很多時候都會覺得並不是自己期待的東西，或是對東西的狀態不太滿意。

▶ **마주치다** 動 ①碰到 ②邂逅，偶然遇見

衍生片語 원수와 외나무 다리에서 마주치다（冤家路窄），우연히 마주치다（偶然遇見）

常用例句 아닌 게 아니라 이웃과 마주치면 인사는 커녕 얼굴을 돌리며 외면하는 경우도 있대요.

據說和鄰居偶然遇見時別說打招呼了，有時候還會轉過臉視而不見。

相關詞彙 충돌하다（衝突），만나다（遇見）

▶ **말꼬리** 名 ①馬尾 ②話尾，語病

衍生片語 말꼬리를 달다（接話尾），말꼬리를 잡다（挑語病）

常用例句 우리끼지 그냥 잡담 중인데 네가 왜 말꼬리를 잡느냐?

我們在這說閒話，你挑什麼語病？

여인은 말을 하다가 부끄러운 듯 말꼬리를 흐렸다.

女人說著說著就有些不好意思地閉了口。

相關詞彙　말머리（話尾）

▶ 말똥말똥 副 圓睜睜地，滴溜溜地

衍生片語　눈을 말똥말똥 뜨다（睜圓了眼睛），말똥말똥 쳐다보다（睜大眼睛注視著）

常用例句　그는 말똥말똥 하늘만 바라보았다.

他只是睜大眼睛望著天。

相關詞彙　멀뚱멀뚱（直愣愣）

▶ 말리다 動 弄乾，晾

衍生片語　빨래를 햇볕에 말리다（在陽光下曬衣服）

常用例句　라디에이터 위에 양말을 얹어 놓고 말렸다.

把襪子放在暖氣管上烘乾。

감을 꼬챙이에 꿰어 말리면 곶감이 된다.

將柿子穿在籤子上晾乾就成了柿餅。

相關詞彙　건조시키다（使乾燥）

▶ 말미암다 動 由於，因為

衍生片語　실수로 말미암아 생긴 사고（由失誤引起的事故）

常用例句　가정 교육의 소홀로 말미암아 청소년들의 일탈이 늘고 있다.

家庭教育的疏忽導致青少年漸漸偏離方向。

인간 게놈 프로젝트가 시작된 초기에는 저울추가 한때 유전 쪽으로 기울었으나 인간의 유전자 수가 뜻밖에 적은 것으로 나타남으로 말미암아 환경이 중요하다는 의견에 힘이 실리고 있다.

人類遺傳工程開始初期，天秤曾一度傾向於遺傳，但因為人類的遺傳基因出乎意料地少，因此給「環境重要說」賦予了力量。

相關詞彙　인하다（由於，因為）

▶ 말살하다[抹殺-] 動 勾銷，抹殺

衍生片語　단번에 말살해 버리다（一筆勾銷）

常用例句　그들은 악랄한 방법으로 우리 민족을 말살하려 했다.

他們曾企圖用卑鄙手段消滅我們的民族。

相關詞彙 지우다（抹消）

망가뜨리다 動 弄壞，毀

衍生片語 장난감을 망가뜨리다（弄壞玩具），실수로 카메라를 망가뜨리다
（不小心弄壞了相機）

常用例句 친구 노트북을 고쳐주려다가 완전히 망가뜨렸다.
幫朋友修筆記型電腦結果給弄壞了。
말짱한 책 한 권을 네가 망가뜨렸다.
好好的一本書，讓你給毀了。

相關詞彙 부수다（毀壞）

망각하다[忘卻-] 動 忘記，忘卻

衍生片語 시간을 망각하다（忘記時間），상처를 망각하다（忘記傷痛）

常用例句 그는 그 일을 이미 깡그리 망각했다.
他已經把那件事全忘了。
인간은 망각의 동물이다.
人是健忘的動物。

相關詞彙 잊어버리다（忘記）

맞물리다 動 銜接，配合

衍生片語 굳게 맞물린 입술（緊閉的雙唇），톱니바퀴가 맞물려 있다（齒輪
咬合在一起）

常用例句 은행 매각이나 산업은행 민영화 등이 맞물려 있어 올 하반기부터
금융권에는 치열한 눈치보기와 인수합병(M&A) 경쟁이 벌어질 전
망이다.
銀行抛售以及產業銀行民營化等接連不斷，預計從今年下半年開始
金融業將出現空前的觀望態勢以及激烈的企業併購的競爭。

相關詞彙 잇다（銜接，接上）

망치다 形 弄壞，搞壞，毀滅

衍生片語 국물을 망치다（搞壞一鍋粥），계획을 망치다（破壞計劃）

常用例句 그런데 일이 맡겨졌는데도 이 일은 내 일입네 네 일입네 하며 서로
미룬다거나, 일하기를 주저하고 미루다가 일을 망치는 경우도 있다.
但是有時即使工作交代下來了，也會斤斤計較、互相推諉、拖拖拉
拉，最終有可能壞了事。

매끈하다 形 平滑，滑膩，筆挺，清秀

衍生片語　매끈한 피부（光滑的皮膚）

常用例句　그는 언제나 매끈하고 줄이 선 양복을 입는다.
他總是穿著筆挺的西服。
이 판자는 매끈하게 대패로 밀었다.
這塊板子被刨得平滑。

相關詞彙　매끄럽다（光滑，通順）

매기다 動 估價，定位

衍生片語　값을 매기다（定價），등급을 매기다（定等級），점수를 매기다
（評分）

常用例句　아이들 성적순으로 등수를 매긴다 .
根據孩子們的成績排名次。
이 물건은 값을 비싸게 매길 수 있겠다.
這個東西的價格可以定得再高一點。

相關詞彙　치다（估價，核定）

매너(manner) 名 ①舉止　②禮貌，規矩

衍生片語　테이블 매너（用餐禮節），매너가 형편없다（太沒禮貌）

常用例句　경기에 참가하는 모든 선수는 반드시 좋은 매너를 갖추어야 한다.
所有參賽選手都必須有良好的舉止。
매너가 좋은 사람들 중에는 최고가 아니었던 사람들이 꽤 있다.
舉止有風度的人中，有很多並不是最好的。

相關詞彙　태도（態度），예의（禮儀）

매듭 名 ①扣，結　②歸結，癥結

衍生片語　매듭을 짓다（打結），문제의 매듭（問題的癥結）

常用例句　이번 일은 가능한 한 빨리 매듭짓는 것이 좋겠습니다.
希望這次的事情盡快了結。
문제의 매듭을 찾아내면 일은 처리하기 쉽다.
找出問題的癥結，事情就容易處理了。

매료되다[魅了-] 動 入迷，著迷

衍生片語　우주의 세계에 매료되다（爲宇宙的世界而著迷），음악에 매료되

다（沉迷於音樂）

常用例句 독자들은 작가의 유려한 문체에 매료되고 말았다.
讀者們都沉浸於作者流暢的文筆之中。

相關詞彙 반하다（入迷）

▶ 매섭다 形 嚴厲，厲害

衍生片語 매서운 비판（嚴厲的批判），어조가 매섭다（口氣很嚴厲），
매서운 추위（嚴寒）

常用例句 그들의 마음은 정말로 승냥이보다 더 매섭다.
他們的心真是比狼還狠。
햇볕이/햇살이 매섭게 내리쬔다.
烈日炎炎。

相關詞彙 무섭다（可怕）

▶ 매체[媒體] 名 媒體

常用例句 합병으로 거대 광고회사가 출현하고 새로운 매체의 등장과 기존 매
체의 몰락이 가속화된다.
由於合併出現了大型廣告公司，加速了新媒體的登場和現有媒體的
沒落。
현대 사회는 텔레비전, 인터넷으로 상징되는 전자 영상 매체의 시
대이다.
現代社會被稱作是以電視機、網路為代表的電子影像媒體時代。

相關詞彙 매스컴（大眾傳播）

▶ 매혹되다[魅惑-] 動 痴迷，入迷

衍生片語 자연의 아름다움에 매혹되다（沉迷於自然之美）

常用例句 해박한 지식과 식견에 매혹되었다.
為他淵博的知識和遠見所傾倒。
그는 자신도 모르게 아름다운 선율에 매혹되었다.
他不知不覺被優美的旋律迷住了。

相關詞彙 매료되다（入迷）

▶ 맥락[脈絡] 名 脈絡，脈理

衍生片語 문화적인 맥락（文化脈絡），논리적인 맥락（邏輯思路）

常用例句 이 문장은 맥락이 분명하다.

這篇文章脈絡分明。

(相關詞彙) 두서（頭緒）

▶ 맵시 **名** 俏麗，像樣

衍生片語 맵시 있는 옷차림（像樣的衣著），맵시가 나다（俏麗）

常用例句 여자 연예인들이 맵시 있게 청바지를 소화한 모습은 대중의 이목을
사로잡게 된다.
　女明星們穿著漂亮牛仔褲的俏麗模樣吸引著大家的目光。

(相關詞彙) 태（風姿）

▶ 머뭇거리다 **動** 猶豫，遲疑

衍生片語 조금도 머뭇거리지 않다（毫不猶豫），머뭇거리며 앞으로 나아가
지 못하다（躊躇不前）

常用例句 오랫동안 머뭇거리다가, 겨우 더듬더듬 말했다.
　猶豫了半天才吞吞吐吐地說了。
그는 좀 머뭇거리다가 계속해서 말을 이어 나갔다.
　他遲疑了一下接著往下說。

(相關詞彙) 주저하다（猶豫）

▶ 머뭇머뭇 **副** 猶豫，遲疑

衍生片語 머뭇머뭇 서 있다（猶豫地站著），머뭇머뭇 말하다（遲疑地說）

常用例句 무슨 말을 해야 좋을지 몰라 머뭇머뭇 망설이며 서 있었다.
　不知道該說什麼好，只是遲疑地站著。
그녀는 한동안 멍하게 있더니 머뭇머뭇 말했다.
　她愣了好一會兒才猶猶豫豫地開口說話。

(相關詞彙) 머무적거리다（猶豫，躊躇）

▶ 멀거니 **副** 呆愣愣地，茫然地

衍生片語 멀거니 뜬 눈（茫然的雙眼），멀거니 앉아 있다（呆呆地坐著）

常用例句 그녀는 내 이야기를 멀거니 듣고만 있었다.
　她只是呆呆地聽著我說話。
때때로 한 곳을 멀거니 응시하며 멍하니 있을 때도 있다.
　有時候會愣愣地盯住一個地方發呆。

(相關詞彙) 멍하니（呆愣愣地）

► **멀뚱멀뚱** 副 愣愣地

衍生片語 멀뚱멀뚱 바라보기만 하다（直愣愣地注視著），멀뚱멀뚱 앉아 있다（愣愣地坐著）

常用例句 입을 딱 봉하고 서로 멀뚱멀뚱 바라보기만 했다.
閉上嘴，只是一味地愣愣看著對方。
두 눈을 깜박이지 않고 멀뚱멀뚱 똑바로 앞을 주시한다.
兩眼直勾勾地盯著前方。

相關詞彙 말뚱말뚱（滴溜溜地）

► **멀쩡하다** 形 好好的，好端端的

衍生片語 멀쩡한 사람（好端端的人），멀쩡하게 살아 왔다（一直以來都比較健健康康）

常用例句 멀쩡한 만년필을 그가 망가뜨렸다.
好好的鋼筆讓他弄壞了。
멀쩡하던 사람이 갑자기 급병에 걸렸다.
好好的人一下子染上了急病。

相關詞彙 까닭없이（好好地，無端地）

► **메마르다** 形 貧瘠，枯燥，乾旱

衍生片語 밭이 메마르다（土地貧瘠），생활이 메마르다（生活枯燥），메마른 피부（乾燥的皮膚），날씨가 메마르다（氣候乾旱）

常用例句 메마른 날씨가 계속되자 화재가 자주 발생하고 있다.
乾旱的天氣持續時間長就經常發生火災。
사람이 늙으니 피부도 메말라진다.
人老了皮膚就也變得乾燥了。

相關詞彙 비옥하다（肥沃）

► **면적[面積]** 名 面積

衍生片語 건축 면적（建築面積），대지 면적（佔地面積）

常用例句 지구상에 녹지의 면적이 끊임없이 축소되고 있다.
地球上綠地的面積在不斷縮減。
뇌에서 손과 관련 있는 부위의 면적이 가장 넓다고 하던데, 그럼 손과 뇌 간에 밀접한 관계가 있다는 건가요?
聽說腦內與手有關的部位面積最大，那麼也就是說手和腦的關係比

較密切嗎？

相關詞彙 부피（體積）

▶ **명랑하다[明朗-]** 形 開朗，爽朗

衍生片語 성격이 명랑하다（性格開朗），명랑하게 웃다（爽朗地笑）

常用例句 늘 명랑했던 원장은 그날따라 부자연스럽게 공식적인 말만 했다.
總是很爽朗的院長偏偏那天很不自然，淨説些官話。

相關詞彙 밝다（明朗）

▶ **명료하다[明瞭-]** 形 明瞭，清晰

衍生片語 간단 명료하다（簡單明瞭），명료하지 않다（不明確）

常用例句 옛 성인들의 가르침은 하나같이 간단하고 명료했다.
過去的聖人們的教訓都是簡單明瞭的。
지은이의 의도가 명료하게 나타나 있는 글.
明確表達作者意圖的文章。

相關詞彙 분명하다（分明）

▶ **멍상[冥想]** 名 冥想

衍生片語 명상가（冥想家），명상곡（冥想曲）

常用例句 명상은 삶의 속도를 늦춰 주고 마음을 깨끗하게 해주거든요.
冥想能減緩人們生活的節奏，並且可以淨化人們的心靈。

相關詞彙 심사숙고（冥思苦想，深思熟慮）

▶ **모락모락** 副 冉冉，裊裊，茁壯

衍生片語 모락모락 피어 오르다（冉冉升起）

常用例句 밥 짓는 연기가 모락모락 피어오른다.
炊煙裊裊。
굴뚝에서 연기가 모락모락 나다.
煙囪裡冒出裊裊煙氣。

相關詞彙 무럭무럭（冉冉，茁壯）

▶ **모면하다[謀免-]** 動 避免，推脱

衍生片語 위험을 모면하다（避免危險），사고를 모면하다（避免事故），
책임을 모면하다（推卸責任）

常用例句 이에 맞서 환경론자들은 눈앞의 위기만 모면하려는 사고방식이 지금과 같은 환경 파괴를 가져왔다고 목소리를 높인다.

對此，環境論者強調，正是那些只想避免眼前危機的思考方式，導致了現在這種環境被破壞的局面。

그는 생방송 중 벌어진 방송 사고에도 허둥대지 않고 침착하게 행동해 위기를 모면했다.

在直播現場出現轉播事故，他也不慌張，沉著應對，順利渡過了難關。

相關詞彙 피하다（避免）

모색하다[摸索-][-새카-] 動 摸索

衍生片語 방법을 모색하다（摸索辦法）

常用例句 정부는 이처럼 너무 쉽고 가볍게 여기는 태도를 버리고 근본적인 대책을 모색해야 할 것이다.

政府應該拋棄這種把一切看得過於簡單輕鬆的態度，去探求根本性對策。

相關詞彙 탐색하다（探索）

모질다 形 殘酷，堅強，狠

衍生片語 성격이 모질다（性格凶狠），모진 풍파를 헤쳐나가다（闖過大風大浪），모진 말（狠話）

常用例句 수많은 사람의 생명을 모질게 뺏었다.

殘忍地奪去了許多人的生命。

이 사람은 마음이 매우 모질다.

這個人心眞狠。

그는 "너를 만난 것이 내 인생 처음이자 마지막 실수"라며 모진 말을 했다.

他狠狠地說：「遇到你是我人生的第一個也是最後一個錯誤」。

相關詞彙 매섭다（嚴重，狠）

모집[募集] 名 招募，招聘

衍生片語 기금을 모집하다（募集資金），점원 모집（招聘店員），모집방법（招募方法），신입 사원 모집 공고（招收新職員的廣告）

常用例句 신입사원으로 입사하고자 하는 사람은 방학 기간 중에 진행되는 인턴사원 모집에 응시해야 한다.

想進入公司工作的新職員必須參加假期舉行的見習職員應聘考試。

▶ **모쪼록** 副 千萬

常用例句 모쪼록 두 사람이 서로를 자신처럼 위하고 사랑하며 행복하게 살아
가기를 기원합니다.
希望兩位一定要像對待自身一樣相互愛護，幸福地生活。

相關詞彙 아무쪼록（千萬，一定），제발（千萬，一定）

▶ **모처럼** 副 難得，好不容易

衍生片語 모처럼 좋은 날씨（難得的好天氣），모처럼의 접대（難得的請
客）

常用例句 어제 모처럼 큰 눈이 내렸다.
昨天下了難得的一場大雪。
모처럼 떠나는 휴가에 들뜬 영수는 일이 손에 잡히지 않는 눈치였
다.
難得的休假讓永洙心猿意馬，一副什麼活都幹不下去的樣子。

相關詞彙 애써서（費勁），겨우（好不容易）

▶ **목덜미** 名 脖子，後頸

衍生片語 목덜미를 쓰다듬다（摸後頸），목덜미를 잡다（抓住後頸）

常用例句 머리카락이 목덜미를 덮었다.
頭髮把後頸蓋住了。

相關詞彙 덜미（脖子）

▶ **몰두하다** 動 埋頭，專心

衍生片語 일에 몰두하다（埋頭工作），연구에 몰두하다（埋頭於研究）

常用例句 공부하는 데 너무 몰두한 탓에 어머니께서 부르시는 소리를 못 들
었다.
只顧埋頭念書，連媽媽叫都沒有聽見。
연구원들은 실험에 몰두하느라 끼니를 거르기 일쑤였다.
研究員專心於試驗，經常忘了吃飯。

相關詞彙 전념하다（專注，專心）

▶ **몰리다** 動 ①被……困住 ②擁擠 ③被當成

衍生片語 범인으로 몰리다（被當成犯人）

常用例句 궁지에 몰린 나는 지푸라기라도 잡는 심정으로 평소 친하게 지내던 선배들에게 전화를 걸었다.
陷入困境的我似乎想要抓住一根救命稻草，於是給平日走得很近的學長打了電話。

相關詞彙 몰다（當成，難住）

▶ 몸담다 動 供職，從事

衍生片語 교직에 몸담다（從事教育事業）

常用例句 제가 이 회사에 몸담고 있던 오랜 시간 동안 했던 경험들은 값지고 보람 있는 것이었습니다.
我在這家公司就職這麼長的時間所獲得的經驗是珍貴而有意義的。

相關詞彙 재직하다（在職），담당하다（擔任，擔當）

▶ 못내 副 始終，依依

衍生片語 못내 잊지 못하다（始終難忘），못내 이별을 아쉬워하다（依依惜別）

常用例句 할머니는 내가 가는 걸 보시며 못내 섭섭해하셨다.
奶奶看到我要走，很是依依不捨。
나는 아버지에게 얘기할 용기가 못내 나지 않았다.
我始終沒有勇氣告訴爸爸。

相關詞彙 늘（始終，總是）

▶ 무관하다[無關-] 形 無干，無關

衍生片語 다른 사람과 무관하다（與別人無關）

常用例句 하지만 다른 사람들의 평가와는 무관하게 자기 소신껏 살아갈 필요도 있다.
但是有時也需要不去在意別人的評價，隨心所欲地自由生活。

相關詞彙 상관없다（無關）

▶ 무궁무진[無窮無盡] 名 取之不盡，無窮無盡

衍生片語 무궁무진한 아이디어（無窮無盡的想法）

常用例句 이 기술의 응용 분야는 무궁무진하다.
這項技術的應用領域非常廣泛。

相關詞彙 무진장（取之不盡）

무너지다 動 垮，垮台

衍生片語 담이 무너지다 (牆倒了)，회사가 무너지다 (公司倒閉)

常用例句 일을 할 때 너무 인정에 매여서 원칙이 무너진다.
處事時太感情用事容易失去原則。
백 리 제방이 개미굴 때문에 무너진다.
千里之堤，毀於蟻穴。

相關詞彙 부도나다 (倒閉)，망하다 (滅亡，死亡)

무뚝뚝하다 形 倔強，乾巴巴，木然

衍生片語 무뚝뚝한 표정 (木然的表情)，무뚝뚝한 말투 (呆板的語調)

常用例句 그는 무뚝뚝한 성격이지만 마음씨는 정말 좋다.
雖然他的性格有些木訥，但心地很善良。

相關詞彙 퉁명스럽다 (倔)

무럭무럭 副 茁壯，呼呼，油然而生

衍生片語 무럭무럭 자라다 (茁壯成長)，무럭무럭 생기다 (油然而生)

常用例句 굴뚝에서 검은 연기가 무럭무럭 났다.
煙囪裡呼呼地升起黑煙。

相關詞彙 모락모락 (縷縷，冉冉)

무려[無慮] 名 足有

衍生片語 무려 천만 명이 넘다 (足足超過一千萬人)

常用例句 홍보 기간이 짧았는데도 무려 오백 명이나 행사에 참가하였다.
雖然宣傳期間很短，但仍然足足有500人參加了活動。
경제 상황이 나빠져서 몇 달 사이에 물가가 무려 두 배나 올랐다.
經濟情況每況愈下，幾個月間物價上漲了足足兩倍。

무르다 動 ①熟透 ②退，悔

衍生片語 과일이 무르다 (水果熟透了)，차표를 무르다 (退車票)

常用例句 바둑은 한번 두면 다시 무르지 못한다.
圍棋落棋不悔。

相關詞彙 물리다 (退)

▶ 무릅쓰다 動 冒著，頂著，不顧

衍生片語　비를 무릅쓰고 오다（冒雨前來），추위를 무릅쓰다（頂著嚴寒），위험을 무릅쓰다（不顧危險）

常用例句　그는 생명의 위험을 무릅쓰고 물에 빠진 아이를 구하러 강에 뛰어들었다.
　　　　　他不顧生命危險跳進水裡救出了落水兒童。
　　　　　이처럼 무릅써 가며 할 만할 가치가 있는가?
　　　　　你犯得著這樣嗎？

相關詞彙　개의치 않다（不顧，冒著）

▶ 무모하다[無謀-] 形 冒失，盲目，魯莽

衍生片語　무모한 녀석（莽夫），무모한 행동（魯莽的行爲）

常用例句　그의 무모한 행동에 모두 어이가 없었다.
　　　　　大家都對他冒失的行爲沒辦法。

相關詞彙　덤벙대다（魯莽，冒失）

▶ 무사안일[無事安逸] 名 不思進取，無所作爲

衍生片語　무사안일 주의자（不思進取的人）

常用例句　회사 측은 소나기만 피해가면 된다는 식으로 무사안일한 태도를 보였다.
　　　　　公司方面的態度是只顧眼前、得過且過。

相關詞彙　진취성（上進心）

▶ 무성하다[茂盛-] 形 茁壯，茂盛

衍生片語　숲이 무성하다（樹林茂密），초목이 무성하다（草木繁茂）

常用例句　몇 년 전에 심은 묘목이 이제 매우 무성하여 숲을 이루었다.
　　　　　幾年前栽的樹苗現已蔚然成林。

相關詞彙　우거지다（茂盛）

▶ 무시되다[無視-] 動 不被理睬，被忽視

衍生片語　의견이 무시되다（意見被忽視），인권이 무시되다（人權被忽視）

常用例句　우리가 학장에게 한 항의가 무시되었다.
　　　　　我們對學院院長的抗議無人理睬。

相關詞彙 묵살하다（不理睬，廢置）

▶ 무시무시하다 形 凶惡，悚然

衍生片語 무시무시한 이야기（恐怖故事）

常用例句 어둠이 그 집을 더욱 무시무시하게 보이게 했다.
夜色使那間房子看上去更恐怖。

相關詞彙 흉악하다（凶惡，猙獰）

▶ 무심코[無心-] 副 無心地，無意間

衍生片語 무심코 입 밖에 내다（無心說漏了嘴），무심코 한 말（無心之言）

常用例句 무심코 버려지는 전자 제품 속에는 금과 은, 구리 같은 값비싼 금속
이 포함되어 있다.
無意間丟棄的電子產品裡含有金、銀、銅等貴金屬。
무심코 버린 담뱃불이 산불을 낸다.
無心扔掉的菸蒂會引起森林火災。

相關詞彙 일부러（有心，故意）

▶ 무작정[無酌定] 名 盲目，不分皂白

衍生片語 무작정 가다（盲目前往），무작정 화를 내다（不分青紅皂白便發
火），무작정 여행을 떠나다（盲目去旅遊）

常用例句 무작정 따라해서는 낭패를 보기 쉽다.
盲目的跟風很容易吃虧。
친구가 창업해서 성공했다고 무작정 따라 하는 것은 금물이다.
最忌諱的就是看到朋友創業成功就盲目地跟進。

相關詞彙 덮어놓고（不分青紅皂白）

▶ 무치다 動 涼拌

衍生片語 콩나물을 무치다（拌豆芽），시금치를 무치다（拌菠菜）

常用例句 채소는 무치거나 날것으로 먹는 것이 가장 좋다.
蔬菜拌著吃或生吃最好。

相關詞彙 날것（生的東西）

▶ 묵살하다 動 不予理睬，置之不理

衍生片語 요구를 묵살하다（對要求不予理會），의견을 묵살하다（對意見
置之不理）

常用例句 교사들의 건의를 묵살했다.
對老師們的意見不予理會。

相關詞彙 무시되다 (廢置，不理睬)

묵직하다 形 ①沉重，沉甸甸 ②穩健，穩重

衍生片語 묵직한 이삭 (沉甸甸的穀穗)，묵직한 느낌 (沉穩的感覺)

常用例句 그녀는 목에 묵직한 금목걸이를 하고 있었다.
她脖子上戴了條沉甸甸的金鏈子。

相關詞彙 무겁다 (沉重)

문란하다[紊亂-] 形 亂糟糟，腐朽

衍生片語 질서가 문란하다 (秩序混亂)，문란한 인생 (靡亂的人生)，
유통 질서 문란 (流通秩序混亂)

常用例句 택시들이 승차장 이외 지역에서 손님을 태우는 질서문란 행위도 부쩍 늘었다.
計程車在乘車處以外的地方載客的混亂現象也大幅增加。
생활양식이 문란해질 대로 문란해진다.
生活方式要多腐化就有多腐化。

相關詞彙 썩다 (腐爛，腐朽)

문양[文樣][紋樣] 名 花紋，圖案

衍生片語 문양이 정교하다 (圖案精妙)，문양을 도안하다 (製作圖案)

常用例句 도자기에 여러 가지 문양을 새겨 넣었다.
瓷器上鏤刻著各種圖案。

相關詞彙 무늬 (花紋，圖案)

문지르다 動 揉，搓，磨

衍生片語 바닥을 문지르다 (擦地)，손을 문지르다 (搓手)，문질러 벗겨지다 (搓掉)

常用例句 한참 동안 문질렀으나 아직 깨끗하지 않다.
擦了好一會兒，還是不乾淨。

相關詞彙 주무르다 (揉搓)

▶ **물결[-껼]** 名 水波，波浪

衍生片語　물결이 일다（起波浪），밀려오는 물결（湧來的水波）

常用例句　물은 솟구쳐야 높은 물결이 일며，사람은 자극을 받아야 분발한다.
水不激不躍，人不激不奮。
지금은 물결이 거세고 폭이 넓은 강에 다리를 건설할 때 기계와 로봇을 이용하지만, 과거에는 커다란 연을 날렸다.
雖然現在在浪大江寬的水面上建橋時使用機械和機器人，但從前都靠放飛巨大的風箏。

相關詞彙　파도（波濤），호수（湖）

▶ **물끄러미** 副 呆呆地，愣愣地

衍生片語　물끄러미 서 있다（呆呆地站著），물끄러미 쳐다보다（愣愣地望著）

常用例句　나는 물끄러미 그녀의 아름다운 얼굴을 바라보고 있었다.
我呆呆地看著她美麗的容顏。

相關詞彙　멀거니（呆愣愣地）

▶ **물렁물렁하다** 形 軟爛，軟弱

衍生片語　고기가 물렁물렁하다（肉很爛）

常用例句　팥죽이 물렁하게 삶겼다.
紅豆粥都熬爛糊了。
무리한 다이어트나 운동 부족으로 연골이 물렁물렁해져서 이런 증상이 나타납니다.
過度減肥或運動不足使得軟骨疏鬆，才出現這種症狀。

相關詞彙　물컹하다（爛糊，軟呼呼）

▶ **물리치다** 動 打退，拒絕，戰勝

衍生片語　적군을 물리치다（擊退敵軍），유혹을 물리치다（戰勝誘惑）

常用例句　식사 후에 이빨을 닦게 되면 야식의 유혹을 물리치는 데 도움이 된다.
飯後刷牙可以幫助擺脫宵夜的誘惑。
알코올의 유혹을 물리치는 데 커피만큼 강력한 힘을 발휘하는 다른 음료는 없다.
對於消除酒精的誘惑再沒有比咖啡更好的飲料了。

相關詞彙 이겨내다（戰勝）

▶ 뭉게뭉게 副 一圈一圈

衍生片語 구름이 뭉게뭉게 피어 감돌다（雲朵凝聚成圈）

常用例句 연기가 뭉게뭉게 위로 피어오르고 있다.
圍圍煙氣繚繞上升。

相關詞彙 뭉게구름（雲圈，積雲）

▶ 미끌미끌하다 形 滑溜溜的

衍生片語 미끌미끌한 바닥（地面光滑），미끌미끌한 피부（光滑的皮膚）

常用例句 바닥이 미끌미끌하니 조심하세요.
地面很滑，請小心。

相關詞彙 미끄럽다（滑溜）

▶ 미끼 名 魚餌，誘餌

衍生片語 미끼를 준비하다（準備魚餌），미끼로 삼다（作爲誘餌）

常用例句 큰 고기를 잡자면 낚시랑 미끼가 다 좋아야 하는 법이다.
想釣大魚必須漁竿和魚餌都要好才行。

相關詞彙 고기밥（魚餌，魚食）

▶ 미련[未練] 名 迷戀，貪戀

衍生片語 미련 있다/없다（留戀／毫不留戀），미련을 가지다（留戀）

常用例句 이미 자기 손을 떠난 일이라면 미련을 가져 봤자 소용없다.
如果事情己經無法掌控，那留戀也沒有用。
최근에는 안정된 직장과 그 속에서 쌓은 경력을 미련 없이 버리고
새로운 분야에서 다시 일을 시작하는 사람들이 늘어나고 있다.
最近毅然決然地放棄安定的職業以及在那裡獲得的經驗，重新開始
在新的領域工作的人正在增多。

相關詞彙 연연하다（貪戀，依戀）

▶ 미루다 動 ①延後 ②推諉

衍生片語 며칠 어물어물 미루다（拖延了幾日），급여 인상을 잠시 미루다
（暫緩加薪）

常用例句 그간 미루어져 오던 '야생동물 보호법'이 13일부터 시행되었다.
這期間一度延後的《野生動物保護法》從13日開始實施了。

그런데 일이 맡겨졌는데도 이 일은 내 일입네 네 일입네 하며 서로 미룬다거나, 일하기를 주저하고 미루다가 일을 망치는 경우도 있다.
但是有時即使工作交代下來了，也會斤斤計較、互相推諉、拖拖拉拉，最終有可能壞了事。

相關詞彙 연기하다（延期）

미숙하다[未熟-] 形 不熟，不熟練

衍生片語 일에 미숙하다（對工作不熟練），운전 미숙（駕駛不熟練）

常用例句 컴퓨터에 미숙한 사용자도 즉시 사용할 수 있다.
即使不熟悉電腦的用戶也能馬上使用。
일 처리가 미숙한 점에 대해 사과드립니다.
沒能熟練處理業務，我們深表歉意。
피로와 운전 미숙으로 차량 접촉 사고를 냈다.
由於疲勞再加上駕駛技術不熟練，和別的車刮了一下。

相關詞彙 서투르다（不熟練）

미처 副 未及，來不及

常用例句 음식이 미처 준비도 되지 않았는데 손님들이 도착했다.
還沒來得及準備好食物，客人們就來了。
요 며칠 너무 바빠서 미처 연락을 못 드렸습니다.
這幾天太忙了，沒來得及聯繫。
미처 거기까지는 생각을 못 했습니다.
還沒想到那一步。

민망하다[憫惘-] 形 心裡難受，過意不去

衍生片語 부탁을 하기가 민망하다（求人辦事很難為情），보기에 민망하다（看了心裡難受），민망하기 그지없다（心裡十分過意不去）

常用例句 이렇게까지 걱정을 끼쳐 드려서 정말 민망합니다.
讓您還操心這些，真是太過意不去了。

相關詞彙 면구스럽다（慚愧，過意不去）

민첩하다[敏捷-] 形 靈活，敏捷

衍生片語 움직임이 민첩하다（行動敏捷），민첩한 동작（敏捷的動作），민첩하게 운용하다（靈活運用）

常用例句 박주영은 빠른 스피드와 민첩한 동작으로 수차례에 걸쳐 골득점 기회를 만들어냈다.

朴洙英以極快的速度及敏捷的動作，創造了多次得分機會。

테니스 선수들은 동작이 민첩해야 한다.

網球選手需要身手敏捷。

相關詞彙 재빠르다 (靈活，便捷)

밀어주다 動 積極支持

衍生片語 적극적으로 밀어주다 (積極支持)

常用例句 우리는 그를 모임의 회장으로 밀어주기로 했다.

我們決定推舉他當組織的會長。

어떤 유력한 정치인이 이 계획을 뒤에서 밀어주고 있다.

這個計劃背後有某個強有力的政治家在支持。

相關詞彙 지지하다 (支持)

밀접하다 [密接-] [-쩌파-] 形 密切，緊密

衍生片語 밀접한 접촉 (密切接觸)，관계가 매우 밀접하다 (關係十分密切)

常用例句 다시 말해 인간이 이룩한 경제적 발전은 분업과 협업의 체계와 밀접하게 연관되어 있다고 할 수 있다.

換句話說，人類實現的經濟發展與分工合作的體系有著密切的關係。

인간의 행동이 유전에 의해 결정된다고 믿는 선천적 요인설과 그 반대로 환경과 밀접한 관계가 있다고 주장하는 환경적 요인설 사이에 입씨름이 벌어진 것이다.

「先天因素說」堅信人類的行動是由遺傳決定的，與其相反的「環境因素說」則主張人類行動與環境有密切關係，兩者展開了爭論。

속담은 우리의 삶과 밀접하게 연관되어 있으며 인간의 삶에 관한 크고 작은 진리를 담고 있다.

俗語與我們的生活密切相關，蘊含了和人類生活有關的大大小小的真理。

相關詞彙 가깝다 (近)

밉상 [-相] 名 醜相，寒碜

衍生片語 밉상이 아니다 (不算寒碜)，사고를 치는 밉상 (闖禍的醜態)

常用例句 보기만 해도 싫은 밉상이다.
　　　　使人望而生畏的醜陋相貌。

相關詞彙 곱상（相貌美麗）

► **밑지다** 動 虧本，賠本

衍生片語 밑지는 장사（賠本買賣），밑지는 투자（虧本的投資），
　　　　백만 원을 밑지다（虧了一百萬）

常用例句 판매자 입장에선 결코 밑지는 장사는 아니다.
　　　　從銷售者的角度來說，絕對不是賠本的買賣。
　　　　밑져야 본전이니 일단 해 보겠습니다.
　　　　反正不賠本，先做做試試。

相關詞彙 결손이 나다（虧損）

筆記

ㅂ

▶ 바가지 **名** 瓢

衍生片語 물 바가지（水瓢），바가지를 쓰다（被敲竹槓），바가지를 긁다
（〈妻子對丈夫〉發牢騷）

常用例句 저희 상점은 바가지를 씌운 적이 없습니다.
我們商店從不敲客人竹槓。
바가지 요금은 과연 상인들의 욕심 때문에 생기는 것일까요?
亂收費的現象難道眞是因爲商人的貪心引起的嗎？
피서지마다 바가지 요금이 또 극성이다.
每個避暑聖地的亂收費的現象都十分嚴重。
경제적인 문제로 바가지를 긁는 것은 부부 간에 피해야 할 일이다.
夫妻間應該避免因爲經濟問題發牢騷。

相關詞彙 그릇（容器）

▶ 바득바득 **副** ①糾纏，爭執　②掙扎　③嘎吱

衍生片語 바득바득 우기다（固執己見），바득바득 버티다（掙扎著堅
持），바득바득 갈다（嘎吱嘎吱地磨）

常用例句 각자가 자기의 의견을 바득바득 우기며 팽팽히 맞선다.
各執己見，爭執不下。
미워서 이를 바득바득 갈았다.
恨得嘎吱嘎吱直咬牙。

相關詞彙 부득부득（固執，糾纏）

▶ 바람직하다[-지카-] **形** 渴望，值得提倡

衍生片語 바람직한 일（值得提倡的事），바람직한 사회（正直的社會），
태도가 바람직하다（正直的態度）

常用例句 또 아이들이 자신의 생각을 충분히 표현할 수 있도록 가능성을 열
어두는 것이 바람직하다.
爲孩子提供可以充分表達自己思想的機會，這種做法是值得提倡
的。
다음 세대를 위해서는 자연을 어떻게 개발하느냐보다는 어떻게 보
호하느냐를 생각하는 것이 더 바람직하다.
爲了下一代，我們不應該思考如何去開發自然，而應該思考如何保
護自然。

相關詞彙 희망（希望），원하다（願望）

ㅂ

▶ 바야흐로 副 正好，正值，正在

衍生片語 바야흐로 이팔청춘이다（正值豆蔻年華）

常用例句 바야흐로 따뜻한 군고구마가 그리워지는 계절이 돌아왔다.
又到了懷念熱呼呼的烤地瓜的季節。
때는 바야흐로 만물이 소생하는 봄이다.
正值萬物復甦的春天。
상위 0.1%의 고객을 겨냥한 VVIP 쟁탈전이 바야흐로 본격화하고
있다.
以0.1%的頂級顧客為對象的VVIP爭奪戰越來越激烈。
바야흐로 월드컵의 계절이 다가오고 있다.
正趕上世界盃的臨近。

相關詞彙 한창（正，正好）

▶ 바탕 名 底子，根基

衍生片語 문화의 바탕（文化底蘊），바탕이 나쁘다（底子差）

常用例句 이제는 그러한 전통을 바탕으로 한 현대적이고 다양한 기법의 개발
이 이루어져야 할 때이다.
現在是時候在那些傳統基礎上，去發展一種具有現代感的、多樣的
技法了。
청소년 시절의 다양한 경험은 인격 형성의 바탕이 된다.
青少年時期的各種經驗都會成為形成人格的基礎。
좋은 책을 통해서 얻게 되는 새로운 지식과 경험이야말로 올바른
인격 형성의 바탕이 된다.
透過好書獲取的新知識、新經驗才是形成良好人格的基礎。

相關詞彙 밑바탕（底子）

▶ 박대하다[薄待-] 動 怠慢，虐待

衍生片語 손님을 박대하다（怠慢客人）

常用例句 나는 결코 그녀를 박대하지 않겠다.
我決不會虐待她。

▶ 박탈하다[剝奪-] 動 剝奪，褫奪

衍生片語 권리를 박탈하다（剝奪權利），왕위를 박탈하다（褫奪王位）

常用例句 교수님께서 시험을 볼 수 있는 기회를 박탈하셨다.

教授剝奪了我們參加考試的機會。

相關詞彙 빼앗다（剝奪）

▶ **반복되다[反復-]** 動 反覆

衍生片語 말이 반복되다（重複説），반복되는 일상（年復一日）

常用例句 이러한 사람들은 똑같이 반복되는 답답한 일상에서 벗어나 끊임없이 새로운 모험을 즐기는 것을 좋아한다.
這些人喜歡從日常一成不變的煩悶生活中掙脱出來，不斷地去享受新的冒險帶來的快樂。
다시는 똑같은 잘못이 반복되지 않아야 한다.
不要重複同樣的錯誤。

相關詞彙 되풀이하다（反覆）

▶ **반영하다[反映-][바녕-]** 動 反映

衍生片語 민의를 정부에 반영하다（把民意反映給政府）

常用例句 이에 언어 현실을 반영하여 기존 맞춤법을 수정해야 한다는 의식 아래 기존의 한글 맞춤법에 대해 검토가 이루어졌고 ,드디어 1988년에 개정된 한글 맞춤법이 발표되었다.
因此在必須反映語言現實，修訂現有的「正字法」的意識指導下，展開了韓文「正字法」的研討，最終在1988年頒布了修訂後的韓文「正字法」。

相關詞彙 나타내다（表現，表達）

▶ **반응[反應-][바능]** 名 反應

衍生片語 연쇄 반응（連鎖反應），반응이 빠르다（反應快），좋은 반응을 얻다（取得良好的回響）

常用例句 사람들은 첫 (띄어쓰기) 인상을 제외한 다른 정보에는 별 반응을 보이지 않는다.
除了第一印象外，人們對其他訊息幾乎沒有反應。
추운 지방에서는 구들에, 더운 곳에서는 마루에 비중을 두어 자연 조건에 예민하게 반응하는 것을 볼 수 있다.
寒冷的地區主要用火炕，炎熱的地方主要用地板，可見對於自然條件反應極為敏鋭。

ㅂ

▶ **반짝** 副 ①閃爍的樣子 ②暫時，一下子 ③輕輕地

衍生片語 반짝 유행하는 것（暫時流行的），해결책이 반짝 떠오르다（一下子想出了解決方法），눈을 반짝 뜨다（一下子睜開眼）

常用例句 어둠 속에서 불빛이 반짝 빛났다.
燈火在黑暗中閃爍著。
내일 아침에는 반짝 추위가 찾아오겠습니다.
明天早上將有一小股冷空氣來襲。

相關詞彙 반짝반짝（閃爍）

▶ **반추하다[反芻-]** 動 反芻，咀嚼，回味

衍生片語 3년 전을 반추하다（回想起三年前）

常用例句 이 때문에 독자들은 소설을 읽으면서 자신의 삶을 반추할 수 있게 된다.
因此，讀者可以透過閱讀小説來反觀自己的生活。
지나간 50년을 곰곰이 반추하여 보니 후회되는 일이 허다하다.
細細回味過去的50年，有許多後悔的事。

相關詞彙 새김질（反芻）

▶ **반하다** 動 看上，迷

衍生片語 미인에게 반하다（迷上美女），단풍의 아름다움에 반하다（沉醉於楓葉的美麗中）

常用例句 그들의 멋진 연기는 관중을 반하게 하였다.
他們的精彩表演讓觀眾看得入了迷。
그녀의 미모에 반해서 청혼했다.
被她的美貌迷住，向她求了婚。

相關詞彙 빠져들다（陷入，迷住）

▶ **발기발기** 副 碎碎地，粉碎地

衍生片語 발기발기 찢다（撕得粉碎）

常用例句 철수는 소용없는 포스터를 쓰레기통 속으로 던졌다.
哲洙把弄碎的海報丟進了垃圾桶。

相關詞彙 분쇄（粉碎）

▶ **발딱** 副 霍然

衍生片語 발딱 일어서다（霍然起身），발딱 일으키다（霍然翻身）

常用例句 그는 발딱 몸을 일으켜 침대에서 내려왔다.
他一個翻身下了床。

相關詞彙 벌떡（霍然地）

▶ **발발** 副 ①哆嗦，打冷戰　②爬　③吝嗇

衍生片語 발발 떨다（凍得直哆嗦）

常用例句 나를 추위 속에서 계속 발발 떨게 했다.
把我凍得直哆嗦。
어린애가 방바닥을 발발 기어 다닌다.
小孩在地板上爬來爬去。
발발 떨며 재물을 내놓으려 하지 않다.
瑟瑟發抖，不想交出財物。

相關詞彙 벌벌（哆嗦）

▶ **발칵** 副 ①翻轉　②勃然，猛然

衍生片語 문이 발칵 열리다（門猛然地被打開了），발칵 성을 내다（勃然大怒），발칵 뒤집히다（翻個底朝天）

常用例句 오빠 결혼 문제로 집 안이 발칵 뒤집혔다.
哥哥結婚的問題把家裡鬧翻了天。
방안이 너무 더워서 창문을 발칵 열어젖혔다.
房裡太熱了，猛然地推開了窗。

▶ **발표[發表-]** 名 發表，公布

衍生片語 발표일（公布日），논문을 발표하다（發表論文），성명을 발표하다（說出姓名），결과 발표（公布結果）

常用例句 명단이 이미 발표되었다.
名單已經公布了。
당시 국어학자들은 한글 사용에 혼란이 있음을 느끼고 약 3년의 준비 기간을 거쳐 한글 사용 규범인 맞춤법을 발표하였다.
當時，國語學學者們感覺韓文的使用存在一定的混亂，經過大約三年的準備後，頒布了韓文使用規範——「正字法」。

相關詞彙 알림（通知）

발휘하다[發揮-] 動 發揮

衍生片語　미덕을 발휘하다（發揚美德），창의성을 발휘하다（發揮創意性），솜씨를 발휘하다（發揮技藝），실력을 발휘하다（發揮水準）

常用例句　실물을 참조할 방법이 없기 때문에 어쩔 수 없이 한국인의 풍부한 상상력과 창조력을 발휘했다.
因爲無法參照實物，所以只好發揮韓國人豐富的想像力和創造力（來製作）。
어느 나라 팀이건 간에 자국에서는 실력 그 이상을 발휘하는 법이거든요.
無論是哪個國家的代表隊，在主場必然會發揮出超水準的實力。

相關詞彙　드러내다（顯露）

밤새우다 動 通宵

衍生片語　밤새워 공부하다（通宵學習）

常用例句　그들은 카드놀이로 밤새웠다.
他們打了一宿的撲克牌。
밤새워 일을 하지 않는다면 어떻게 그 많은 작업을 끝낼 수 있겠니?
不熬夜工作，那麼多工作怎麼做得完？

방실방실 副 粲然，綻放

衍生片語　방실방실 웃다（粲然而笑）

常用例句　아기가 귀엽고 사랑스럽게 방실방실 웃는다.
孩子笑容燦爛，討人喜愛。

相關詞彙　벙실벙실（粲然）

방울방울 副 一滴一滴，淅淅瀝瀝

衍生片語　눈물이 방울방울 떨어지다（眼淚簌簌往下掉），방울방울 솟아오르다（汨汨地往外冒），풀잎에 이슬이 방울방울 맺혔다（草葉上掛著滴滴的露珠）

常用例句　이마엔 방울방울 땀이 솟아 있었다.
額頭上冒出一顆顆汗珠。
물이 방울방울 꽃 위에 떨어진다.
水一滴滴地落到花上。

ㅂ

相關詞彙 뚝뚝（滴答）

► 방침[[方針] 名 方針，方向

衍生片語 교육 방침（教育方針），기본 방침（基本方針）

常用例句 예약자에 한해 강좌 수강이 가능했던 지금까지의 방침을 바꿔 앞으로는 현장 참석이 가능하도록 하겠다고 밝혔다.
聲明將改變到目前爲止僅限預約者聽講座的規定，今後將採取現場參加的模式。
경제 자유 구역에서 외국인이 보다 쉽게 투자할 수 있도록 규제를 완환할 방침이다.
在經濟自由區要堅持放寬限制的方針，以便於外國人投資。
노조는 파업을 강행할 방침을 굳히고 있다.
工會決意堅持強行罷工的方針。

相關詞彙 방향（方向）

► 방황하다[彷徨-] 動 彷徨

衍生片語 거리에서 방황하다（在大街上彷徨），방황하는 마음（彷徨的内心）

常用例句 오랫동안 두 사람은 어둠 속을 방황하고 있었다.
很長一段時間兩個人都彷徨於陰影之中。
그는 아직도 진로를 결정하지 못하고 방황하고 있다.
他仍然很彷徨，尚未對未來做出決定。

相關詞彙 망설이다（猶豫，彷徨），갈팡질팡하다（不知所措）

► 배다 動 ①浸透 ②懷孕

衍生片語 러닝에 땀이 배다（汗水浸透了背心），아이를 배다（懷了孩子）

常用例句 요즘 게는 알이 배므로 아주 맛있을 거야.
最近螃蟹有卵了，應該很好吃。
이제는 일이 손에 배어서 훨씬 덜 힘들어졌다.
現在工作上手了，感覺沒有那麼累。
생선 요리를 하면 옷에 냄새가 배어서 속상하다.
如果料理魚，衣服上就都是腥味，讓人不舒服。

相關詞彙 젖다（濕，淋濕）

ㅂ

배려 名 照顧，關懷

衍生片語　친절한 배려（親切的關懷），배려를 받다（受到照顧）

常用例句　타인에 대한 배려심
對他人的關懷。

일하는 사람들이 가장 편하게 움직일 수 있도록 배려하는 것이 좋은 설계의 첫걸음이다.
照顧工作的人，爲他們提供便利，是優秀設計的第一步。

相關詞彙　관심（關懷）

배제하다[排除-] 動 排除，摒棄，摒除

衍生片語　상업성을 배제하다（排除商業性），가능성을 배제하다（排除可能性）

常用例句　새로 개정된 법규는 기준에 맞지 않는 사람들을 철저히 배제하고 있다.
新制定的法規把不符合標準的人徹底排除掉了。

상업성을 가능한 한 배제하고 광고의 공적 기능에 초점을 맞췄습니다.
盡可能排除商業性，立足於廣告的公益性。

相關詞彙　제거하다（排除）

배출되다[排出-][輩出-] 動 排放，輩出

衍生片語　생활 폐수가 배출되다（排放生活廢水），인재가 배출되다（人才輩出）

常用例句　엄청난 양의 공장 폐수가 정화되지 않고 강으로 배출되고 있다.
大量的工業廢水沒有經過淨化就被直接排入江河。

새로운 사람과 새로운 일들이 끊임없이 배출되고 있다.
新人新事不斷湧現。

相關詞彙　생겨나다（產生，湧現）

배타적이다[排他的] 形 排他的，排外的

衍生片語　배타적인 민족（排外的民族），배타적인 성격（排他的性格）

常用例句　많은 외국인 근로자들이 한국은 매우 배타적인 사회라고 말한다.
很多外籍工作人員認爲韓國是一個很排外的國家。

이러한 감정은 이기적이고 배타적이다.

這種感情是自私的、排他的。

相關詞彙 개방적 (開放的)

▶ **배합하다[配合-]** 動 搭配，配合

衍生片語 염료를 물과 배합하다 (在顏料裡配些水)，동일한 비율로 배합하다 (按同樣比例搭配)

常用例句 이것은 다섯 종류의 재료를 배합하여 만든 것이다.
這是五種材料配製而成的。
이 몇 종의 비료는 배합해서 사용해야 한다.
這幾種肥料必須搭配著用。

相關詞彙 조합하다 (組合)，조립하다 (組裝)

▶ **뱅글뱅글** 副 團團，滴溜溜

衍生片語 뱅글뱅글 맴돌고 있다 (團團轉)，뱅글뱅글 도는 팽이 (滴溜溜轉的陀螺)

常用例句 바람이 부니 바람개비가 뱅글뱅글 돌아간다.
一起風，風車就會骨碌碌地轉。
두 눈동자가 뱅글뱅글 돌고 있다.
兩個眼珠滴溜溜直轉。

相關詞彙 빙글빙글 (滴溜溜)

▶ **버려지다** 動 被拋棄，被丟棄

衍生片語 버려진 아이 (棄嬰)，버려진 애완동물 (被拋棄的寵物)，버려진 양심 (被丟棄的良心)

常用例句 버려진 아이가 얼마나 불쌍한지 몰라.
被拋棄的孩子別提有多可憐了。
무심코 버려지는 전자 제품 속에는 금과 은, 구리 같은 값비싼 금속이 포함되어 있다.
無意中丟棄的電子產品裡含有金、銀、銅等貴金屬。

相關詞彙 폐기하다 (作廢)

▶ **버티다** 動 ①對抗，反抗 ②堅持

衍生片語 딱 버티다 (毅然堅持)，억지로 버티다 (強撐)，끝까지 버티다 (堅持到最後)

常用例句 온 집안이 그 한 사람에게 의지하여 버틴다.

ㅂ

全家靠他一個人支撐。

서로의 주장만 내세우며 계속 버티는 한 이 회의는 결론이 나지 않을 것이다.

只要雙方固執己見，爭執下去，這次會議就不會得出什麼結論。

相關詞彙 겨루다（較量）

번갈아[番-] 副 輪流，輪番

衍生片語 번갈아 일을 하다（輪流幹活），번갈아 당직을 서다（輪流著值班）

常用例句 그날은 행운과 액운이 번갈아 나를 찾아들었다.

那天幸運和厄運輪番光顧我。

양 팔을 번갈아 3회 반복한다.

兩個胳臂輪流做，各反覆做3次。

相關詞彙 교대로 하다（輪流）

번거롭다 動 麻煩，複雜

衍生片語 번거로운 일（繁雜的事務），번거로운 수속（煩瑣的手續）

常用例句 길에서 이런 짐을 가지고 다니면 정말 번거롭다.

路上要是帶著這麼個行李，眞是麻煩。

대체로 물건이 다양하고 가격도 싸다는 장점이 있을 뿐 아니라 직접 나가서 쇼핑하는 번거로움도 없기 때문에 특히 바쁜 직장인들에게는 더욱 큰 매력이 있다.

整體上來看，不僅有品種多樣、價格低廉的優點，而且也沒有親自外出購物的煩瑣，尤其對於忙碌的上班族有很大的吸引力。

相關詞彙 복잡하다（複雜）

번듯하다 形 端正，平整，像樣

衍生片語 얼굴이 번듯하다（相貌端正），번듯한 직장（像樣的工作）

常用例句 결혼식장에 나온 신랑은 이목구비가 번듯하게 생겼다.

婚禮上的新郎五官長得眞是端正。

명문대 졸업생들도 4학년이 되면 취업 걱정을 하기는 매한가지다. 번듯한 직장에 갈 것이라는 부모나 주변의 기대로 인해 쉽게 직장을 선택할 수 없기 때문이다.

知名大學的畢業生到了4年級也同樣會因爲就業問題而擔憂，因爲父母及周圍的人都期待他們找到一份像樣的工作，所以他們也無法

輕易決定去向。

相關詞彙 반듯하다（整齊，端正）

▶ 번성하다[繁盛-] 形 繁茂，興旺

衍生片語 국운이 번성하다（國運昌隆），자손이 번성하다（子孫興旺）

常用例句 역사상으로도 몇 차례 경제가 번성하는 시기가 출현했다.
歷史上也曾出現過幾次經濟繁榮時期。
사업이 번성하고 모든 일이 뜻대로 되길 바랍니다.
願生意興隆，萬事如意。

相關詞彙 번창하다（繁榮，昌盛）

▶ 번잡하다[煩雜-] 形 繁雜，紊亂

衍生片語 번잡한 도시 생활（喧囂的都市生活），마음이 번잡하다（內心煩躁），번잡한 일상업무（繁雜的日常業務）

常用例句 교통이 번잡한 교차로에서는 일시 정지하는 것이 좋다.
在交通複雜的交叉路口最好暫時停車。
사람들은 수많은 번잡한 가사에서 해방되어 나와, 보다 의미 있는 일에 종사할 수 있다.
人們可以從大量煩雜的家務事中解放出來，去從事更有意義的事情。

相關詞彙 번거롭다（煩瑣，煩雜），혼잡하다（混亂）

▶ 번지다 動 ①浸　②蔓延，擴大，傳開

衍生片語 소문이 번지다（傳聞散布開來），불길이 번지다（火勢蔓延），종이에 잉크가 번지다（墨水浸到紙上）

常用例句 잉크가 번져서 무슨 글씨인지 알아볼 수가 없다.
被墨水浸濕了，看不出是什麼字了。
환자의 얼굴에 환한 미소가 번질 때 봉사자로서 보람을 느낀다.
每當看到患者臉上露出歡樂的笑容時，就會體會到志工的價值。
무서운 속도로 번지던 전염병은 여름이 지나고서야 겨우 진정세를 보였다.
以驚人速度蔓延開來的傳染病，直到夏天過後才趨於平靜。

相關詞彙 퍼지다（擴散，蔓延）

ㅂ

▶ **번쩍거리다** 動 閃耀，閃動

衍生片語 번쩍거리는 네온사인（閃爍的霓虹燈）

常用例句 그녀의 눈동자 속에서 어떤 것이 한번 번쩍거리더니 이어서 얼굴에 곧 미소를 떠올렸다.
她的眼眸裡有什麼東西閃了一下，接著臉上立刻露出了微笑。
걷다 지친 기범은 번쩍거리는 네온사인 불빛 아래 쪼그려 앉았다.
走累了的企範蜷縮著坐在閃爍的霓虹燈下面。

相關詞彙 반짝반짝（閃爍，閃耀）

▶ **벌어지다[버러-]** 動 裂開，分開，展開

衍生片語 문이 벌어지다（門裂了縫），사이가 벌어지다（關係出現裂痕）

常用例句 나뭇가지가 옆으로 벌어진다.
樹枝向旁邊伸展開來。
인간의 행동이 유전에 의해 결정된다고 믿는 선천적 요인설과 그 반대로 환경과 밀접한 관계가 있다고 주장하는 환경적 요인설 사이에 입씨름이 벌어진 것이다.
「先天因素說」堅信人類的行動是由遺傳決定的，與其相反的「環境因素說」則主張人類行動與環境有密切關係，雙方展開了爭論。

相關詞彙 넓어지다（變寬），갈라지다（裂開）

▶ **범람[泛濫]** 名 氾濫，橫流，充斥

衍生片語 홍수의 범람（洪水氾濫），불량식품의 범람（不良食品氾濫）

常用例句 마약의 범람은 이미 오늘날 세계의 가장 엄중한 폐해의 하나가 되었다.
毒品氾濫已成爲當今世界最嚴重的公害之一。

相關詞彙 흘러넘치다（氾濫）

▶ **베풀다** 動 ①設，舉行 ②施與，給予

衍生片語 만찬회를 베풀다（舉行晚宴），아낌없이 베풀다（慷慨施與），아량을 베풀다（展示出度量）

常用例句 그들을 위해 환송회를 베풀었다.
爲他們舉行了歡送會。
양보하고 베풀고 사는 자세는 사회생활에서도 많은 도움이 될 것입니다.

ㅂ

多謙讓為別人著想的姿態，在社會生活中會產生很大的作用。

相關詞彙 희사하다（施捨，施與）

▶ **벼르다** 動 ①打算，準備 ②盼 ③分攤

衍生片語 결전을 벼르다（準備決戰），복수를 벼르다（準備報仇）

常用例句 이번의 자료 구입 기회를 빌려 그를 보러 가야겠다고 벼른다.
我打算藉這次買資料的機會去看看他。

▶ **변경[變更]** 名 改變，變更，更改

衍生片語 명의 변경（過戶），주소 변경（變更地址），일정 변경（變更行程）

常用例句 회사 법인이 이미 변경되었다.
公司法人已經變更了。
할인 지역을 변경하는 것은 이 요금제에 가입한 달을 포함하여 2회까지 가능하다.
折扣區域的變更包括加入這種收費制度，那個月只允許進行2次。

相關詞彙 수정（修訂）

▶ **변명[辨明]** 名 申辯，解釋

衍生片語 변명으로 책임을 회피하려 한다（想要透過申辯迴避責任），변명할 힘이 없다（無力申辯）

常用例句 이 증거들 앞에서 그는 뜻밖에도 여전히 교활한 변명을 일삼고 있다.
在這些證據面前，他居然還在狡辯。
자서전은 좋은 사실의 나열도 자기 자랑으로 들리기 쉽고 실수에 대한 해명도 변명으로 들리기 때문에 쓰기가 어렵다.
由於寫自傳即便是對好的事實進行羅列，也會讓人聽起來像是在自我炫耀，而對失誤的解釋也會讓人聽起來像是在進行辯解，所以寫起來很困難。

相關詞彙 변호（辯護）

▶ **변변찮다** 形 不像樣，不好，不怎麼樣

衍生片語 인물이 변변찮다（人品不怎麼樣），차린 음식이 변변찮다（準備的食物不像樣）

常用例句 변변찮은 선물이지만 정성껏 준비했으니 꼭 받아 주십시오.
雖然不是什麼像樣的禮物，但卻代表了我的心意，請務必收下。

ㅂ

그는 사람이 영 변변찮아서 안심하고 일을 맡기기 어렵다.
他總是不像個樣，所以很難放心把事情託付給他。

相關詞彙 대단찮다（沒什麼了不起，無足輕重）

별안간[瞥眼前] 副 忽地，唰地

衍生片語 날씨가 별안간 변하다（天氣驟變），별안간 보이지 않다（倏忽不見），불이 별안간 꺼지다（燈忽地滅了）

常用例句 별안간 비가 오기 시작했다.
忽地下起雨來。
그의 얼굴이 별안간 확 달아올랐다.
他的臉唰地紅了。

相關詞彙 갑자기（突然）

보글보글 副 嘩啦，翻滾

衍生片語 보글보글 끓는 소리（水滾的聲音）

常用例句 된장은 보글보글 끓일수록 맛이 더 좋다.
味噌醬越煮味道越好。

相關詞彙 부글부글（嘩啦，翻滾）

보수적[保守的] 名 保守的

衍生片語 보수적 세력（保守勢力）

常用例句 1940년대의 보수적인 시골 마을에서 남녀가 드러내 놓고 연애를 하는 것은 꿈도 꾸지 못할 일이었다.
1940年代，在保守的農村，男女公開談戀愛是連作夢也不敢的。

相關詞彙 개방적（開放的）

보완하다[保完-] 動 補充，補救

衍生片語 결함을 보완하다（彌補缺陷），부족한 자료를 보완하다（補充不足的資料）

常用例句 각각 장점을 취하고, 각각 단점을 보완한다.
各取所長，各補所短。
그러나 최근에는 나무가 아닌 철강으로 한옥을 짓는 기법이 새로 개발되어 이러한 한옥의 약점을 보완해 주고 있다.
但是最近研製出了用鋼鐵代替樹木的方法，彌補了這種韓式房屋的

缺點。

相關詞彙 채우다（彌補），보충하다（補充）

▶ 보유하다[保有-] 動 占有，擁有

衍生片語 세계 기록을 보유하다（保持世界紀錄），일부를 보유하다（擁有一部分）

常用例句 현재 핵무기를 보유하고 있는 나라는 몇 나라입니까？
現在有幾個國家擁有核子武器？
메가박스 코엑스점은 일일 관객수 부문에서 세계 신기록을 보유하고 있다.
美嘉歡樂影城coex店每日觀賞人數都保持著世界新紀錄。
우리나라는 막대한 수력 자원을 보유하고 있다.
我們國家擁有豐富的水力資源。

相關詞彙 가지다（擁有）

▶ 보자기[褓-] 名 小包，小包袱，包裹

衍生片語 보자기에 싸다（打包）

常用例句 그가 손을 한 번 휘둘러 책 보자기를 아주 멀리 던졌다.
他一甩，把書包扔得很遠。
도자기, 민화, 보자기는 한국인의 전통적인 삶 속에서 사랑 받아 온 것들이다.
陶瓷、民畫、包袱在韓國人的傳統生活中一直備受青睞。

相關詞彙 짐（行李）

▶ 보존[保存] 名 保存，保留

衍生片語 질량 보존의 법칙（質量守恒定律），고풍스러운 건축물을 보존하다（保留著古樸的建築）

常用例句 과거가 고스란히 보존되어 있는 고대 도시에서의 여행은 정말 꿈만 같았다.
到古風依舊的古城旅遊，簡直像作夢一般。

相關詞彙 보호（保護）

▶ 보존하다[保存-] 名 保存

衍生片語 천연 자원을 보존하다（保存天然資源）

ㅂ

常用例句 자금성은 아직도 그 때의 옛 모습을 보존하고 있다.
紫禁城還保留著它當年的舊貌。
제주도의 자연을 잘 관리해서 자연유산으로서의 그 가치를 보존하는 일도 병행하는 것이기 때문이다.
這是因爲加強對濟州島自然景觀的管理，保存它作爲自然遺産價值的這項工作也在同時進行。

보태다 動 補，添

衍生片語 일손을 보태다（增添人手），생활비를 보태다（貼補生活費）

常用例句 그 돈을 내고 중고품을 살 바에야 조금 더 보태서 새 것을 사는 게 낫겠다.
與其花那些錢買個二手貨，不如再加點錢買個新的更好。
그는 본디부터 말을 보태어 사실을 과장하기를 좋아한다.
他向來喜歡添枝加葉、誇大其詞。

相關詞彙 보충하다（補充，塡補）

보호하다[保護] 動 保護

衍生片語 자연을 보호하다（保護大自然），문화재를 보호하다（保護文化遺産）

常用例句 다음 세대를 위해서는 자연을 어떻게 개발하느냐보다는 어떻게 보호하느냐를 생각하는 것이 더 바람직하다.
爲了下一代，與思考如何開發自然相比，更應該思考如何保護自然。

相關詞彙 돌보다（照顧）

복받치다 動 湧出，冒出

衍生片語 설움이 복받치다（委屈湧上心頭），울화가 복받치다（冒出怒火），그리움이 복받치다（思念湧上心頭）

常用例句 복받쳐 오르는 울분을 억제하지 못한다.
抑制不住湧上來的氣憤。

相關詞彙 솟아나다（湧出）

복지[福祉] 名 福利

衍生片語 근로자의 복지（勞動者的福利），노후 복지（晚年福利），복지 시설（福利設施）

ㅂ

常用例句 정부는 국민의 복지 향상을 위해 노력하고 있다.
政府正在爲提高人民福利而努力。
다음은 "의료 복지 실태"에 대한 설문조사 결과를 정리한 자료입니다.
以下是根據「醫療福利狀況」問卷調查結果整理出來的資料。

相關詞彙 복리（福利）

본뜨다 動 仿照，臨摹，仿效

衍生片語 봉황을 본뜬 무늬（臨摹鳳凰的圖案）

常用例句 실물을 본떠 그림을 그린다.
比照著實物繪圖。

相關詞彙 따르다（依照，比照）

본받다[本-] 動 仿效，看齊，師法

衍生片語 유지를 본받다（師法遺志），행동을 본받다（效法行動）

常用例句 그 사람은 본받을 만한다.
其人可師。
잘못을 용감하게 시인하는 이런 정신은 본받을 만한다.
這種勇於承認錯誤的精神值得效法。

相關詞彙 흉내내다（效法）

본보기 名 榜樣，楷模，樣板

衍生片語 좋은 본보기가 되다（成爲好榜樣），본보기로 삼다（作爲榜樣）

常用例句 지난 일을 잊지 않으면 그것은 뒷일의 본보기가 된다.
前事不忘，後事之師。
선열의 행적은 우리들의 본보기가 될 수 있다.
先烈的事蹟可以作爲我們學習的典範。

相關詞彙 귀감（榜樣，楷模）

본위[本位] 名 根本，中心，至上

衍生片語 금본위（金本位），남성 본위의 사회（男性至上的社會）

常用例句 우리 회사는 학력이나 인물 본위가 아니라 능력 본위로 승진한다.
我們公司晉升的標準不是學歷或人品，而是能力。

相關詞彙 중심（中心）

ㅂ

봉사[俸仕] 名 服務

衍生片語 봉사 사업（服務事業），사회 봉사（社會服務），자원 봉사（自願服務）

常用例句 오는 10월에 전국의 중고생을 대상으로 봉사활동 시상식이 거행되는데 동아리뿐만 아니라 개인도 응모할 수 있다는구나.
今年10月要舉行以全國國、高中學生爲對象的志願者活動頒獎儀式，據説不僅是社團，個人也可以申請。
이번 행사에서 봉사 활동을 하는 사람들은 아주 즐겁게 일하는 것 같아요.
在這次活動中，參與志願者活動的人好像工作得很開心。
자원봉사 활동을 하기 전에는 준비를 철저하게 해야 할 것 같아요.
志願者活動開始之前，應該做好充分準備。

相關詞彙 자원자（志願者）

부각되다[浮刻-] 動 雕鑿，烘托，突顯

衍生片語 장식이 부각되다（雕刻裝飾物），문제가 부각되다（問題突顯出來）

常用例句 실업 문제는 우리 사회의 가장 큰 문제로 부각되고 있다.
失業問題日益突顯，正成爲我們最大的社會問題。
사방 측면에 한 송이 연꽃이 부각되어 있다.
在四個側面雕鑿了一朵蓮花。

相關詞彙 돋보이다（觸目，突顯）

부과[賦課] 名 徵收，徵繳

衍生片語 재산세 부과（徵收財產稅），관세 부과（徵收關稅）

常用例句 화재 발생 물질 소지자 및 흡연자에게 1차 20만 원, 2차 40만 원, 3차 60만 원의 벌금 부과.
對易燃物品的持有人及吸菸者處以第1次20萬元，第2次40萬元，第3次60萬元的罰金。
무겁게 세금을 부과한다.
課以重稅。

相關詞彙 징수하다（徵收）

ㅂ

▶ **부글부글** 副 嘩啦，啵啵

衍生片語 부글부글 끓는 소리（水開的聲音），솥이 부글부글 소리내며 끓는 물（鍋裡嘩嘩響的開水）

常用例句 그는 부글부글 끓어오르는 노여움을 삭이느라 이를 악물었다.
他爲了消除漸漸上升的怒火，緊緊咬住牙齒。

相關詞彙 보글보글（嘩啦，翻滾）

▶ **부닥치다** 動 衝撞，遇上，對抗

衍生片語 차에 부닥치다（撞車），담에 부닥치다（撞牆），사건에 부닥치다（遭遇……事件）

常用例句 실지로 부닥쳐서 조사해 보자.
在實際接觸中進行調查。

相關詞彙 부딪히다（衝撞）

▶ **부단하다[不斷-]** 形 不斷的

衍生片語 부단한 발전（不斷的發展），부단한 연습（不斷的練習）

常用例句 큰 부상으로 더 이상 재기가 어렵다는 판정을 받았음에도 불구하고 그 선수는 부단한 노력 끝에 우승을 차지했다.
那個運動員雖然被認定因身負重傷很難東山再起，但經過個人不斷努力，最後獲得了冠軍。

相關詞彙 끊임없이（不斷地）

▶ **부단히[不斷-]** 副 不斷地

衍生片語 부단히 발전하다（不斷發展），부단히 발생하다（不斷發生）

常用例句 성공하려면 부단히 노력해야 한다.
要想成功就要不斷努力。

相關詞彙 끊임없이（不斷地）

▶ **부담[負擔]** 名 負擔

衍生片語 부담을 덜어 주다（減輕負擔），채무 부담（負擔債務）

常用例句 식구가 많아 부담이 크다.
家裡人口多，負擔重。
높은 구두는 여성들의 무릎에 큰 부담을 준다.
高跟鞋會給女性膝蓋造成很大的負擔。

ㅂ

相關詞彙 책임（責任）

▶ **부리다** 動 撒，惹

衍生片語 행패를 부리다（撒野），애교를 부리다（撒嬌），주정을 부리다
（發酒瘋）

常用例句 일찍 찾아온 더위로 올해는 모기들이 더욱 기승을 부릴 것이라 한다.
酷暑天氣提前到來，預計今年的蚊子必定是來勢洶洶。
너는 지나치게 욕심을 부리는구나.
你也太貪心了。

▶ **부식되다[腐蝕-]** 動 腐蝕，腐爛

衍生片語 문창이 부식되다（門窗腐爛），하수관이 부식되다（下水道爛掉
了）

常用例句 식물이 흙 속에서 부식되면 비료로 변하다.
植物在泥土裡腐爛後會變成肥料。

相關詞彙 문드러지다（腐爛）

▶ **부정적[否定的]** 名 否定的

衍生片語 부정적인 견해（否定的見解）

常用例句 다들 반응이 부정적이다.
大家的反應是否定的。
그러나 정보 기술이 가져다 주는 이득이 많기 때문에 어쩔 수 없이
부정적인 면을 받아들이는 경우가 많다.
但大多是由於資訊技術能帶來巨大利益，所以不得不去接受那些負
面的東西。

相關詞彙 긍정적（肯定的）

▶ **부조리[不條理]** 名 悖理，不合理，無條理

衍生片語 조직의 부조리（組織不合理），사회의 부조리（社會的不合理）

常用例句 정부 정책상의 공공연한 부조리를 어떻게 설명할 것인가.
如何說明政府政策上的公然悖理呢？

相關詞彙 불합리（不合理，悖理）

▶ **부쩍** 副 猛然，驟然，一個勁地

衍生片語 물가가 부쩍 오르다（物價驟然上漲）

ㅂ

常用例句	한국을 찾는 외국인 관광객이 부쩍 늘어나면서 관광 산업도 호황을 누리고 있다. 隨著來韓的外國遊客驟然增多，旅遊產業也呈現出一片大好景象。 사업 자금을 대 달라고 부쩍 매달리고 있다. 死纏爛打索求做生意的資金。
相關詞彙	갑자기（突然）

▶ 부추기다 動 煽風，鼓動

衍生片語	물가 상승을 부추기다（煽動物價上漲），경쟁심을 부추기다（鼓動競爭）
常用例句	남의 집 아이를 부추겨 장난치게 해서는 안 된다. 別教唆人家的孩子淘氣呀！ 경기의 지속적인 성장에 금리도 낮다 보니 투기적 수요를 부추겨 부동산이나 주식 등의 가격이 폭등했다. 由於經濟的持續增長、利率下降，助長了投機性的需求，使得不動產和股票價格暴漲。
相關詞彙	들쑤시다（亂捅），선동하다（煽動）

▶ 부치다 動 ①煎 ②郵寄 ③提交 ④吃力，費勁

衍生片語	전을 부치다（做餅），힘에 부치다（費力），토론에 부치다（提交討論），표결에 부치다（表決）
常用例句	긴 여행에 체력이 부쳐서 너무 힘들었어요. 長途旅行體力透支，太累了。 비가 오는 날은 어머니께서 부쳐 주시던 김치전이 생각난다. 雨天時，就會想起媽媽做的泡菜餅。 일정이 바뀌는 바람에 다음 회의 때 이번 안건을 부쳤다. 由於行程變動，下次會議時才提交了這個議案。
相關詞彙	제출하다（提交），힘들다（吃力）

▶ 부풀려지다 動 膨脹，發起

衍生片語	숫자가 부풀려지다（數字被誇大）
常用例句	속이 빈 거품처럼 실속은 없이 겉으로만 부풀려진다. 像個繡花枕頭一樣，沒什麼內涵，只是表面上不可一世。
相關詞彙	부풀다（充滿，膨脹）

부품(部品) 名 零件，配件

衍生片語 자동차 부품（汽車零件），부품 판매업자（零件商），부품 교체
（換零件）

常用例句 각 부품을 조립하세요.
請把各個零件組裝起來。
경남 김해에 위치한 고무 부품 업체인 한국산업은 고무 사업이 사
양산업이라는 편견에도 불구하고 30여 년 동안 '고무'라는 한 우물
을 팠다.
「韓國產業公司」是一家生產橡膠零件的公司，位於慶尚南道金
海。儘管大家認為橡膠行業是夕陽產業，可是這家公司卻30餘年間
一直專注於這項產業。

相關詞彙 조립（安裝），완제품（成品）

부화뇌동하다[附和雷同-] 動 隨聲附和，盲從

衍生片語 부화뇌동하는 사람（隨聲附和的人）

常用例句 일에 부딪히면 머리를 많이 굴려야 하며, 부화뇌동해선 안 된다.
遇事要多動腦子，不要盲從。

相關詞彙 맹종하다（盲從）

부활[複活] 名 復活，恢復

衍生片語 제도 부활（恢復制度），생명의 부활（生命的復活）

常用例句 기독교인들은 예수의 부활을 믿는다.
基督教徒相信耶穌的復活。

相關詞彙 되살아나다（恢復）

북적거리다 動 吵吵嚷嚷的，鬧哄哄的

衍生片語 아이들이 북적거리다（孩子們吵吵嚷嚷的），창밖이 북적거리다
（窗外鬧哄哄的）

常用例句 백화점은 세일 기간 동안 쇼핑객들로 북적거렸다.
打折期間，商場裡熙熙攘攘，人頭攢動。

相關詞彙 떠들썩하다（鬧哄哄）

분간하다[分揀-] 動 辨別，辨認，分別

衍生片語 방향을 분간하다（辨認方向），분간하지 못하다（弄不清）

常用例句 진품인지 모조품인지 분간하기 위해서는 전문가가 아니면 안 된다.
不是專家就無法辨別出到底是真品還是仿冒品。
어두워서 얼굴을 분간할 수 없다.
天黑看不清臉。

相關詞彙 분별하다（分別，分辨）

분노[憤怒] 名 憤怒

衍生片語 분노를 억누르다（壓制怒火），분노를 터뜨리다（發洩憤怒），
분노가 폭발하다（憤怒爆發）

常用例句 분노한 나머지 말이 제대로 안 나왔다.
氣得連話都說不出來了。
그런데 그 사과를 듣는 경우에 용서를 하기는커녕 속으로 분노를
더 키우게 될 때가 있다.
然而聽到那種道歉，不要說原諒，有時候還會讓人更加憤怒。

相關詞彙 화 나다（發火），진노（震怒），성을 내다（發火）

분류하다[分類-] 動 分類，類別

衍生片語 지역별로 분류하다（按區域分類），토양을 분류하다（將土壤分
類）

常用例句 식물을 형태에 따라 몇 가지로 분류하다.
根據形態可將植物分為幾類。

相關詞彙 나누다（分）

분배하다[分配-] 動 分配，配給

衍生片語 이익을 분배하다（分配利益），소득을 분배（分配所得）

常用例句 어획물을 각 개인별로 고르게 분배하였다.
捕魚量按人頭平均分配。
대기업이 한 업체 제품을 쓰다 불량이 생기면 안 된다는 명분으로
여러 업체에 물량을 분배해 수주 경쟁을 시키기 때문이다.
大企業基於「只使用一個企業的產品，如果出現不合格產品將難以
處理」的原則，把物品總量分配給很多家企業，以此來促進訂貨競
爭。

相關詞彙 배급하다（分配，配給）

ㅂ

▶ **분별력[分別力]** 名 分辨能力

衍生片語 분별력이 없다（沒有分辨能力），분별력이 부족하다（分辨力不足）

常用例句 청소년들은 분별력이 부족하기 때문에 쉽게 열정에 휘말리기 쉽다.
青少年由於分辨力不足，很容易捲入過度熱情的漩渦。

相關詞彙 구분 능력（區分能力）

▶ **분실하다[紛失-]** 動 丢失，遺失

衍生片語 돈을 분실하다（丢錢），가방을 분실하다（丢掉包包），분실한 분（失主）

常用例句 시간이 없어 물건을 분실하고도 찾아가지 않는 일이 많다.
由於沒有時間，很多時候都是丢了東西也不去找。

相關詞彙 잃어버리다（丢失）

▶ **분야[分野][부냐]** 名 領域，方面

衍生片語 연구 분야（研究領域），산업의 각 분야（各產業領域）

常用例句 그것은 내 전문 분야가 아니다.
那不是我的專業領域。
최근에는 안정된 직장과 그 속에서 쌓은 경력을 미련 없이 버리고 새로운 분야에서 다시 일을 시작하는 사람들이 늘어나고 있다.
最近毅然決然地放棄安定的職業以及在那裡獲得的經驗，重新開始在新的領域工作的人正在增加。

相關詞彙 영역（領域）

▶ **불가피하다[不可避-]** 動 不可避免

衍生片語 불가피한 사정（不可避免的情況）

常用例句 두 나라 사이의 전쟁은 불가피하다고 생각된다.
我想兩國間的戰爭是不可避免的。
따라서 삶의 현실과 신문 지면 사이에 불가피하게 놓이게 된 여과 장치가 바로 편집인 셈이다.
因此，編輯不可避免地相當於被置於現實生活和報紙之間的過濾裝置。
검사 결과 새끼 발가락이 부러진 것으로 판명되어 수술이 불가피합니다.

檢查結果斷定小腳趾骨折，不得不動手術。

相關詞彙 피할 수 없다（不可避免）

▶ **불과[不過-]** 名 不過

衍生片語 불과10명（不超過十個人），불과 일주일 전에（不過是一週前）

常用例句 물론 대기업 쪽에선 이런 예측이 기우에 불과하다고 말한다.
當然大企業方面則稱這種猜測不過是杞人憂天。
그러고 보면 나이는 정말 숫자에 불과할 뿐이에요.
這樣看來年齡真的只是數字罷了。
승강기가 작은 편이라 최대로 탈 수 있는 인원이 고작 6,7명에 불과하다.
因為電梯小，最多只能搭乘六七個人而已。

相關詞彙 기껏해야（頂多）

▶ **불구하다[不拘-]** 動 不拘，不論

衍生片語 반대에도 불구하고（不顧反對），남녀를 불구하고（不論男女）

常用例句 국적을 불구하고 누구든지 이 대회에 참가할 수 있다.
不受國籍限制，誰都可以參加這次比賽。
경남 김해에 위치한 고무 부품 업체인 한국산업은 고무 사업이 사양산업이라는 편견에도 불구하고 30여 년 동안 '고무'라는 한 우물을 팠다.
「韓國產業公司」是一家生產橡膠零件的公司，位於慶尚南道金海。儘管大家認為橡膠行業是夕陽產業，可是這家公司卻30餘年間一直專注於這項產業。

▶ **불쑥불쑥** 副 突然，猛地

衍生片語 불쑥불쑥 내뱉다（經常突然蹦句話），불쑥불쑥 나타나다（經常突然出現）

常用例句 친한 친구이긴 하지만 자꾸 불쑥불쑥 방에 들어오는 바람에 기분이 상한다.
雖說是好朋友，但總是突然闖進房來，讓人心情很不爽。

相關詞彙 갑자기（突然）

▶ **불찰[不察]** 名 過錯，過失

衍生片語 자기 불찰（自己的過失），제 불찰（我的過錯）

常用例句 죄송합니다. 제 불찰입니다.
　　對不起，這件事是我的錯。

相關詞彙 잘못（過錯）

불평[不平] 名 不滿，不平

衍生片語 불평의 소리（抱怨之聲），불평 거리（不平之事），불평불만
　　（不滿）

常用例句 쌓인 불평이 마침내 폭발했다.
　　累積的不滿終於爆發了。
　　요즘 신입 사원들을 보고 직장 상사들이 가장 많이 하는 불평 중의
　　하나는 '주체성이 없다'는 것이다.
　　看著最近剛進公司的新職員，上司最不滿的就是「太自我」。

相關詞彙 불만（不滿）

불황[不況] 名 不景氣，蕭條

衍生片語 경제 불황（經濟蕭條），불황에 빠지다（陷入蕭條）

常用例句 경제 호황은 경제 불황으로 이어지는 것이 경기순환〔redit cycle〕
　　의 속성이며, 대개 호황이 길면 불황도 심하다.
　　經濟景氣之後的經濟蕭條是經濟危機周期理論的特徵，一般經濟景
　　氣時間越長，蕭條就會越嚴重。
　　아무리 세계적인 기업이라도 경제 불황 앞에서는 어쩔 수 없는 모
　　습을 보여준다.
　　儘管是世界性的企業，在經濟蕭條面前也束手無策。

相關詞彙 호황（景氣好）

비결[秘訣] 名 訣竅，門路

衍生片語 성공의 비결（成功的祕訣），건강의 비결（健康的祕訣），비결
　　을 찾다（找竅門）

常用例句 볶음 요리를 잘 하는 비결은 불의 세기와 시간을 잘 맞추는 것이다.
　　炒菜的祕訣是控制好火候和時間。

相關詞彙 요령（要領）

비난[非難] 名 貶斥，責難

衍生片語 비난의 대상（責怪的對象），비난을 초래하다（招來責難）

常用例句 선거 기간 내내 상대 후보에게 비난을 서슴지 않았던 그 후보는 결

국 선거에서 떨어지고 말았다.

那位候選人在選舉期間一直向對手發難，最後落選了。

사실 따지고 보면 그 사람이 비난을 받을 이유는 없다.

調查事情眞相後就會發現沒有理由責備他。

(相關詞彙) 꾸중（責備）

▶ 비롯되다[-론-] 動 開始

(常用例句) 이 풍습은 고구려 시대에서 비롯되었다고 한다.

據說這種風俗始於高句麗時代。

인간의 풍족한 삶은 노동의 집단적, 사회적 특성에서 비롯된다.

人類豐衣足食的生活始於勞動的集團性、社會性特徵。

(相關詞彙) 시작되다（開始）

▶ 비만[肥滿] 名 肥胖

(衍生片語) 비만증（肥胖症），비만아（肥胖兒），하체 비만（下半身肥胖）

(常用例句) 비만은 미관 상의 문제도 있지만 여러 가지 만성질환의 원인이 되
므로 치료를 해야 한다.

肥胖絕對不美觀，但更重要的是它還可能引起多種慢性疾病，所以
必須治療。過度飲食則是他肥胖的原因。

다음 연령별 비만 환자의 '수'에 관한 통계 자료를 바탕으로 각 지
역의 보건당국으로 공문을 보내려고 합니다.

我們準備以下面按年齡層統計的，有關肥胖患者「數量」的資料爲
基礎來草擬公文，向各地區保健機構發送。

(相關詞彙) 비대（肥大），뚱뚱하다（胖嘟嘟）

▶ 비방하다[誹謗-] 動 誹謗，詆毀

(衍生片語) 동료를 비방하다（詆毀同事）

(常用例句) 인터넷 게시판은 자유로운 토론 분위기를 조성하는 데 도움을 주
는 반면 남을 너무 쉽게 비방하는 문제점을 낳기도 한다.

網路布告欄雖然在形成自由討論氣氛方面起了很大推動作用，但是
也出現了隨意誹謗他人的問題。

(相關詞彙) 헐뜯다（中傷，詆毀）

▶ 비법[秘法] 名 祕訣，祕方，獨門

(衍生片語) 요리 비법（做菜的祕訣），다이어트 비법（減肥祕方），투자 비

법（投資竅門）

常用例句 김 씨의 아내는 시어머니로부터 궁중 요리 비법을 전수받아 소문난 음식 솜씨를 갖고 있었다.
　金氏的妻子得到了婆婆做宮廷料理的眞傳，做菜的手藝遠近聞名。

相關詞彙 비결（祕訣），노하우（祕訣）

비범하다[非凡-] 形 了不得，不凡

衍生片語 비범한 재능（非凡的才能），비범한 인물（了不起的人物）

常用例句 그 사람도 비범한 사람이라고 할 수 있다.
　他也可以說是個了不得的人物。

相關詞彙 보통이 아니다（不凡），범상하지 않다（不凡）

비수기[非需期] 名 淡季

衍生片語 여행 비수기（旅遊淡季）

常用例句 비수기에는 비행기 티켓이 아주 싸다.
　淡季時，機票很便宜。
　비수기라서 그런지 요즘은 장사가 잘 안 돼요.
　可能因爲是淡季的緣故，最近生意不太好。

相關詞彙 성수기（旺季）

비우다 動 騰出

衍生片語 물통을 비우다（清空水桶），술잔을 비우다（乾杯）

常用例句 차가 우러나길 기다린 후 처음 차를 우린 물은 비워 버리고, 다시 주전자에 물을 붓고 차를 우린다.
　等茶泡出味來，把頭遍茶水倒掉，然後再在壺裡倒上水泡茶。
　그러기에 며칠씩 자리를 비울 경우에는 컴퓨터 전원을 끄라고 했잖아요.
　所以我不是讓你這幾天不在時，一定要把電腦的電源關掉嗎？
　다음 학기가 시작되기 전까지 사물함을 비워 주어야 한다.
　下學期開始之前要空出箱子。
　자리를 잠깐 비운 사이에 나를 찾는 전화가 왔다고 했다.
　據說在我不在的那一會兒，有人打電話找我。
　욕심을 버리고 마음을 비우는 것이 정신 수련의 기본이다.
　摒棄貪念，淨心是精神修煉的基本。
　자리를 비운 사이 행여 손님이라도 오지 않을까 하여 매장을 지키고 있었다.
擔心不在時可能會有客人來，所以就守著專櫃。

相關詞彙 내주다（讓給，騰出）

▶ 비일비재[非一非再] 名 比比皆是，數不勝數

衍生片語 비일비재로 있다（比比皆是）

常用例句 부모와 자식의 속마음의 차이로 인한 갈등은 비일비재하다.
由於父母和子女想法的差異所引起的矛盾也很多。
사실 기자가 이런 컨설턴트를 접대하는 일은 비일비재하다.
事實上，記者接待這種顧問已經不是一次兩次了。

相關詞彙 셀 수 없이（數不勝數），흔하다（常見）

▶ 비전(vision) 名 前途，藍圖

衍生片語 비전이 불투명하다（前途昏暗不明），큰 비전을 세우다（制定宏
偉藍圖）

常用例句 어떤 인재가 가장 비전이 있는가?
什麼樣的人才最有前途？
비전이 없는 리더는 그 어떤 일도 성공하지 못한다.
沒有遠見的領導什麼事情也不可能成功。
서남부권 도시 개발은 장기적인 비전을 가지고 접근하는 것이 필
요하다.
西南地區城市開發應該有長遠計劃。

相關詞彙 전망（展望，前途）

▶ 비중[比重] 名 比重

衍生片語 일정한 비중을 차지하다（占有一定的比重）

常用例句 입학 시험에서는 영어의 비중이 매우 크다.
升學考試中英語所占的比重很大。

相關詞彙 비율（比率）

▶ 비추다 動 ①照耀 ②照射 ③按照

衍生片語 햇빛을 비추다（曬太陽），사의를 비추다（暗示辭意）

常用例句 호수가 산 그림자를 비추고 있다.
湖中映出山的倒影。
이러한 경향에 비추어 볼 때, 앞으로 고전적 인쇄 매체인 책은 박물

ㅂ

관에서나 보게 될 골동품으로 남게 될지도 모른다.
從這種傾向來看，今後古老的印刷媒體——書本，説不定會成爲一
個只能在博物館才能見到的古董。

비하다[比-] 動 比，比較

衍生片語　비할 수 없을 만큼 （無法相提並論的地步）

常用例句　오히려 중년층이나 노년층은 이런 일도 마다하지 않기 때문에 청년
들에 비하여 일자리를 쉽게 얻는다.
反而是中老年人並不拒絕這種工作，所以他們比年輕人更容易找到
工作。
이번 달에는 호텔 투숙객이 지난달에 비해 많이 늘었군요.
這個月入住的客人和上個月相比增加了很多。

相關詞彙　비교하다 （比較）

빈둥빈둥 副 遊手好閒

衍生片語　빈둥빈둥 지내다 （無所事事），빈둥빈둥 놀고 있다 （遊遊蕩蕩）

常用例句　그는 그 긴 여름 방학을 빈둥빈둥 하는 일 없이 보내 버리고 말았다.
他整個暑假都是無所事事，遊手好閒。

相關詞彙　뒹굴다 （遊手好閒）

빈약하다[貧弱-] 形 貧乏，貧弱

衍生片語　지식이 빈약하다 （知識貧乏），상체가 빈약하다 （上半身虛弱）

常用例句　이러한 유래담은 모두 근거가 빈약하고 관련 문헌의 정확한 고증이
없는 점이 한계이다.
這樣的傳說局限在於缺乏證據，沒有相關文獻的準確考證。
아시아와 아프리카 국가들은 대부분 통계 자료가 빈약해서 이런
추세가 전 세계적인 추세인지 여부는 밝힐 수가 없었다.
亞洲和非洲大部分國家的統計資料貧乏，這是否是全世界的發展趨
勢不得而知。

相關詞彙　결핍되다 （貧乏，短缺），취약하다 （脆弱）

빈틈없다 形 嚴謹，周密，緊湊

衍生片語　구성이 빈틈없다 （結構嚴謹），준비가 빈틈없다 （準備周密）

常用例句　전통 사찰인 해동사에서 발생한 화재의 원인을 조사 중인 경찰은
빈틈없는 수사를 통해 문화재를 불태운 범인을 반드시 체포할 것이

ㅂ

라고 밝혔다.
> 警方在調查傳統寺院海東寺火災發生原因時表示，一定會仔細搜
查，將焚毀文化遺產的罪犯繩之以法。

그는 일을 하면 빈틈없이 꼼꼼하게 한다.
> 他做事有板有眼，一絲不苟。

(相關詞彙) 세심하다（周到，嚴謹）

▶ **빌어먹다** 動 乞討，要飯

衍生片語　밥을 빌어먹다（討飯），빌어먹는 아이（要飯的孩子）

常用例句　만약 백성들이 길에서 빌어먹는다면 그것은 우리의 잘못이다.
> 如果老百姓上街要飯，那就是我們的罪過。

(相關詞彙) 걸식하다（乞食）

▶ **빗나가다** 動 歪，偏離，岔

衍生片語　예측이 빗나가다（預測有偏差），가치관이 빗나가다（價值觀歪曲），방향이 빗나가다（偏離方向）

常用例句　말이 다른 데로 빗나갔다.
> 岔開了話題。

그 예상은 보기 좋게 빗나가 버렸다.
> 預測很明顯地偏離了方向。

(相關詞彙) 벗어나다（脫離）

▶ **빙그레** 副 笑眯眯地，喜滋滋地

衍生片語　빙그레 웃다（笑眯眯），빙그레 미소를 짓다（笑嘻嘻）

常用例句　남편은 빙그레 미소를 지으며 아내의 얼굴을 쳐다보고 있었다.
> 丈夫喜滋滋地看著妻子的臉。

(相關詞彙) 흐뭇하다（喜滋滋，甜蜜蜜）

▶ **빚다** 動 塑，揉，釀，造成，導致

衍生片語　송편을 빚다（包鬆餅），맥주를 빚다（釀啤酒），교통체증을 빚다（引發交通擁堵）

常用例句　진흙을 써서 500개의 나한상을 빚었다.
> 用泥塑了500個羅漢像。

생태 위기는 현대성의 다양한 원리들이 복합적으로 작용하여 빚어낸 결과이다.

生態危機是由於現代性多種原理複合作用所產生的結果。

相關詞彙 일으키다（導致，引發），초래하다（招來，導致）

빠듯하다 形 緊緊的，緊缺

衍生片語 살림이 빠듯하다（生活緊緊的），자금이 빠듯하다（資金吃緊）

常用例句 빠듯한 시간도 쪼개서 쓰는 것이 시간을 잘 쓰는 방법이야.
合理分配緊湊的時間（海綿裡擠水）是利用時間的好方法。
그는 여러 해 동안 생활이 늘 빠듯해서 평소에 감히 조금도 초과 지출을 하지 못한다.
多年來他的生活總是很吃緊，平日不敢有一點額外的花費。

相關詞彙 넉넉하다（富裕，寬鬆）

빠뜨리다 動 ①掉進 ②陷入

衍生片語 지갑을 빠뜨리다（弄丟錢包），공을 빠뜨리다（弄丟球）

常用例句 답안지에 수험 번호 쓰는 것을 빠뜨리지 않도록 해라.
不要忘記在答案紙上寫上准考證號碼。
혹시라도 빠뜨리는 물건이 있을까 하여 미리 배낭을 꾸려 두었다.
害怕萬一漏什麼東西，所以提前打理好了行李。

相關詞彙 빠지다（漏掉），누락하다（落，遺漏）

빠짐없이 副 毫無遺漏地，齊備

衍生片語 빠짐없이 참석하다（悉數參加），빠짐없이 마련하다（備齊）

常用例句 이번 일을 빠짐없이 그에게 전부 이야기했다.
我把這件事一五一十全跟他說了。
여러분은 한 사람도 빠짐없이 투표에 참여하시기 바랍니다.
希望各位能全部參加投票。

相關詞彙 낱낱이（遍歷，一五一十）

빼먹다 動 漏掉，曠職

衍生片語 수업을 빼먹다（曠課），말 한마디를 빼먹다（漏了一句話）

常用例句 출석을 부를 때, 그의 이름을 빼먹었다.
點名的時候遺漏了他的名字。
세심하게 일하지 않으면 빼먹을 수 있다.
工作不細心就會有遺漏。

相關詞彙 빠뜨리다（漏，落下）

ㅂ

► **뻔하다** 形 明顯

衍生片語 뻔한 사실（明顯的事實），뻔한 핑계（明顯的藉口）

常用例句 이렇게 되면 대학교마저 상업화가 될 것이 뻔하다는 우려의 목소리
도 높다.
擔心如此一來，大學也必然會被商業化的呼聲也很高。

► **뽑히다**[뽀피-] 動 被選拔

衍生片語 반장으로 뽑히다（被選爲班長），축구 선수로 뽑히다（被選爲足
球選手）

常用例句 그는 올림픽 육상 선수로 뽑혔다.
他被選爲奧林匹克田徑選手。
장학생으로 뽑혔다는 소식에 그는 하루 종일 입이 귀에 걸려 있었
다.
聽到被選爲獎學金得主的消息，他樂得一整天都合不攏嘴。

相關詞彙 선정되다（被選爲）

筆記

사들이다 <u>動</u> 收購，買進

衍生片語 투기로 사들이다（投機買進），물품을 사들이다（採購物品）

常用例句 물가가 오른다고 해서 마구잡이로 물건을 사들이는 태도는 지양해야 한다.
我們要摒棄那些一聽到漲價就盲目跟進的購物態度。
새로 상품을 사들이다.
新進了一批貨。

相關詞彙 구입하다（收購），구매하다（購買）

사례 <u>名</u> ①謝禮，報酬　②事例

衍生片語 사례금（禮金），사례 분석（案例分析）

常用例句 한 미디어 분석 기관의 조사 결과에 따르면 언론사 간 경쟁이 지나쳐 여론 신빙성을 의심하게 하는 다수의 사례가 발견되었고 한다.
根據某媒體分析機構的調查結果，發現很多由於輿論媒體間過度競爭，讓民眾不得不懷疑輿論可信度的案例。
이 기법은 한옥의 장점을 살리고 단점을 보완했다는 점에서 전통문화를 발전적으로 계승한 사례로 높이 평가 받고 있다.
這個技法在使韓式房屋揚長避短的這個層面，被認為是發展繼承傳統文化的典範，受到高度評價。

相關詞彙 답례（還禮），용례（例子）

사뿐사뿐 <u>副</u> 輕飄飄地，輕快地

衍生片語 사뿐사뿐 걷다（輕盈地走）

常用例句 그녀가 즐거워하며 사뿐사뿐 걸어간다.
她高興地走著，腳底下邁著輕快的步伐。

相關詞彙 사뿐（輕輕地）

사소하다[些少-] <u>形</u> ①瑣碎　②少許

衍生片語 사소한 돈（小錢），사소한 일（瑣事），사소한 고민（小煩惱），사소한 거짓말（微不足道的謊言）

常用例句 사소한 일에 화를 낸다.
因為小事而生氣。
진정한 양보란 자신의 사소한 물건을 내어 주는 것이 아니라 타인을 위하여 자신의 커다란 이익을 희생하는 것이다.
真正的謙讓不是出讓瑣碎的物品，而是為他人犧牲自己的巨大利

益。

(相關詞彙) 하찮다（瑣細）

▶ **살림** 名 生活，生計

衍生片語 살림 도구（生活工具），살림살이（生計），살림에 쪼들리다
（爲生活所迫）

常用例句 삼촌은 살림이 그다지 넉넉하지 못하다.
叔叔家的日子並不寬裕。
어머니께서 대가족 살림을 꾸려 나가느라 무척 힘겨워하셨다.
母親爲了操持一大家人的生計，非常辛勞。

(相關詞彙) 생계（生計）

▶ **살아남다** 動 生存，生活

常用例句 실력이 뛰어나다고 해도 대인 관계에 문제가 있다면 조직 사회에서
살아남기 어려울 것이다.
即便能力超群，但若是人際關係有問題，也很難在社會上生存。
103명이 사망한 리비아 여객기 추락 사고에서 유일하게 살아남은
10세 네덜란드 소년에게 세계적인 관심이 쏠리고 있다.
死亡人數達103人的利比亞空難中，唯一倖存者——10歲的荷蘭少
年，受到全世界的關注。
그들은 이번 사고에서 살아남은 유일한 생존자들이다.
他們是這次事故中唯一的倖存者。

▶ **삶**[삼] 名 人生

衍生片語 삶을 즐기다（享受生活），삶을 영위하다（經營生活），삶의 질
（生活品質）

常用例句 도자기, 민화, 보자기는 한국인의 전통적인 삶 속에서 사랑 받아 온
것들이다.
陶瓷、民畫、包袱是韓國人傳統生活中最喜歡的東西。
편집이란 삶의 현실이 신문에 실리기까지 거치게 되는 모든 과정
을 의미한다.
所謂編輯（工作），意指將現實生活刊載到報紙上所要經歷的一切
過程。
이 두 사람의 삶이 항상 평화롭지만은 않겠지만 혼자가 아닌 두 사
람이 같이 하는 인생길에 이전보다 더 향기롭고 아름다운 미래가
펼쳐지리라 믿어 의심치 않습니다.
母庸置疑，這兩個人的生活雖不總是一帆風順，但告別單身，兩人

攜手走過的人生會是更加芬芳、更加美好的未來。

(相關詞彙) 인생（人生）

▶ 삼계탕 名 參雞湯

(常用例句) 한국인은 보양에 신경을 써서, 삼복더위에도 삼계탕을 먹는다.
韓國人很注意進補，所以在三伏天也要吃參雞湯。
삼계탕으로 유명한 그 음식점은 웬만한 중소기업보다 직원도 많고
매출도 높다고 한다.
據說因參雞湯而揚名的那家飯店員工比一個普通中小企業還多，銷
量也很高。

▶ 상당히[相當-] 副 相當

(衍生片語) 상당히 큰 집（相當大的房子），상당히 멀다（相當遠）

(常用例句) 영어를 상당히 잘 한다.
英文說得相當好。
남극에서의 연구 활동을 마치고 귀국한 허 교수는 그곳에서의 생
활이 상당히 힘들었을 법도 한데 전혀 그런 내색을 하지 않았다.
結束了南極的研究後回國的許教授，儘管在那裡有相當多的生活困
難，可是他一點也沒顯露在臉上。

(相關詞彙) 엄청나게（相當），꽤（相當），굉장히（非常）

▶ 상대적[相對的] 名 相對的

(衍生片語) 상대적으로 쉽다（相對容易），상대적이다（相對的）

(常用例句) 그 일을 하기가 상대적으로 힘이 덜 든다.
那項工作做起來相對來說不太費力。
그런데 이 중에서 도자기와 민화는 그 가치가 높이 평가되어 온 반
면, 보자기는 상대적으로 그렇지 않은 감이 있다.
而其中，對陶瓷和民畫的價值評價甚高，相反地包袱則相對差一
些。

▶ 상부상조[相扶相助] 名 相輔相成，互助

(衍生片語) 상부상조 전통（互助傳統），상부상조의 정신（互助精神）

(常用例句) 대학과 기업이 상부상조하여 서로의 실리를 추구하고 있다.
大學與企業互相照應，追求各自的實際利益。
우리는 예로부터 상부상조를 미덕으로 삼아 왔다.
自古以來，我們一直把互相幫助看作是一種美德。

相關詞彙	서로 돕다（互助）

▶ **상징[象徵] 名** 象徵

衍生片語	행운의 상징（幸運的象徵），상징물（象徵物），상징적（象徵性的）
常用例句	현대 사회는 텔레비전, 인터넷으로 상징되는 전자 영상 매체의 시대라고 한다. 現代社會被稱作是以電視機、網路爲代表的電子影像媒體時代。
相關詞彙	표시（表示），심볼（標誌）

▶ **새록새록 副** 層出不窮，新意地

衍生片語	재미가 새록새록 솟아나다（興致盎然）
常用例句	이 방에 있는 물건들은 모두 낡은 것들이지만 볼수록 거기에 담긴 추억이 새록새록 되살아난다. 雖然這間屋裡的東西都是舊的，但越看就越會勾起對過去的回憶。 아프고 쓰라렸던 지난 일이 새록새록 떠올랐다. 過去那些痛苦傷心的事又重新浮現在眼前。
相關詞彙	거듭 나타나다（層見疊出，接連出現）

▶ **새삼 副** 猶新，重新

衍生片語	새삼 기억하게 하다（記憶猶新），(기억이) 새삼 떠오르다（記憶猶新）
常用例句	건강에 대한 관심이 높아지면서 전통 식단이 새삼 주목 받고 있다. 隨著人們對健康的關心逐漸增加，傳統的食譜又重新受到人們的關注。 우리가 얼마나 행운인지 새삼 깨닫게 해주지. 讓我們再次意識到我們有多麼幸運。
相關詞彙	재차（重新，再三）

이룩하다 動 實現，奪得，取得

衍生片語　승리를 이룩하다（獲得勝利）

常用例句　다시 말해 인간이 이룩한 경제적 발전은 분업과 협업의 체계와 밀접하게 연관되어 있다고 할 수 있다.
換句話說人類取得的經濟發展與分工合作的體系有著密切的關係。
어떠한 일이 있어도 이 일은 이룩할 결심이다.
我決心無論發生什麼事都要做成這件事。

相關詞彙　실현하다（實現）

인플레이션(inflation) 名 通貨膨脹

衍生片語　잠재적 인플레이션（潛在的通貨膨脹），인플레이션를 피하다（避免通貨膨脹）

常用例句　1970년대 석유 위기 이후 30여 년만에 세계가 다시 인플레이션 공포에 휩싸이고 있다.
1970年石油危機發生，30年後世界又再次籠罩在通貨膨脹的恐懼之下。
7월에는 인플레이션이 개인 소비에 큰 영향을 미칠 것 같다.
7月，通貨膨脹將會對個人消費造成極大影響。

相關詞彙　디플레이션（deflation，通貨緊縮）

일쑤 名 喜好，動不動

衍生片語　성깔 부리기 일쑤이다（好發脾氣），굶기가 일쑤이다（常常挨餓）

常用例句　연구원들은 실험에 몰두하느라 끼니를 거르기 일쑤였다.
研究員們潛心於實驗，常常忘記吃飯。
성공한 사람은 박수와 갈채를 받지만, 실패한 사람은 모욕과 비난의 대상이 되기가 일쑤이다.
成功的人總是得到掌聲與喝采，而失敗的人往往就成爲人們侮辱和指責的對象。

相關詞彙　걸핏하면（動不動）

일화[逸話] 名 軼聞，逸事

衍生片語　숨은 일화를 공개하다（公開塵封的趣聞），일화를 소개하다（介紹逸事）

常用例句　밀레의 이 그림은 작품의 가치도 가치이려니와 아름다운 일화로 더욱 유명해졌다.

米勒的這部作品具有很高的藝術價值，同時它也因爲一段有趣的逸事而變得更加有名。

이와 관련해서 영국 엘리자베스 여왕의 일화는 우리에게 많은 것을 생각하게 해 준다.

英國女王伊麗莎白與此相關的一件軼事讓我們想到很多。

相關詞彙　일사（逸事）

▶ 임기응변[臨機應變] 名 隨機應變，變通

衍生片語　임기응변의 재주가 있다（具有隨機應變的能力），일을 임기응변으로 처리하다（隨機應變地處理事情）

常用例句　그런데도 방송 진행자는 임기응변으로 신속하고 정확하게 현장의 상황을 시청자들에게 전달해 줬다.

即便如此，主持人還是隨機應變、迅速準確地將現場情況傳達了給觀衆。

相關詞彙　변통하다（變通，機變）

▶ 입가심 名 漱口，含漱

衍生片語　입가심하다（漱口）

常用例句　입가심으로 껌을 씹다.

嚼口香糖來清潔口腔。

그는 밥을 다 먹은 뒤 숭늉으로 요란하게 입가심을 했다.

吃完飯後用鍋巴水大聲漱口。

相關詞彙　양치질하다（漱口）

▶ 입방아 名 嘴碎，聒噪

衍生片語　입방아를 찧다（嘴碎，八卦）

常用例句　사람들이 그녀에 대해 입방아를 찧고 있다.

人們常常對她說三道四。

사람들은 그의 소문에 대해 입방아를 찧고 다녔다.

人們對他的傳聞議論紛紛。

相關詞彙　잔소리（嘮叨）

▶ **입버릇** 名 口頭語，口頭禪

衍生片語　입버릇이 되다（成了口頭禪），입버릇이 나쁘다（口頭禪不雅）

常用例句　아버지는 '정직은 최선의 정책'이라고 입버릇처럼 말씀하셨다.
　　　　　父親的口頭禪是「正直是最好的政策」。
　　　　　그의 못된 입버릇에 거기 있던 모든 사람은 기가 막혔다.
　　　　　他那不雅的口頭禪讓所有在場的人為之氣憤。

相關詞彙　공염불（口頭禪）

▶ **입씨름** 名 口角，口舌，鬥嘴

衍生片語　입씨름이 일어나다（發生口角），입씨름 하다（鬥嘴）

常用例句　두 사람은 만나자마자 입씨름을 하여 서로가 한 치도 물러서질 않았다.
　　　　　兩人一見面就鬥嘴，誰也不讓半步。

相關詞彙　말다툼（口舌，口角）

▶ **잇따르다** 動 相繼，接踵，跟隨

衍生片語　잇따라 입장하다（相繼入場），잇따라 계속 오다（接踵而來）

常用例句　외부의 인재를 데려와도 모자라는 마당에 오랫동안 몸담았던 인재들이 회사를 떠나는 사례가 잇따르고 있다.
　　　　　在即便引進外部人才，人手仍然短缺的情況下，又接連發生了工作了很久的人才離開公司的事件。
　　　　　모임에 참가했던 손님들이 잇따라 자리를 떴다.
　　　　　與會賓客相繼離席。

相關詞彙　잇닿다（相繼，接連著），줄줄이（接連）

► **자극하다(刺戟-)[-그카-] 動** 刺激

常用例句 예술 영역 간의 활발한 만남은 오감을 자극하는 색다른 즐거움을 선사하며 큰 인기를 얻고 있다.

藝術領域間活躍的交流刺激著五官，帶來了另類的樂趣，大受歡迎。

봄 경치가 사람의 마음을 자극하다.

春色撩人。

相關詞彙 부추기다（鼓動）

► **자서전[自叙轉] 名** 自傳，自述

衍生片語 자서전을 쓰다（寫自傳），자서전적인 소설（自傳體的小說）

常用例句 자서전은 좋은 사실의 나열도 자기 자랑으로 들리기 쉽고 실수에 대한 해명도 변명으로 들리기 때문에 쓰기가 어렵다.

在自傳中，羅列好事聽起來像自我炫耀，而對錯誤的解釋也會讓人覺得像是在辯解，所以很難寫。

相關詞彙 자술하다（自述），회고하다（回顧）

► **자세[姿勢] 名** 姿勢

衍生片語 차려 자세（立正的姿勢），자세를 취하다（擺個架勢）

常用例句 내 행동이 어떤 결과로 돌아올지를 염두에 두고 사는 것이 질서에 따르는 삶의 자세이다.

考慮好自己的行動會導致什麼結果後再做事，是常規的生活態度。

대학생들이 성실한 자세보다 외국어와 컴퓨터 실력을 더 우선으로 꼽았다는 점에서 차이를 보인다.

和誠實的態度相比，大學生優先選擇的是外語和電腦實力，在這一點上有一定差異。

相關詞彙 몸가짐（姿勢）

► **자세하다[仔細-] 形** 仔細

衍生片語 자세하게 연구하다（仔細研究）

常用例句 그녀는 그 회사로 가는 노선을 자세하게 물었다.

她仔細詢問了去那家公司的路線。

그 사건에 대해 담당자로부터 자세히 설명을 들었지만 도저히 납득이 안 간다.

關於那次事件，雖然已經聽取了負責人的詳細說明，但依然無法理

解。

相關詞彙 시시콜콜하다（無關緊要），세세하다（仔仔細細）

▷ **자원[自願]** 名 自願

衍生片語 자원 입대（自願從軍），자원 봉사（自願服務）

常用例句 자원봉사 활동을 하기 전에는 준비를 철저하게 해야 할 것 같아요.
在自願者活動開始之前，應該做好充分準備。

▷ **자칫** 副 險些，差點

衍生片語 자칫 큰 재난을 당할 뻔하다（險遭大禍），자칫 잘못하면 큰일 난
다（一不小心就會出大事）

常用例句 길이 미끄러워 자칫 주의하지 않으면 넘어진다.
路上很滑，一不小心就會摔跤。
수술은 사람의 생명을 다루는 일이라 자칫 잘못하면 치명적인 실
수를 하게 된다.
手術關乎人的生命，一不小心就會導致致命的失誤。

相關詞彙 하마터면（險些，差點）

▷ **작성[作成][-썽]** 名 擬定，制定

衍生片語 영수증을 작성하다（開發票），정산서를 작성하다（開具清
單），보고서를 작성하다（寫報告）

常用例句 내일 회의를 열어야 하니, 당신은 우선 이번 연도의 업무 계획을
작성하여 제출하세요.
明天得開會，你先制訂出本年度的工作計劃交上來。
2005년의 봉사활동 내용을 신청서에 작성해서 응모하면 돼.
只要在申請書中將2005年的志願活動內容擬定出來應聘即可。

相關詞彙 기초하다（起草），초안（草案）

▷ **작용하다[作用-][자공-]** 動 起作用，作用於

常用例句 이런 물질들은 대기를 정화하는 작용을 한다.
這些物質發揮了淨化空氣的作用。
출산율 저하는 사회 고령화는 물론이고 노동력 감소로 이어져서
사회 발전의 저해 요인으로 작용하는 문제가 있다.
出生率低下是繼社會老化、勞動力減少之後，阻礙社會發展的另一
個重要因素。

相關詞彙 미치다（影響），발휘하다（發揮）

▶ **잠기다** 動 ①浸，泡 ②乾啞 ③沉浸

衍生片語 희열에 잠기다（沉浸在喜悦之中）

常用例句 차창 밖으로 짙은 어둠 속에 잠긴 도시가 보였다.
從車窗望去，城市被籠罩在一片黑暗之中。
노래 연습을 너무 많이 했더니 목이 완전히 잠겼다.
唱歌練得太多了，嗓子全都啞了。
그는 깊은 생각에 잠겨 아무 말도 하지 않고 가만히 있었다.
他沉思著什麼話都不説，待在一邊。

相關詞彙 가라앉다（沉，沉澱）

▶ **재다** 動 ①測量 ②估量，衡量

衍生片語 길이를 재다（量長度），너비를 재다（量寬度）

常用例句 금전적인 기준으로 국민의 생명의 가치를 잰다.
用金錢標準去衡量國民的生命價值。

▶ **재빨리** 副 敏捷地，迅速地

衍生片語 재빨리 달리고 있다（飛奔），재빨리 준비를 하다（迅速準備）

常用例句 할머니가 차에 오르자 승객은 재빨리 자리를 양보했다.
老奶奶一上車，乘客就連忙讓座。
심지어는 예기치 않은 방송 사고가 났을 때도 위급한 상황을 재빨리 수습하는 임기응변의 능력을 보여 준다.
甚至在出現事先未能預料的意外事故發生時，也能展現出迅速處理危機情況的隨機應變能力。

相關詞彙 빨리（快，趕快），날쌔게（快）

▶ **재우다** 動 ①讓人睡覺 ②使留下 ③醃

衍生片語 아이를 재우다（哄孩子睡覺），손님을 재우다（留宿客人）

常用例句 쇠고기를 얇게 저미고 간장에 재우세요.
牛肉切得薄薄的，再用醬油醃一下。
꿀에 오랫동안 재워 둔 인삼을 아버지의 술상에 올렸다.
爲爸爸的酒桌送上了蜜製人參。

相關詞彙 잠들다（睡覺），깨우다（叫醒）

➤ **저미다** 動 切，割

衍生片語　고기를 저미다（切菜），가슴을 저미다（令人心碎）

常用例句　요즘은 가슴을 저민 슬픈 드라마가 인기이다.
　最近讓人心碎的悲情電視劇人氣很高。
　마음을 저민 이야기에 모두 눈물을 흘렸다.
　所有人都爲這個令人心碎的故事流下了眼淚。

相關詞彙　썰다（切，割）

➤ **적당[適當]** 名 適當，適合

衍生片語　적당한 직업（合適的工作），아이들에게 적당한 책（適合孩子讀的書）

常用例句　이 도시는 항상 교통이 복잡한 데다가 공해도 심해서 살기에 적당하지 않다.
　這座城市總是交通擁擠，再加上污染嚴重，不適合居住。

相關詞彙　적합하다（適合），알맞다（符合），적절하다（恰當）

➤ **적응[適應][저긍]** 名 適應

常用例句　그동안 그렇게 시간과 노력을 들였으면 적응이 될 법하건만 아직도 서툴기만 하니 걱정이다.
　那段時間投入了那麼多的時間和努力，按理來說應該能適應的，可是到現在還不熟練，真讓人擔憂啊。

相關詞彙　순응（順應）

➤ **적잖다** 動 不少，不乏

衍生片語　적잖은 성과（不少成果），선례가 적잖다（不乏先例），곤란이 적잖다（困難不少）

常用例句　회사는 그 거래로 적잖은 손해를 보았다.
　公司在那次交易中損失不小。
　친구에게 적잖은 신세를 진다.
　給朋友添了不少麻煩。

相關詞彙　드물다（少，乏，稀）

➤ **적절하다[適切-]** 形 合適，妥當

常用例句　변화에 대한 생각을 옷을 갈아입는 것에 비유하는 것이 적절한지는

모르겠으나 이 이야기는 사람들이 어떤 변화를 원하는지를 말해 준다.

雖然不知道把對變化的認識比喻成換衣服是否正確，但這個故事卻告訴我們人們期待什麼樣的變化。

어쨌든 편견을 가지고 사람을 대하는 것은 적절하지 않다고 생각해요.

總之，我認爲帶著偏見對待他人是不對的。

그것이 사실이라면 가령 뇌의 특정 부분에 적절한 자극을 줄 경우 누구와도 쉽게 사랑에 빠질 것이다.

若果眞如此，那只要對大腦特定的部分加以適當刺激，就很容易愛上任何人。

적중하다[的中] 動 ①擊中，命中 ②猜著，切合

衍生片語 총알이 머리에 적중했다（子彈打中了頭部），말이 적중하다（言中）

常用例句 눈이 온다던 일기 예보가 적중했다.
下雪被天氣預報説中了。

相關詞彙 명중（命中）

전망[展望] 名 ①眺望，遙望 ②展望，遠景

衍生片語 판로 전망（銷售前景），21세기의 전망（21世紀的展望）

常用例句 그간 침체의 늪에 빠져 있던 국내 경기가 내수 경기의 활성화로 빠르게 호전될 전망이다.
曾一度陷入泥沼的國內經濟情勢由於内需活絡，有望迅速好轉。

相關詞彙 바라보다（看，展望），전망대（瞭望台）

전시회[展示會] 名 展覽會

常用例句 다음 주부터 시작하는 미술 전시회에 가고 싶다고 했었죠?
你是不是説過想去看看下週開始的美術展覽？
음악을 들으면서 그림을 보는 전시회가 열려 사람들의 눈과 귀를 동시에 즐겁게 하기도 한다.
舉辦可以邊聽音樂邊看畫的展覽會，也可以使人們的眼睛和耳朵同時得到愉悅。
지난 5월 한국의 해양 동물 전시회가 열렸는데, 작년보다 관람객 수가 증가하였다.
5月份舉辦了韓國海洋動物展覽會，遊客比去年有所增加。

▶ **전통적** 名 傳統，傳統的

衍生片語　전통적 분위기（傳統感覺），전통적인 예절（傳統禮儀）

常用例句　인터넷의 확산으로 전통적 광고가 설 자리를 잃고 있기 때문이다.
　　　　　這是因爲由於網際網路的普及，廣告正失去其立足之地。

▶ **절박하다[切迫-]** 形 迫切，緊迫，緊急

衍生片語　상황이 절박하다（形勢緊急），절박한 시기（緊張時期）

常用例句　지금 우리는 절박하게 생태계의 압력을 느낀다.
　　　　　現在我們迫切地感受到生態系統的壓力。

相關詞彙　급박하다（急迫，緊急）

▶ **접촉[接觸]** 名 接觸

衍生片語　신체 접촉（身體接觸），접촉 불량（接觸不良）

常用例句　피부가 물체와 접촉했을 때 , 생기는 감각이 촉각이다.
　　　　　皮膚和物體接觸時所產生的感覺就是觸覺。
　　　　　도시에서는 주민의 절반 정도가 하루에 한 번도 이웃과 접촉하지
　　　　　않고 생활하고 있다는군요.
　　　　　城市裡有一半的居民日常生活中和鄰居一天都不接觸一次。

相關詞彙　상접（相接）

▶ **정리하다[整理-][-니-]** 動 整理

常用例句　정부는 전화 정보 사업 시장을 엄격히 정리해야 한다.
　　　　　政府應該嚴屬整頓電話通訊服務市場。
　　　　　다음은 "2009년 가구 소득 지출 실태 "에 대한 통계 결과를 정리한
　　　　　자료입니다.
　　　　　以下是根據「2009年家庭收支情況」的統計結果所整理的資料。

相關詞彙　바로잡다（整頓，糾正）

▶ **정비[整備]** 名 ①整備，配備　②保養，維修

衍生片語　조직을 정비하다（整頓組織），정비센터（維修中心）

常用例句　관광 시설을 정비하여 해외 방문객을 늘리는 데에 주력해 왔다.
　　　　　一直致力於完善觀光設施，提高遊客訪問人數。
　　　　　시간이 없어서 자동차 정비를 못 했더니 결국 고장이 나고 말았어
　　　　　요.

沒有時間修車，結果故障了。

相關詞彙 장치（裝置），정리（整理），수리（修理）

▶ **정성[精誠]** 名 赤誠，誠懇

衍生片語 정성껏（誠懇地）

常用例句 우수한 작품을 다시 출판할 때는 마땅히 더욱 정성을 들여야 한다.
優秀作品再版時，應該投入更多心血。
대단찮은 선물이지만 정성껏 준비했으니 꼭 받아 주십시오.
雖然不是什麼貴重的禮物，但卻是我精心準備的，請您務必收下。

相關詞彙 심혈（心血），성심（誠心）

▶ **정착하다[定著]** 動 定居，落戶

衍生片語 농촌에 정착하다（定居農村），북경에 정착하다（在北京定居）

常用例句 떠돌아다니던 인류가 농사를 짓기 위해서 한곳에 정착하여 살게 되면서 문명이 발생하였다.
四處流浪的人類爲了進行農耕而定居在某個地方，繼而產生了文明。
이리저리 궁리한 끝에 그는 런던에 정착하기로 결심했다.
想來想去他最終決定在倫敦定居。

相關詞彙 거주하다（定居）

▶ **제공하다[提供]** 動 提供

衍生片語 참고로 제공하다（以供參考），숙식을 제공하다（提供食宿），자료를 제공하다（提供資料），정보를 제공하다（提供情報）

常用例句 언어지도는 어떤 지역의 역사와 문화적 특성에 대한 정보를 제공할 뿐만 아니다.
語言地圖不僅僅是提供了某一地區的歷史與文化特徵的訊息。
학교에서 학생들을 위해 전문적으로 취업 자문을 제공한다.
學校爲學生提供專業的就業諮詢。

相關詞彙 후원하다（支援）

▶ **제외하다[除外-]** 動 除外

衍生片語 한 사람만 제외하다（只有一個人除外）

常用例句 서울과 부산을 제외한 주요 대도시의 물가 상승률이 전국 평균치

에 미치지 못하는 것이 특징이다.

其特點是除了首爾、釜山之外，其他主要大城市的物價漲幅均未達到全國平均水準。

사람들은 첫인상을 제외한 다른 정보에는 별 반응을 보이지 않는다.

除了第一印象之外，人們對其他訊息幾乎沒有反應。

(相關詞彙) 빼다（除去）

조각 名 ①碎片 ②雕刻

衍生片語 종이 조각（紙片）

常用例句 떨어진 유리 조각에 발이 닿지 않도록 조심해라.

小心掉下來的玻璃碎片不要割到腳。

움직이는 영상과 정지되어 있는 조각상이 한 작품에서 만나 관람객을 감탄하게 만들기도 한다.

會動的影像和靜止的雕像融合於同一作品之中，讓遊客爲之驚嘆。

(相關詞彙) 쪼가리（片）

조급하다[躁急] 形 急躁，毛躁

衍生片語 성미가 조급하다（性格急躁），마음이 조급하다（內心急躁）

常用例句 내일까지 보고서를 내야 해서 발등에 불이 떨어진 것처럼 마음이 조급해졌다.

明天爲止就要交報告書了，心裡像火燒眉毛似的焦急萬分。

조급하게 생각하기보다는 당면한 일에 여유있게 대처하는 느긋한 자세가 필요하다.

遇事不能毛毛躁躁，處理問題時要有條不紊、遊刃有餘。

(相關詞彙) 초조하다（急躁，焦急）

조성하다[造成] 動 造成，製造

衍生片語 여론을 조성하다（製造輿論），혼란을 조성하다（製造混亂）

常用例句 인터넷 게시판은 자유로운 토론 분위기를 조성하는 데 도움을 주는 반면 남을 너무 쉽게 비방하는 문제점을 낳기도 한다.

網路論壇雖然在形成自由討論氣氛方面發揮了很大的推動作用，但是也出現了隨意誹謗他人的問題。

그들은 그가 정치 불안을 조성한다고 비난했다.

他們指責他造成政治上的不穩定。

相關詞彙 만들다（造成）

▶ 조절[調節] 名 調整，調節

衍生片語 체온 조절（調節體溫），공기 조절（調節空氣），자동 조절（自動控制）

常用例句 한옥은 습도가 조절되고 통풍이 잘된다는 장점을 가지고 있다.
韓式房屋的優點是既可以調節濕度，又能保持通風。
그 선수는 컨디션 조절에 실패하여 중도에서 탈락했다.
那個選手身體狀態調節得不好，中途被淘汰了。

相關詞彙 조정（調整）

▶ 조정하다[調整-] 動 調整

衍生片語 가격을 조정하다（調整價格）

常用例句 가운데서 조정하여 양쪽의 분쟁을 해결한다.
從中斡旋，解決雙方爭端。
통학 버스의 운행 시간을 조정해 보는 것이 어떨까요?
調整一下學校校車的發車時間如何？

相關詞彙 조절하다（調節），조율하다（調音，協調）

▶ 조직[組織] 名 組織

衍生片語 조직 생활（組織生活），민방위 조직（民防組織）

常用例句 실력이 뛰어나다고 해도 대인 관계에 문제가 있다면 조직 사회에서 살아남기 어려울 것이다.
即便能力超群，但若是人際關係有問題，也很難在社會上生存。
이 문제에 대해 우리는 좌담회를 한차례 전문적으로 조직할 것이다.
就這個問題，我們將會專門開一次座談會。

相關詞彙 구성（構成）

▶ 조촐하다 形 整潔，樸素，清秀

衍生片語 용모가 조촐하다（模樣清秀），생활이 조촐하다（生活樸素）

常用例句 어머니 회갑은 가족끼리 조촐하게 치를 예정입니다.
母親的花甲宴我們準備全家人簡單地慶祝一下。
방 안은 매우 조촐하게 치워져 있다.
房間裡收拾得很整潔。

相關詞彙 말끔하다（整潔，乾淨），초라하다（簡陋，樸素）

존중하다[尊重-] 動 尊重

衍生片語 인권을 존중하다（尊重人權），상대방의 인격 존중하기（尊重對
방的人格）

常用例句 이런 소설들은 역사를 존중하지 않고 사실을 심각하게 왜곡한다.
這些小說沒有尊重歷史，嚴重歪曲事實。
지금의 시대는 개성을 존중하는 시대다.
現在是尊重個性的時代。

相關詞彙 존경하다（尊敬），공경하다（恭敬）

좀처럼 副 輕易

衍生片語 좀처럼 오지 않다（不輕易來），좀처럼 화를 내지 않다（不輕易
發脾氣）

常用例句 임금 협상안에 대한 견해차를 좀처럼 좁히지 못하고 파국으로 치닫
던 한국 기업의 노사 협상이 어젯밤 12시에 극적으로 해결되었다.
韓國企業的勞資雙方會談，由於對勞動報酬協商案的意見分歧無法
輕易縮小而一度陷入僵局，昨晚12點問題突然戲劇性地解決了。
그의 승낙은 좀처럼 얻기 힘들 것이다.
讓他同意可能會有些難。

相關詞彙 쉽사리（輕易）

주목[注目] 名 矚目，注目

衍生片語 주목을 끌다（引人注目），주목을 받다（受到矚目）

常用例句 건강에 대한 관심이 높아지면서 전통 식단이 새삼 주목 받고 있다.
隨著人們健康意識的不斷提高，傳統食譜也重新被人們所關注。
온 세상 사람이 모두 주목한다.
舉世矚目。

相關詞彙 눈여겨보다（注視）

주문하다[注文-] 動 訂購，訂貨

衍生片語 견본에 의하여 주문하다（根據樣品訂貨），주문 전표（訂貨單）

常用例句 일단 일본과 거래를 시작하게 되면 향후의 주문도 끊이지 않을 것
이라고 그들도 인정했다.
他們也承認，一旦跟日本人做上生意，以後的訂單就會源源不斷。

광고 내용만 믿고 섣불리 주문했다가는 큰코다칠 수 있다.
只聽信廣告內容就草率地訂貨會吃大虧。

相關詞彙 주문서（訂單），청구（請求）

▶ **주섬주섬** 副 一個個地，一把把地

衍生片語 빨래를 주섬주섬 걷다（把洗好的衣服一件件收起來），책을 주섬주섬 가방에 챙겨 넣다（把書一本本放進包包裡）

常用例句 그는 옷을 주섬주섬 챙겨 입고 집을 나섰다.
他把衣服一件件地穿好然後離開了家。
고모는 하던 말을 주섬주섬 계속했다.
姑媽把沒說完的話又一一地說了。

相關詞彙 잇달아（依次，一個個地）

▶ **주저하다[躊躇]** 名 猶豫，躊躇

衍生片語 조금도 주저하지 않다（毫不猶豫），주저하며 앞으로 나아가지 못하다（躊躇不前）

常用例句 한참 주저하다가 끝내 나는 솔직하게 말했다.
猶豫了半天，我終於坦白了。
그는 늘 갈까 말까 하고 주저한다.
他總在猶豫去還是不去。

相關詞彙 망설이다（猶豫）

▶ **줄줄이** 副 一條條，一串串，不斷，連綿

衍生片語 줄줄이 나뭇가지에 매달다（一串串地掛在枝頭），줄줄이 새로운 도전에 직면하다（不斷面臨新的挑戰）

常用例句 그 사건에 연루된 사람들이 줄줄이 구속되었다.
與事件有關的人相繼被拘留了。
며칠 줄줄이 비가 와서 재해 상황을 더욱 악화시켰을 것이다.
連續降雨，災情必然會更加嚴重了。

相關詞彙 끊임없이（不斷地，陸續），연달아（連續）

▶ **중계** 名 中繼，轉遞，轉播

衍生片語 중계무역（轉口貿易），중계 무역항（轉口商埠），중계방송（轉播）

常用例句 사고 현장을 중계할 때에 미리 정해진 대본이란 있을 수 없다.

轉播事故現場時，就沒有固定的台詞了。

외국에서는 뉴스의 상품성을 높이기 위해 뉴스를 스포츠 중계와
유사하게 진행한다.

在國外，為了提升新聞的商業性，新聞轉播的形式和體育轉播相
似。

相關詞彙 생방송（直播）

중고품[中古品] 名 舊貨，二手貨

衍生片語 중고품 판매장（舊貨市場），중고품을 매매하다（買賣舊貨）

常用例句 그 돈을 내고 중고품을 살 바에야 조금 더 보태서 새것을 사는 게 낫
겠다。

與其花點錢買個舊的，不如再加點錢買個新的。

중고품이기는 하지만 최신품이나 별 차이가 없습니다。

雖然是二手貨，但跟最新產品沒什麼區別。

相關詞彙 중고（舊貨）

중소기업[中小企業] 名 中小企業

衍生片語 중소기업 정책（中小企業的政策）

常用例句 삼계탕으로 유명한 그 음식점은 웬만한 중소기업보다 직원도 많고
매출도 높다고 한다。

據說因參雞湯而揚名的那家飯店員工，比一個普通中小企業還多，
銷量也很高。

오직 이렇게 해야만 중소기업이 바이어와 자금을 유치하도록 장려
할 수 있다。

只有這樣才能鼓勵中小企業招商吸引資金。

相關詞彙 대기업（大企業）

증가하다[增加-] 動 增加

常用例句 중국에 오는 유학생 수가 해마다 점차 증가하고 있다。

來華留學人數逐年增加。

사회가 개방화되고 교육 수준이 높아짐에 따라서 여성들의 사회
진출이 뚜렷이 증가하고 있다。

隨著社會開放、教育程度的提高，女性參與社會活動有了顯著的增
加。

相關詞彙 늘다（增加），늘어나다（增加）

➤ **지나치다** 形 過分，過度

常用例句 지나친 스트레스는 문제가 되겠지만 적당한 긴장감은 우리의 생활에 활력을 주므로 스트레스는 필요하다.

雖然過度的壓力會成問題，但是適當的緊張感會給我們的生活帶來活力，因此壓力是必需的。

소설은 인간의 삶을 토대로 하지만 언제나 인간의 삶 그 이상을 그리고 있다고 해도 지나친 말이 아니다.

即使說小說的創作源於人類生活，卻總是高於人類生活，也並不過分。

相關詞彙 과도하다（過度），너무하다（過分）

➤ **지니다** 動 具有，帶有

衍生片語 우세함을 지니다（有優勢）

常用例句 일찍이 우리 선조들은 목재가 지닌 자연미를 최대한 살린 훌륭한 목공 예품을 남겼다.

從前我們的祖先們留下了很多優秀的木工藝術品，這些藝術品極大限度地展現了木材所具有的自然美。

➤ **지배[支配]** 名 支配

衍生片語 지배 계급（統治階級），지배자（統治者）

常用例句 이렇게 현대 생활에서 첨단의 영상 매체가 지배적인 위력을 가지게 된 반면 인쇄 매체인 책의 역할은 위축되었다.

像這樣，在現代生活中，尖端的影像媒體占據著支配地位，與此相反，書本這種印刷媒體的作用則大大降低了。

相關詞彙 통치（統治）

➤ **지불하다[支拂-]** 動 支付，支出

衍生片語 요금을 지불하다（支付費用）

常用例句 인터넷 물품 구매는 일반적으로 은행 계좌 이체를 통해 지불한다.

網路上購物通常透過銀行轉帳支付。

때로는 물건값을 지불하고 물건을 받지 못하는 위험도 감수해야 한다.

偶爾還得承擔支付了費用卻收不到貨品的危險。

相關詞彙 치르다（支付）

지속되다[持續-] 動 持續，繼續

衍生片語　지속되는 가뭄（持續的乾旱）

常用例句　우리는 양국의 우의가 오래 지속되기를 진심으로 축원합니다.
我們衷心祝願兩國友誼長存！

지속적[持續的] 名 持續的

衍生片語　지속적 감소（持續遞減）

常用例句　그런데 이후 시간이 흐르면서 언어가 지속적으로 변화해 감에 따라 맞춤법 규정은 현실과 큰 괴리를 보이게 되었다.
但後來，隨著時間的流逝，語言不斷變化，拼寫法的規定和現實有了很大出入。

相關詞彙　계속계속（繼續），꾸준히（不懈地）

지양하다[止揚-] 動 揚棄，止揚

衍生片語　이기적 타산을 지양하다（摒棄自私的打算）

常用例句　사물의 발전 과정에서 자신에 대한 지양과 타파가 시대 변화•역사 발전•사회 진보의 강력한 동력이다.
在事物發展過程中，對自身的揚棄和突破，往往是時代變遷、歷史發展、社會進步的強大動力。

相關詞彙　양기하다（揚棄）

지우다 動 擦

衍生片語　감정을 지우다（忘掉感情），아이를 지우다（打胎）

常用例句　관객수가 증가하고 배급 질서가 자리 잡아 간다는 낙관적 근거에도 불안감을 지울 수 없는 건 투자자들의 움직임이 둔화되고 있기 때문이다.
其原因就在於，即便在觀眾增加、分配秩序走上正軌這些樂觀形勢下，不安感仍無法得到消除，而導致了投資者放慢了投資速度。
이번 개정판은 이전의 오류를 지워버렸다.
這次改版把以前的錯誤都刪掉了。

相關詞彙　없애다（清除），지우개（橡皮擦），삭제하다（刪除）

지적하다[指摘-][-저카-] 動 指出

衍生片語　실수를 지적하다（指出失誤），문제점을 지적하다（指出問

題），잘못을 지적하다（指出錯誤）

常用例句 환경이야 어떻게 되건 말건 경제만 살리겠다는 정책은 지금보다 더 큰 환경 문제를 초래할 것이라고 지적한다.

他們指出不顧環境的變化，只是一味地發展經濟的政策，將會招致比目前更加嚴重的環境問題。

이와 관련하여 일부 언론사의 속보 경쟁의 문제점을 지적하지 않을 수 없다.

對此，不得不指出一些媒體競爭報導速度的問題。

相關詞彙 가리키다（指出），손가락질하다（指責）

지체되다[遲滯] 動 耽誤，延滯

衍生片語 공사가 지체되다（工程停滯不前），발전은 지체되다（發展停滯）

常用例句 토론은 어떤 사안을 결정할 때 시간이 지체되기는 하겠지만 사회 구성원의 합의를 도출해 낸다는 데 의의가 있다.

討論的意義就在於當決定某個方案時，雖然在時間上會有所延誤，但卻可以透過討論，取得成員們的一致意見。

공항의 컴퓨터 고장으로 여객과 항공편이 지체되었다.

由於機場電腦故障，導致旅客滯留和航班延誤。

相關詞彙 지연하다（遲延，耽擱）

지출[支出] 名 支出，開銷

衍生片語 지출을 늘리다（增加開支），지출을 초과하다（超支）

常用例句 정부가 막대한 자금을 지출하여 관련 부문에 줬다.

政府撥下了大筆資金給相關部門。

그의 집은 식구가 많아서, 지출이 상당하다.

他家人口多，開銷大。

相關詞彙 지불（支付）

지푸라기 名 草芥，草屑，救命稻草

衍生片語 옷에 묻은 지푸라기를 털어 낸다（拍掉黏在衣服上的草屑），지푸라기라도 잡다（抓根救命稻草）

常用例句 궁지에 몰린 나는 지푸라기라도 잡는 심정으로 평소 친하게 지내던 선배들에게 전화를 걸었다.

陷入困境的我，似乎想要抓住一根救命稻草，於是給平日裡走得很

近的學長打了個電話。

타작을 하고 난 마당에는 지푸라기가 여기저기 널려 있다.

院子裡打完稻子後，草屑飛得到處都是。

相關詞彙 초개（草芥）

직접[直接] 名 直接

衍生片語 직접 경험（直接經驗），직접적 표현（直接的表現）

常用例句 물은 생명체의 생명 활동에 직접적인 영향을 준다.

水直接影響生命體的生命活動。

相關詞彙 간접（間接）

직접적[直接的] 名 直接的

衍生片語 직접적 영향（直接影響），직접적 수단（直接手段），직접적 피해（直接受害）

常用例句 이들 주식들의 등락은 투자자의 수익에 직접적인 영향을 줄 것이다.

這些股票的漲跌將直接影響投資者的收益。

따라서 우리 나라의 뉴스도 직접적인 영향은 아니라 하더라도 어느 정도는 스포츠 중계방식의 영향을 받고 있다고 할 수 있다.

因此，可以說我國的新聞雖未受到直接影響，但在一定程度上，也受到了體育轉播方式的影響。

진지하다[眞摯-] 形 眞摯，認眞

衍生片語 진지한 태도（認眞的態度），진지하게 논의하다（認眞討論）

常用例句 사장은 사원들의 제안을 진지하게 받아들였다.

社長認眞聽取了員工們的意見。

相關詞彙 정성껏（誠懇）

집계[集計] 名 統計，合計，清點

衍生片語 계산을 집계하다（清點帳目）

常用例句 2006년 상반기 업종별로 새로운 직원을 선발한 기업의 비율은 90%에 근접한 수준인 것으로 집계되었다.

據統計，2006年上半年不同行業中選拔新職員的企業比率分別接近90%。

당국은 이번 홍수의 인명 피해를 삼십 명 정도로 집계했다.

據當局統計，這次洪水中的死亡人數約爲30名。

相關詞彙 통계（統計）

집단적[集團的][-딴-] 名 集團的

衍生片語 집단적 행동（集體行動），집단적 거주 지역（集體居住地）

常用例句 인간의 풍족한 삶은 노동의 집단적, 사회적 특성에서 비롯된다.
人類富足的生活始於勞動的集團性、社會性。
제 아무리 신기를 자랑하는 일대일의 명수도 집단적으로 훈련된 군대 앞에서는 무력하고 무의미하다는 것이다.
一對一的高手無論多厲害，在團體作戰的軍隊面前都是不堪一擊、毫無意義的。

집중하다[集中-][-쭝-] 動 集中

衍生片語 정신을 집중하다（聚精會神），병력을 집중하다（集中兵力）

常用例句 운전에만 집중해，말하지 말고！
專心開車，不要講話！
대학 입시에서 미역국을 먹지 않기 위해서 자는 시간을 줄이고 공부에 집중했다.
為了大學聯考能上榜，而縮短睡覺時間，集中精力唸書。

相關詞彙 모이다（聚集），정신차리다（打起精神）

짜다 形 擠，擰，編，擬訂

衍生片語 털옷을 짜다（織毛衣），치약을 짜다（擠牙膏），밀짚모자를 짜다（編草帽），일정을 짜다（擬訂行程）

常用例句 자네 부서진 판자 조각이라고만 생각하지 말게，한데 모아 짜면 쓸모 있는 가구가 될 걸세.
你不要光把它看成是破碎的小板材，一旦組合起來就是件有用的傢俱。
상대 팀에 대한 정보가 전혀 없기에 그 실력을 가늠할 수 없어 경기 전략을 짜기 힘들다.
因為根本沒有對手的資訊，無法估測其實力，所以難以制訂比賽策略。

相關詞彙 만들다（做，製作）

쪼개다 動 ①剖，掰 ②分配，安排

衍生片語 사과를 반으로 쪼개다（把蘋果對半分），시간을 쪼개다（分配時間）

常用例句　빠듯한 시간도 쪼개서 쓰는 것이 시간을 잘 쓰는 방법이야.
　　　　　合理分配緊湊的時間（海綿裡擠水）是利用時間的好方法。
　　　　　그는 잠자는 시간을 쪼개서 공부를 했다.
　　　　　他擠出睡覺的時間來唸書。

相關詞彙　뻐개다（劈開，掰開）

筆記

ㅊ

▶ **차다** 動 ①滿意，充滿　②踢，踹　③到達

衍生片語　정원이 차다（客滿），나이가 차다（到了歲數）

常用例句　그 사람은 화가 났는지 자리를 차고 일어나 밖으로 나갔다.
那個人可能生氣了，離席而去。
나이가 꽉 찬 딸의 결혼 문제로 부모님께서 걱정을 많이 하신다.
因爲女兒到了出嫁的年紀，父母很擔心她的結婚問題。
맞선을 본 사람이 마음에 차지 않아서 연락처도 물어보지 않았다.
沒看上來相親的人，所以連聯絡方式都沒有問。

相關詞彙　충만하다（充滿），가득히（滿），채우다（充滿）

▶ **차라리** 副 寧可，倒不如

常用例句　믿을 수 없는 약을 먹어 빨리 살을 빼는 것보다 차라리 열심히 운동을 하면서 조금씩 살을 빼는 게 낫다.
與其吃不可信的藥快速減肥，還不如多做運動一點點地減肥。
비가 저렇게 많이 오는데 차라리 돌아가지 마라.
雨下得那麼大，乾脆就別回去了。
차라리 배고플지언정 옷은 잘 입어야 한다.
就算是餓著肚子，也要衣著光鮮。

相關詞彙　도리어（反而），오히려（反而）

▶ **차분하다** 形 文靜，鎮定，平和

衍生片語　성격이 차분하다（性格文靜），상태가 차분하다（事態穩定），차분하게 답하다（鎮定地回答）

常用例句　일에 자신이 없어서 마음이 도무지 차분해지지 않는다.
因爲對事沒信心，所以心裡怎麼也靜不下來。

相關詞彙　침착하다（沉穩，鎮定，安靜）

▶ **척박하다**[瘠薄] 形 貧瘠，瘦

衍生片語　토양이 척박하다（土地貧瘠），척박한 땅（貧瘠的土地）

常用例句　'30년 외길, 30년 흑자 경영'이라는 금자탑을 척박한 토양 위에서 꽃피운 것이다.
「30年的獨木橋，30年的盈利」，他在這片貧瘠的土地上開闢了一片新天地。
땅이 척박하면 비료를 많이 주어야 한다.
土地貧瘠就要多施肥。

ㅊ

相關詞彙 메마르다（貧瘠，瘦）

참견하다[參見-] 動 干預，參與，過問

衍生片語 참견할 필요가 없다（沒有干涉的必要），남의 일에 참견하다（干預別人的事情）

常用例句 다른 사람 일에 참견하지 말고 자신이 맡은 일만 열심히 하세요.
不要干涉別人的事，努力做好自己負責的工作。
우리는 타국의 내정에 참견하고 싶지 않다.
我們不願干涉他國內政。

相關詞彙 관여하다（干涉，干預）

참여[參與][차며] 名 參與

衍生片語 참여 의식（參與意識）

常用例句 무슨 일이 있건 참여는커녕 움직이기가 싫었고 아예 애초부터 관심도 갖고 싶지 않았다.
不管什麼事，別說參加了，連動一下都不情願，而且從一開始就根本沒興趣。

相關詞彙 참석（參加）

처지[處地] 名 處境

衍生片語 처지가 딱하다（處境困難），처지가 난처하다（處境很爲難）

常用例句 정치•경제 관계의 변화에 따라, 사람과 사람의 처지도 역시 변했다.
隨著政治、經濟關係的改變，人和人所處的環境也變了。

相關詞彙 지처（處境）

척 名 裝，裝作

常用例句 가끔씩은 자식의 잘못을 보고도 못 본 척 눈을 감아 주어야 한다.
偶爾看到了子女的錯誤，也應該裝作沒有看到，睜隻眼閉隻眼。

相關詞彙 체（裝作）

철새 名 候鳥，信鳥

常用例句 철새가 먼 거리를 이동한 뒤 다시 원위치로 돌아올 수 있는 방법은 과학이 아직까지 풀지 못한 수수께끼로 남아 있다.
候鳥長距離飛行之後，又能重新回到原地的方法，至今仍是科學上

ㅊ

的一個未解之謎。

가을이 되면 철새들이 떼를 지어 이동해 간다.

一到秋天，候鳥便會成群遷徙。

相關詞彙 머물새（留鳥）

▶ 철수하다[撤收-] 動 撤走，撤回

衍生片語 현장에서 철수하다（從現場撤回），군대를 철수하다（撤軍）

常用例句 대기업들이 당장 영화 사업에서 철수하는 일은 없으리라는 게 일반
적인 관측이지만 일부에서는 올해 상반기 투자가 대폭 줄지도 모
른다고 염려하고 있다.

雖然多數人都預測各大企業不會立即從電影業撤資，但人們仍然擔
心部分企業會在今年上半年大幅縮減投資。

相關詞彙 물러나다（撤走）

▶ 철저하다[徹底-][-쩌-] 形 徹底，完全

常用例句 자원봉사 활동을 하기 전에는 준비를 철저하게 해야 할 것 같아요.

在從事志願者活動前，應做好充分準備。

시간이 촉박하여 철저하게 할 도리가 없다.

由於時間緊迫，無法做得非常徹底。

相關詞彙 끝까지（完全）

▶ 첨예화[尖銳化] 名 尖銳化

衍生片語 투쟁의 첨예화（鬥爭的尖銳化），대립이 첨예화되다（對立尖銳
化）

常用例句 노동 쟁의는 점점 첨예화되어 가고 있다.

勞動爭議逐漸尖銳化。

노사 분규는 날이 갈수록 더 첨예화되었다.

勞資糾紛越來越尖銳了。

相關詞彙 날카롭다（尖銳）

▶ 청천벽력[晴天霹靂] 名 晴天霹靂，五雷轟頂

衍生片語 청천벽력 같은 소식（晴天霹靂般的消息）

常用例句 그에게 이것은 정말 청천벽력이다.

對他來說，這簡直就是晴天霹靂。

검사 결과는 그에게는 청천벽력이었다.

ㅊ

檢驗結果對於他來說，簡直就是晴天霹靂。

相關詞彙 날벼락（晴天霹靂）

체험[體驗] 名 體驗

衍生片語 체험 수기（體驗手記），체험을 쌓다（累積經驗）

常用例句 이번에 개최된 시골 체험 캠프는 도시 아이들로 하여금 자연을 만끽할 수 있는 기회를 마련해 주었다.
這次舉辦的鄉村體驗營，讓城市的孩子們有了享受自然的機會。
자기의 눈으로 직접 보고 스스로 느끼는 것이니만큼 그 체험으로 자기 자신을 채워 가기 때문이다.
這是因爲體驗是自己的所見、所感，所以可以充分充實自己。

相關詞彙 경험（經驗）

초기[初期] 名 初期

衍生片語 초기작품（早期作品），초기진단（初期診斷）

常用例句 이런 병은 초기에는 무슨 뚜렷한 증상이 없어서 환자들이 늘 느끼지 못한다.
這種病初期沒有什麼明顯的症狀，病人往往感覺不到。

相關詞彙 초창기（草創期），초엽（初葉）

초조하다[焦燥-] 形 焦躁，焦急

常用例句 하지만 모든 역할을 완벽하게 한다는 것은 불가능한 일로 결국 심한 불안감, 초조, 죄책감 등으로 고통을 받게 된다.
但完美地發揮所有作用是不可能的，因此就會因爲嚴重的不安感、焦躁、挫折感等而備受折磨。
한참을 찾았는데도 한 개의 공중전화도 찾지 못해서 정말 초조하다.
找了半天也沒有找到一個公用電話，眞令人著急。

相關詞彙 마음 졸이다（焦急）

초조하다[焦燥-] 形 焦躁，焦急

常用例句 그는 일이 잘못 되었다는 것을 듣자 초조해 하기 시작했다.
一聽説事情不行了，他就急躁起來了。
담벼락에 기대어 초조히 기다리는 우리의 발 아래로 낙엽만 수북이 쌓여있다.

我們靠著牆焦急地等著，腳下積滿了厚厚的落葉。

相關詞彙 마음 졸이다（焦急）

▶ 축이다 動 滋潤，潤澤

衍生片語 목을 축이다（滋潤嗓子），입술을 축이다（滋潤嘴唇）

常用例句 강단에 선 최 선생님은 목을 축이기 위해 물을 한 모금 마셨다.
站在講台上的崔老師喝了口水潤了潤嗓子。
더위로 바짝 탄 입술을 혀로 축인다.
用舌頭潤了潤因炎熱而發乾的嘴唇。

相關詞彙 적시다（滋潤，濕潤）

▶ 출신[出身][-씬] 名 出身

衍生片語 점원 출신（店員出身），노동자 가정 출신（工人家庭出身）

常用例句 그 회사에서는 전자우편 자동발송 시스템을 이용하여 같은 초등학
교 출신의 회원들에게 전자우편을 보냈다.
那個公司利用電子郵件自動發送系統，給畢業於同一小學的會員寄
送了郵件。
출신도 모르는 사람을 어떻게 채용할 수 있겠어!
不知底細的人，怎麼用！

▶ 출현하다[出現-] 動 出現

常用例句 필자는 최근 2년 동안 신문과 간행물에 출현했던 신어들의 상황을
총결하였다.
筆者總結了近兩年來報刊上出現的新字情況。
합병으로 거대 광고회사가 출현하고, 새로운 매체의 등장과 기존
매체의 몰락이 가속화된다.
由於合併出現了大型廣告公司，加速了新媒體的出現和已有媒體的
沒落。

相關詞彙 나타나다（出現），사라지다（消失），없어지다（消失）

▶ 충고[忠告] 名 忠告

衍生片語 충고를 따르다（聽從忠告）

常用例句 이런 신입사원들을 위해 한마디 충고를 하자면 '쇠뿔도 단김에 빼
라'는 말이 있듯이 우선은 미루지 말고 시작하는 것이 중요함을 명
심해야 한다는 것이다.

ㅊ

如果說要給這些新進職員一句忠告的話，就是打鐵要趁熱，要牢記做事不要總是往後延，開始很重要。

우리가 당신들에게 충고하겠는데 , 당신들은 식당을 너무 엉망으로 경영하고 있다.

我們要給你們一個忠告：你們把餐廳辦得太差勁了。

(相關詞彙) 충언（忠言），경고（警告）

▶ **취향[趣向]** 名 喜好，趣向

衍生片語 취향이 독특하다（愛好獨特）

常用例句 그들 두 사람은 취향이 맞아서 바로 친구가 되었다.
他們兩人志趣相投，很快成了朋友。
직업은 자신의 취향과 적성에 맞는 것이 가장 이상적이다.
最理想的職業是符合自己的喜好和能力的工作。

(相關詞彙) 취미（興趣，愛好）

▶ **치닫다** 動 往上跑，猛進，馳騁

衍生片語 앞으로 치닫다（前進），몰락의 길로 치닫고 있다（陷入沒落）

常用例句 임금 협상안에 대한 견해차를 좀처럼 좁히지 못하고 파국으로 치닫던 한국 기업의 노사 협상이 어젯밤 12시에 극적으로 타결되었다.
韓國企業的勞資雙方會談，由於對勞動報酬協商案的意見分歧無法輕易縮小而一度陷入僵局，昨晚12點問題突然戲劇性地解決了。
그는 계단을 한꺼번에 세 계단씩 치달아 올랐다.
他上樓時，一腳跨三個台階。

(相關詞彙) 돌진하다（突進，猛衝）

▶ **치명적[致命的]** 冠 致命的，嚴重的

衍生片語 치명적 실수（致命的失誤），치명적 타격（致命的打擊）

常用例句 만일 생명체가 금속이나 돌로 이루어졌다면 체온이 오르락내리락할 수밖에 없어서 생명 활동에 치명적인 악영향을 받을 것이다.
如果生命體是由金屬或石頭構成，那麼生命活動將由於體溫不可避免的上下浮動而遭受致命的影響。
꽃가루는 천식 환자에게는 치명적이다.
花粉對於哮喘患者的影響是致命的。

(相關詞彙) 급소（要害，致命所在）

ㅊ

▶ **치우다** 動 ①收拾，拾掇 ②吃掉

衍生片語 방을 치우다（收拾屋子）

常用例句 이 찻잔을 옆으로 치워 놓고 , 자리를 내어라.
你把這茶碗收到旁邊去，騰出地方來。

相關詞彙 지우다（擦掉）

▶ **침체[沉滯]** 名 停滯，沉滯

衍生片語 침체 국면（停滯局面），침체상태（停滯狀態）

常用例句 그간 침체의 늪에 빠져 있던 국내 경기가 내수 경기의 활성화로 빠르게 호전될 전망이다.
曾一度陷入泥沼的國內經濟情勢，由於內需市場的活絡，有希望迅速好轉。
회전을 빠르게 하여 자금의 침체를 피한다.
加速周轉以避免資金停滯。
수출 무역이 침체하여 부진했다.
出口貿易疲軟。

相關詞彙 정체（停滯）

筆記

➤ **캐내다** 動 採，挖掘，追查

衍生片語　비밀을 캐내다（追查祕密），밭에서 감자를 캐내다（從地裡挖馬鈴薯）

常用例句　땅속에서 캐낸 금속을 사용할 수 있는 상태로 만드는 금속 제련 과정에는 많은 양의 화석 연료가 소모된다.
為了使地底挖掘出來的金屬得以利用，在冶煉過程中要消耗大量的石化燃料。
이 일의 내막을 끝까지 캐낸다.
一定要將這件事的內幕查個水落石出。

相關詞彙　파다（挖掘）

➤ **캠프(camp)** 名 營隊，營帳

衍生片語　캠프를 치다（搭帳篷）

常用例句　이번에 개최된 시골 체험 캠프는 도시 아이들로 하여금 자연을 만끽할 수 있는 기회를 마련해 주었다.
這次舉辦的鄉村體驗營，讓城市的孩子們有了享受自然的機會。

相關詞彙　텐트（帳篷）

➤ **콤플렉스(complex)** 名 情結，自卑感，症候群

衍生片語　개인 콤플렉스（個人的自卑情結），콤플렉스를 제거하다（消除自卑心理）

常用例句　자신도 모르게 어느새 슈퍼우먼 콤플렉스에 빠지게 되는 것이다.
自己也不知不覺地得了女強人症候群。
콤플렉스가 생기는 것은 주로 사회적 상황이 오랫동안 영향을 미친 결과이다.
自卑的形成，主要是社會環境長期影響的結果。

相關詞彙　잠재의식（潛意識）

▶ **타고나다** 動 天生，先天

衍生片語　타고난 재능（先天的才能），타고난 성격（天生的性格）

常用例句　타고난 성품의 넓고 좁음이 수명의 길고 짧음과는 관계가 있다.
　　　　　天性的寬容與狹隘，和壽命長短有關。
　　　　　재능을 타고났다고 하더라도 후천적 노력에 의해 뒷받침 되지 않으면 성공하기 어렵다.
　　　　　即使天生有才能，若沒有後天努力做後盾，也很難成功。

▶ **타이르다** 動 勸解，勸說

衍生片語　잘못을 타이르다（勸其改正錯誤），술을 끊으라고 타이르다（勸其戒酒）

常用例句　가출한 청소년들을 타일러서 모두 집으로 돌려보냈다.
　　　　　勸說離家出走的青少年，並把他們都送回家了。
　　　　　복도에서 뛰지 말라고 볼 때마다 누누이 타일렀는데도 학생들은 여전히 말을 듣지 않는다.
　　　　　每次看到都告訴他們不要在走廊上奔跑，但勸了好多次，學生還是不聽話。

相關詞彙　설득하다（說服）

▶ **탁상공론[桌上空論]** 名 紙上談兵

衍生片語　탁상공론 벌이다（紙上談兵），탁상공론으로 끝난 회의（以空談告終的會議）

常用例句　실천이 따르지 않는 이론은 탁상공론에 지나지 않는다.
　　　　　沒有實踐的理論只不過是紙上談兵。
　　　　　탁상공론만 하지 말고 실질적인 타개책을 찾아봅시다.
　　　　　別光是紙上談兵，找找實際對策吧。

相關詞彙　일을 건성으로 하다（做事只求表面工夫）

▶ **탁월하다[卓越-][타궐-]** 形 卓越

衍生片語　탁월한 재능（卓越的才能）

常用例句　지질학 방면에 있어서의 그의 공헌은 비길 데 없이 탁월하다
　　　　　在地質學方面，他做出無可比擬的卓越貢獻。

相關詞彙　뛰어나다（出眾的），우수하다（優秀的），훌륭하다（出色的）

➤ **탈[頉] 名** ①病恙 ②變故，問題 ③缺點 ④面具

衍生片語 별 탈없이（無恙），탈이 나다（出問題）

常用例句 별 탈 없이 임무를 완성할 수 있게 되어서 다행이다.
能順利地完成任務眞是萬幸啊。
그 사람은 다 좋은데 입이 험한 게 탈이다.
那個人什麼都好，缺點就是愛說粗話。
온갖 동물 모양의 탈을 쓰고 가장행렬을 벌였다.
戴著各種動物的面具進行假面具遊行。

相關詞彙 변고（變故）

➤ **탐방하다[探訪-] 動** 探訪，採訪，訪談

衍生片語 새 장관이 탐방하다（採訪新部長），사건 현장을 탐방하다（採訪事件現場）

常用例句 다음은 "국립공원 탐방로 출입 통제"에 대한 공고문과 관련 기사문입니다.
下面是有關「國立公園參觀出入管制」公告的相關報導。
이곳저곳 탐방하여 조사했다.
走遍大街小巷進行查訪。

相關詞彙 방문하다（訪問）

➤ **탓[탇] 名** （產生負面現象的）原因

常用例句 공부하는 데 너무 몰두한 탓에 어머니께서 부르시는 소리를 못 들었다.
因爲在聚精會神地讀書，所以沒聽到媽媽喊我。
이번 사고는 소홀한 탓으로 말미암은 것이다.
這次事故是由於疏忽大意所致。

➤ **태양열[太陽熱] 名** 太陽能

衍生片語 태양열 발전（太陽能發電），태양열 온수기（太陽能熱水器）

常用例句 태양열을 이용하면 에너지를 절약할 수 있을 뿐만 아니라 자연을 보호할 수도 있으므로 효율성 면에서 일석이조이다.
利用太陽能不但可以節約能源，還可以保護環境，從效能上來看是一箭雙雕。

相關詞彙 태양에너지（太陽能）

E

▶ **텅텅** 副 空蕩蕩的，空洞洞的

衍生片語 텅텅 비다（空蕩蕩）

常用例句 아직까지 다른 호텔들 방이 텅텅 빈 것이다.
到目前爲止，別家旅館房間都是空的。
방 안에 나 혼자 남아 있어, 마음속이 텅텅 빈 것 같다.
房裡就剩我一個人，心裡好像空蕩蕩的。

相關詞彙 쓸쓸하다（冷清，蕭條）

▶ **테이블(table)** 名 桌子，餐桌

衍生片語 테이블 하나（一張桌子），테이블 다리（桌腳）

常用例句 서양식 테이블 매너를 모르는 외국 관리가 핑거볼 (식사전 손가락
씻을 물을 담아 내 놓는 그릇) 의 물을 모르고 마셔 버리자 여왕 또
한 태연한 얼굴로 아무 일 없다는 듯이 자신의 핑거볼 물을 마신 것
이다.
不了解西式餐桌禮儀的外國官員，不知道是洗手碗的水，一下子給
喝掉了，於是女王也同樣泰然自若地喝掉了自己洗手碗裡的水。

相關詞彙 탁자（桌子）

▶ **통계[統計][-게]** 名 統計

衍生片語 인원 통계내다（人數統計），통계학（統計學），통계 자료（統
計資料）

常用例句 피해 상황 통계를 상부에 보고할 때는 적시에 , 정확하게 해야 하
고 , 재해 구조는 규정에 맞고 신속하게 해야 한다.
災情統計匯報應當及時準確，災害救助應當要求迅速。

相關詞彙 통산（共計）

▶ **투명하다[透明-]** 形 透明

衍生片語 투명 인간（隱形人），투명한 수입（合法收入）

常用例句 이 찻잔은 전체가 투명해서 매우 보기 좋다.
這個茶盅杯體通透，十分好看。

相關詞彙 맑다（清，清澈），비치다（透），은근하다（隱約）

▶ **툭하면** 副 動不動，動輒

衍生片語 툭하면 화를 내다（動不動就發火），툭하면 싸우다（動不動就打

架)

常用例句 요즈음 날씨는 일정치 않아 맑다가도 툭하면 비가 온다.
最近天氣變化無常，有時天晴，有時突然間就又下起雨來。

相關詞彙 걸핏하면（動不動）

▶ **파악하다[-아카-]** 動 認識，掌握

衍生片語　상황을 파악하다（掌握情況），핵심을 파악하다（把握要點），
원칙을 파악하다（把握原則）

常用例句　우리나라 현재의 경제 형세를 정확히 분석하고 파악한다.
正確分析和掌握我國當前的經濟形勢。
흥미로운 부분만 골라 띄엄띄엄 읽었더니 책의 전체적인 내용을
파악하기 어려웠다.
只挑有意思的部分斷斷續續地讀，很難了解全書的整體內容。

相關詞彙　잡아 쥐다（掌握）

▶ **판** 名 局面，場面

衍生片語　싸움판（打仗的場面）

常用例句　올해 목표 5% 경제 성장은 고사하고 오히려 적자 상황을 걱정해야
할 판이다.
現在別說今年5%的經濟成長目標了，我們還擔心會出現赤字呢。

▶ **판단하다[判斷-]** 動 判斷

衍生片語　현명하게 판단하다（做出英明的判斷）

常用例句　사람을 만날 때 선입견을 가지고 보면 그 사람을 제대로 판단할 수
없다.
如果帶著成見看人，就不能正確判斷那個人。
남아 있는 자취에 비추어 판단하건대 , 이것은 틀림없이 내 아들이
다.
根據留下的蹤跡來判斷，這肯定是我兒子。

▶ **팔짝팔짝** 副 蹦蹦跳跳的樣子

衍生片語　팔짝팔짝 뛰다（蹦蹦跳跳）

常用例句　저 아이는 정말로 얌전하지 않아 언제나 팔짝팔짝 거린다.
那孩子真不文靜，老是蹦蹦跳跳的。

相關詞彙　펄쩍펄쩍（蹦蹦跳跳）

▶ **퍼붓다** 動 傾瀉，潑灑

衍生片語　함박눈이 퍼붓다（鵝毛大雪傾瀉而下）

常用例句　집에 다다를 무렵 급작스레 퍼붓기 시작한 소나기 때문에 옷이 흠
뻑 젖고 말았다.

快到家的時候，被突然傾瀉而下的雷陣雨淋了個溼透。
햇살이 강렬하게 퍼부어 내린다.
陽光暴曬。

(相關詞彙) 쏟다（傾瀉）

편견[偏見] 名 偏見

衍生片語 편견을 가지다（帶有偏見）

常用例句 매 사람의 장단점에 대하여 그녀는 마음속에 이미 편견을 갖고 있다.
對每個人的優缺點，她心裡已經有了偏見。
어쨌든 편견을 가지고 사람을 대하는 것은 적절하지 않다고 생각
해요.
總之，我認爲帶著偏見待人是不對的。

(相關詞彙) 치우친 생각（偏見），선입견（成見）

펼치다 動 翻開，打開

衍生片語 책을 펼치다（打開書本），재간을 펼치다（施展才華）

常用例句 이 두 사람의 삶이 항상 평화롭지만은 않겠지만 혼자가 아닌 두 사
람이 같이 하는 인생길에 이전보다 더 향기롭고 아름다운 미래가
펼쳐지리라 믿어 의심치 않습니다.
毋庸置疑，這兩個人的生活雖不是一帆風順，但告別單身，兩人攜
手走過的人生會有更加芬芳、更加美好的未來。
챔피언과 도전자가 한판 승부를 펼친다면 누가 이기는 것이 더 감
동적일까?
冠軍與挑戰者一決雌雄時，誰獲勝會更令人感動呢？

(相關詞彙) 벌리다（展開）

평균 名 平均

衍生片語 평균 속도（平均速度），평균 수명（平均壽命）

常用例句 의학과 유전 공학의 발달로 인간의 평균 수명이 연장되고 있다.
醫學和遺傳工程學的發展延長了人類的平均壽命。
평균적으로 계산하면, 그는 하루에 기껏해야 몇 백자의 원고를 쓴
다.
平均算來，他一天頂多寫幾百字的書稿。

▶ **평화롭다[平和-][-따] 形** 和平

衍生片語 평화로운 환경（和平環境），평화로운 마음（平和的心態），
평화로운 가정（和睦的家庭）

常用例句 우리 나라는 이웃 나라와 평화롭게 지내자는 외교 관계를 이미 세
웠다.
我們國家已經與臨國建立了和平共處的外交關係。

▶ **포함[包含] 名** 包含

衍生片語 포함된 자양분（內含的養分）

常用例句 무심코 버려지는 전자 제품 속에는 금과 은 , 구리 같은 값비싼 금
속이 포함되어 있다.
無意中丟棄的電子產品裡含有金、銀、銅等貴金屬。
농산물을 포함한 식량 문제가 단순한 교역 차원의 문제에 머무르
지 않고, 한 국가의 생존을 위협할 수 있는 심각성을 가졌음을 알아
야 한다.
我們應該明白，包括農產品在內的糧食問題並不單純是貿易層面的
問題，其嚴重性乃至能夠威脅一個國家的生存。

相關詞彙 포괄（包括）

▶ **폭넓다[幅-][퐁 널따] 形** 廣泛

衍生片語 용도가 폭넓다（用途廣泛），견해가 폭넓다（看法全面）

常用例句 그의 자선 활동은 사회 각계의 폭넓은 지지를 얻게 되었다.
他的慈善活動得到了社會各界的廣泛支持。
예술단의 멋진 공연이 한국 대중의 폭넓은 칭찬을 받았다.
藝術團體精彩的演出獲得韓國民眾的廣泛讚譽。

相關詞彙 광범위하다（廣泛），좁다（窄，狹窄）

▶ **폭등하다[暴騰-] 動** 暴漲，飛漲

衍生片語 물가가 폭등하다（物價飛漲）

常用例句 석유 제품의 수요 증가로 가격이 폭등했다.
對石油製品需求的增加導致價格飛漲。

相關詞彙 급등（暴漲，猛漲）

피하다[避-] 動 躲避，躲藏，迴避

衍生片語 사람들의 눈길을 피하다 (迴避人們的視線)，바람을 피하다 (避風)

常用例句 석유 생산량을 조절하여 공급이 수요를 초과하는 현상이 생기는 것을 피하다.
調節石油產量，避免出現供過於求的現象。
석유 화학 연료를 많이 쓰거나 생태계를 위협하는 숙박업소는 피한다.
避開一些大量使用石油化學燃料和會威脅生態的住宿場所。

相關詞彙 비키다 (躲)，감추다 (隱藏)

피해[被害] 名 受災，受損

衍生片語 피해 상황 (災情)，피해액 (受損金額)

常用例句 친구들이 모두 그녀의 이기적인 행위에 피해를 보았다.
朋友們都曾因為她的自私行為遭受損失。
주강 삼각주에서는 자주 홍수 침수 피해를 입는다.
珠江三角洲經常遭遇洪澇災害。

相關詞彙 손해 (損害)，손실 (損失)，입다 (遭受)

하마터면 副 險些，差點

衍生片語　하마터면 큰일 날 뻔하다（險些出大事），하마터면 잊어버릴 뻔하다（差點忘了）

常用例句　하마터면 일을 망칠 뻔했는데 점검을 받아야죠.
差點把事情搞砸了，理應接受檢查。
그는 마음이 괴로워 하마터면 울 뻔했다.
他心裡難受得差點哭出來。

相關詞彙　자칫（差點，險些）

하염없이 副 呆呆地，悵然地

衍生片語　하염없이 웃다（呆呆地笑），하염없이 길을 걷다（愣愣地走著）

常用例句　어머니는 아들 잃은 설움에 하염없이 먼 산만 바라보고 있다.
母親因喪子之痛，呆呆地望著遠山。

相關詞彙　망연히（愣愣地）

하필[何必] 名 何必，偏偏

常用例句　너는 하필 그녀의 과거를 캐묻느냐，현재만 파악하면 돼.
你何必追問她的過去，把握住現在就行了。
오늘 차를 꼭 써야 되는데 하필이면 오늘 같은 날 차가 고장 나다니요.
今天一定要用車，怎麼偏偏這個時候車壞了？
나는 농담을 하나 한 건데，너는 하필 정말로 여기느냐?
我只是開個玩笑，你何必當真？

相關詞彙　어째서（怎麼），하필이면（偏偏）

한결 副 更加，進一步

衍生片語　한결 심화하다（進一步深化）

常用例句　벽지를 밝은 색으로 바꿨더니 집안 분위기가 한결 밝아졌다.
換了個亮色的壁紙，家裡的氣氛一下子變得明亮、歡樂起來。
상품의 색깔이 한결 화려하고 다채로워졌다.
商品的顏色也變得更加華麗多彩。

相關詞彙　더욱더（更加）

▷ **한껏** 副 盡量，盡情

衍生片語 　한껏 울다（放聲大哭）

常用例句 　한국에서 그동안 맛보지 못한 과일을 중국에 와서 과일들을 한껏
먹었다.
在韓國時沒品嘗到的水果，來中國後吃了個夠。

▷ **한심하다[寒心-]** 形 寒心，失望

衍生片語 　한심하게 만들다（讓人寒心）

常用例句 　나이 서른 먹은 놈이 일도 안 하고 빈둥거리다니 한심하기 짝이 없
다.
都30歲的人了，也不工作，整天遊手好閒，眞讓人太心寒了。

相關詞彙 　낙심하다（失望，沮喪）

▷ **해결하다[解決-]** 動 解決

衍生片語 　사건을 해결하다（結案）

常用例句 　환경 오염 문제를 해결하기 위해서는 음식 쓰레기 배출을 규제하
는 방법이 최선이라고 생각합니다.
（我們）認爲限制食物垃圾是解決環境污染問題的最好辦法。

▷ **해결되다[解決-]** 動 解決

衍生片語 　문제가 해결되다（問題得到解決）

常用例句 　우리 정부가 원만한 사태 해결을 위해 노력을 하고 있느니만큼 곧
좋은 소식이 있으리라 기대한다.
鑑於政府爲圓滿解決事態所進行的努力，我們相信很快就會有好消
息。
재산권 분규가 해결되었다.
產權糾紛得以解決。

▷ **해묵다** 形 陳年，積年，舊的

衍生片語 　해묵은 갈등（陳年舊帳）

常用例句 　사람의 유전자 수가 2만여 개 남짓으로 꼬마선충이나 초파리 등과
같은 벌레와 별반 차이가 없다는 사실이 밝혀짐으로 해서 해묵은
유전 대 양육의 논쟁이 다시 불붙었다.
人的基因數約有兩萬餘個，跟果蠅、線蟲這些蟲子沒有太大的區

別。此一事實的公開，再次引發了沉寂已久的關於遺傳和養育的爭論。

60년을 해묵은 소원이 드디어 실현되었다.

60多年的夙願終於得以實現。

相關詞彙 오래되다（久，陳），숙원（夙願）

▶ 해석하다[解釋-][-서카-] 勔 解釋

常用例句 여기서 주어로 쓰인 대명사를 주인공으로 해석하면 전체적인 의미가 달라진다.

如果把用作主語的代名詞解釋爲主角，那麼整體的意思就會有所變化。

설령 새로운 정보를 얻는다 해도 첫인상은 그것을 해석하는 기준이 된다.

即使獲知新的資訊，第一印象也會是解釋的標準。

相關詞彙 풀다（解，解開），설명하다（說明）

▶ 해소하다[解消-] 勔 解除

衍生片語 통증을 해소하다（緩解疼痛），부담을 해소하다（解除負擔）

常用例句 뜨거운 차는 첫째로 갈증을 해소시킬 수 있고， 둘째로는 독특한 냄새를 제거시킬 수 있다.

熱茶一則可以止渴，二則能去除異味。

그렇기 때문에 지금처럼 당장 눈앞에 보이는 문제만을 해소하려는 정부의 태도는 사태를 더욱 악화시킬 것이다.

因此，像現在政府這樣只想解決眼前的問題，這種態度只會使事態更加惡化。

相關詞彙 소멸（消滅），풀다（解決）

▶ 핵심[核心][-씸] 名 ①核心，內核　②骨幹

衍生片語 핵심 역량（核心力量），핵심 인물（核心人物），핵심 멤버（核心成員），핵심적 역할（核心作用）

常用例句 우리가 올해 일한 핵심은 인터넷상에서의 선전을 잘 하는 것이었다.

我們今年工作的重心是做好網路宣傳。

결국 이러한 주장의 핵심은　이점을 인정한다손 치더라도 득보다는 실이 많으므로 자외선은 피하는 것이 상책이라는 것이다.

結果這種主張的核心是即便承認其優點，也是失大於得，避開紫外線才是上策。

당대 청년들의 핵심적인 가치관은 민족의 우수한 문화적 전통 위에서 세워져야 한다.
當代青年的核心價值觀，必須建立在優秀的民族文化傳統之上。

相關詞彙 중점 (重點)

허덕이다 動 掙扎

衍生片語 가난에 허덕이다 (在貧困中掙扎)

常用例句 다른 투자자들도 비슷한 상황인지라 대기업의 투자가 위축된다면 제작사들이 자금 부족에 허덕일 가능성이 높다.
其他投資者也是同樣的狀況，因此大企業的投資一旦萎縮，製作公司很有可能陷入資金不足的困境。
당시 밀레는 인생 대부분의 시기를 가난으로 허덕이고 있었다.
當時米勒大部分的人生，都是在貧困中掙扎。

相關詞彙 발악하다 (掙扎)

허심탄회하다 形 開誠布公

衍生片語 허심탄회하게 이야기하다 (暢所欲言)

常用例句 비공식 모임이오니 허심탄회하게 말씀해 주십시오.
是非正式會議，所以請暢所欲言。

相關詞彙 솔직하다 (坦率)

헤아리다 動 ①數 ②猜測

衍生片語 숫자를 헤아리다 (數數兒)，앞뒤를 헤아리다 (思前想後)

常用例句 남의 마음은 좀처럼 헤아리기 어렵다.
別人的心很難揣摸。
언제나 최고였던 사람들은 자신의 경험으로 인해 타인의 마음과 처지를 헤아리는 데 아무래도 서투를 가능성이 있기 때문이다.
這是因爲存在這樣一種可能，那些一向成功的人士，並不擅長用自己的經驗去分析別人的心理和境遇。

相關詞彙 세다 (數)，짐작하다 (猜測)

헤어나다 動 解脫，擺脫

衍生片語 가난에서 헤어나다 (從貧困中擺脫出來)，고통에서 헤어나다 (從痛苦中解脫)

常用例句　또한 잠시지만 생계의 어려움에서 헤어날 수 있었다.
　　　　　而且，還可以從生活的艱辛中得到解脫，雖然只是暫時的。
　　　　　그는 한동안 아내를 잃은 충격에서 헤어나지 못했다.
　　　　　很長一段時間，他都無法從失去妻子的打擊中解脫出來。

相關詞彙　벗어나다（擺脫）

현실[現實] 名 現實

衍生片語　현실 주의（現實主義），현실 생활（現實生活）

常用例句　문제를 고려하는 데 있어서，현실을 벗어날 수 없다.
　　　　　考慮問題是不能脫離現實的。
　　　　　편집이란 삶의 현실이 신문에 실리기까지 거치게 되는 모든 과정
　　　　　을 의미한다.
　　　　　所謂編輯工作，即爲將現實生活刊載到報紙時，所要經歷的一切過
　　　　　程。

相關詞彙　실제（實際）

현실적[現實的][-쩍] 名 現實的

衍生片語　비현실적（不現實的）

常用例句　이것은 남의 환심을 사는 것 이외에는 이미 어떠한 현실적 의미도
　　　　　없다.
　　　　　這除了討人歡心之外，沒有任何現實意義。
　　　　　결과에 대한 기대만 할 것이 아니라 현실적 측면과 과정을 중요시
　　　　　하라는 것이다.
　　　　　不要一味地去期待結果，而要去重視現實的層面和過程。

형성[形成] 名 形成

衍生片語　자본 형성（資本形成），고대 국가의 형성（古代國家的形成）

常用例句　기후 형성의 가장 기본적인 두 가지 구성 요소는 무엇입니까?
　　　　　形成氣候最基本的兩個要素是什麼？
　　　　　청소년 시절의 다양한 경험은 인격 형성의 바탕이 된다.
　　　　　青少年時期的各種經驗，都會成爲人格形成的基礎。

相關詞彙　구성（構成）

형성되다[形成-] 動 形成

常用例句　아이의 나쁜 습관은 모두 부모의 방임 아래서 형성된 것이다.

ㅎ

孩子的壞習慣都是在父母的縱容下形成的。

사람들은 일단 첫인상이 형성된 뒤에는 이후의 정보에 거의 관심을 두지 않는다.

人們一旦形成第一印象，對之後的訊息就幾乎不會感興趣。

(相關詞彙) 이루어지다（形成）

혜택[惠澤][헤-] 名 恩惠，優惠

衍生片語 문명의 혜택（文明的益處），혜택을 주다（施與恩惠）

常用例句 학교에서 내게 베풀어준 혜택은 영원토록 잊을 수 없다.
學校對我的恩惠，（我）永生難忘。
따라서 하루 중 대부분의 시간을 실내에서 생활하는 고객은 이 요금제로 큰 혜택을 누릴 수 있다.
因此，一天中大部分時間在市内生活的客户，會因爲這項收費制度得到很多實惠。

(相關詞彙) 덕택（恩澤），은혜（恩惠），갚다（報答）

홍보[弘報] 名 宣傳

衍生片語 홍보를 하다（做宣傳），홍보 대사（形象大使）

常用例句 홍보 기간이 짧았는데도 무려 오백 명이나 행사에 참가하였다.
雖然宣傳期間很短，但也足足有500人參加了活動。
그는 UN아동기금회의 홍보 대사가 되었다.
他成了聯合國兒童基金會的形象大使。

(相關詞彙) 홍포（弘揚），선전（宣傳），광고（廣告）

화제[話題] 名 話題

衍生片語 화제의 인물（話題人物），화제로 삼다（當作話題），화제를 바꾸다（轉換話題）

常用例句 얼마 전 해외의 한 갑부가 자신의 재산 85%를 사회에 기부한다고 말해서 화제가 되었다.
據説不久前一名外國富商要把自己85%的財產捐給社會，因此而成爲大家議論的話題。
그는 마음 아픈 일을 다시 말하기 싫어서 화제를 의도적으로 바꾸었다.
他不想再談傷心之事，因此有意換了話題。

(相關詞彙) 얘깃거리（話題），화두（話題）

ㅎ

▶ **확산[擴散][-싼-] 動** 擴散

衍生片語 병균의 확산（病菌的擴散），핵확산 금지조약（禁止核武擴散條
約）

常用例句 인터넷의 확산으로 전통적 광고가 설 자리를 잃고 있기 때문이다.
這是因爲網際網路的普及，導致了傳統廣告正失去其立足之地。
사스 병균은 저온과 상대적으로 습도가 높은 조건 하에서 쉽게 확
산 전염된다.
非典型病毒在低溫和相對濕度較高的條件下，很容易擴散傳染。

相關詞彙 풍기다（散發），퍼지다（散，傳開）

▶ **환하다 動** ①亮，明亮 ②鮮艷 ③明顯

衍生片語 환한 큰 길（光明大道），환한 얼굴（開朗的臉龐）

常用例句 환자의 얼굴에 환한 미소가 번질 때 봉사자로서 보람을 느낀다.
當看到患者臉上綻放出會心的微笑，我們就體會到了作爲志工的價
值。
나이가 들수록 육체의 눈은 어두워질지 몰라도 마음의 눈은 환해
지기 때문에 나이와 마음의 눈은 반비례 관계에 있다.
雖然隨著年齡的增加，肉體的眼睛可能會變花，但心中的眼睛卻會
變得雪亮，所以年齡和心中的眼睛是一種反比關係。
그녀의 원래 수심에 찬 얼굴이 최근에 환해졌다.
她原來愁眉苦臉的臉龐最近開朗了起來。

相關詞彙 훤하다（明亮）

▶ **회복[回復] 名** 回復，復原

衍生片語 명예 회복（恢復名譽），피로 회복（解除疲勞，恢復體力）

常用例句 정부의 경기 회복 정책에 대해 건설론자와 환경론자의 의견이 대립
되고 있다.
關於政府恢復經濟的政策，建設論者和環境論者的意見針鋒相對。
입원 치료를 하여 그의 건강은 이미 회복되었다.
經過入院治療，他已經恢復了健康。

相關詞彙 복원（復原）

▶ **후비다 動** 挖，摳

衍生片語 코를 후비다（挖鼻孔），귀지를 후비다（掏耳朵）

ㅎ

常用例句 그의 말이 내 가슴을 후벼 팠다.
他的話狠狠刺傷了我的心。
아버지는 아들한테 코를 후비지 말라고 말했다.
爸爸告訴兒子不要挖鼻孔。

相關詞彙 파다（挖，摳）

휘말리다 動 捲入，纏繞

衍生片語 급류에 휘말리다（捲入激流），돈 문제에 휘말리다（捲入金錢問題）

常用例句 보도에 따르면 이 소녀는 승용차가 급물살에 휘말릴 때 실종된 것으로 알려지고 있다.
有報導聲稱這名女子在汽車被捲入激流時失蹤了。
말썽에 휘말리지 않도록 해라.
別讓自己捲進麻煩裡。

相關詞彙 말려들다（捲入，陷進）

휩싸이다 動 籠罩，沉浸

衍生片語 기쁨에 휩싸이다（沉浸在喜悅中），전투적인 분위기에 휩싸이다（籠罩著戰爭的氣氛）

常用例句 1970년대 석유 위기 이후 30여 년만에 세계가 다시 인플레이션 공포에 휩싸이고 있다.
1970年的石油危機之後，經過30年後，世界又再次籠罩在通貨膨脹的恐懼之下。
이때 대지의 모든 것이 다 따사로운 햇볕 속에 휩싸여 있었다.
這時，大地上的一切都被溫暖的陽光包圍著。

相關詞彙 뒤덮다（籠罩，沉浸）

흉 名 ①傷疤，傷痕 ②找碴，缺點

衍生片語 흉내를 내다（模仿），모르는 게 흉이 아니다（不知者無罪）

常用例句 이것은 개에게 물린 뒤 남은 흉이다.
這是被狗咬後留下的傷疤。
그는 순전히 내 흉만 찾는다.
他純粹是找我的碴。

相關詞彙 흉터（傷疤）

ㅎ

▶ **흐름** 名 流

衍生片語 역사의 흐름（歷史的潮流），퇴근길의 사람과 자동차의 흐름（下班路上的人潮和車流）

常用例句 요즈음 세계 경제의 흐름이 심상찮다.
最近世界經濟發展趨勢不比尋常。
사고가 차량 흐름이 비교적 많은 서울 여객 운송 정거장 부근에서 발생했기 때문에 주변 도로의 교통도 이로 인해 영향을 받았다.
由於事故發生在車流量較大的首爾客運站附近，所以周邊道路的交通也因此受到了影響。

相關詞彙 물결（潮）

▶ **흔쾌히[欣快-]** 副 欣喜，慨然，欣然

衍生片語 흔쾌히 승낙하다（欣然應允），흔쾌히 답하다（欣然回答）

常用例句 그는 흔쾌히 나의 제안을 받아들였다.
他欣然接受了我的提案。
그녀와의 결혼 문제를 꺼내자마자 부모님께서는 흔쾌히 승낙하셨다.
剛提出和她的婚事，父母便欣然同意。

相關詞彙 흔연히（欣然）

▶ **흠[欠]** 名 瑕疵，毛病，疤，缺損

衍生片語 흠을 잡다（挑毛病），흠이 없는 사람이 없다（人無完人）

常用例句 그의 흠이라면 단지 술 마시는 것뿐이다.
要説他的缺點，也就是喜歡喝喝酒而已。
한번 팔고 나면 설사 흠이 있더라도 일체 반환받지 않는다.
一經售出，即使有瑕疵也概不退換。

相關詞彙 축（缺損）

▶ **흠뻑** 副 ①充分，充足　②濕透，淋濕

衍生片語 흠뻑 느끼다（充分感受到），흠뻑 잠들다（睡熟）

常用例句 날개가 비에 흠뻑 젖었다.
翅膀被雨淋濕了。
집에 다다를 무렵 급작스레 퍼붓기 시작한 소나기 때문에 옷이 흠뻑 젖고 말았다.

ㅎ

快到家的時候，突然下起傾盆大雨，所以衣服全濕透了。

相關詞彙 차다（充滿），흡족하다（滿足），뻘뻘（淋漓）

흥미롭다[興味-][-따] 形 興致勃勃

常用例句 두 살 난 아이가 동화를 흥미롭게 읽는다.
兩歲孩子津津有味地讀著童話。
흥미로운 부분만 골라 띄엄띄엄 읽었더니 책의 전체적인 내용을 파악하기 어려웠다.
只挑了有意思的部分斷斷續續地讀，很難了解全書的整體內容。

相關詞彙 재미있다（有意思），심심하다（無聊）

희망[希望] 名 希望

衍生片語 희망의 직업（希望的職業）

常用例句 그는 전 가족의 희망이 되어 많은 스트레스를 느낀다.
他是全家希望所在，感覺壓力很大。
더 이상 희망이 보이지 않기 때문에 우리는 그 사업에서 손을 뗄 예정이다.
因爲再也看不到什麼希望了，我們打算放棄那個生意。

相關詞彙 바라다（希望），기대하다（期待），실망하다（失望）

희미하다[稀微-] 形 隱約，依稀，淡漠

衍生片語 희미한 기억（模糊的記憶），희미한 달빛（朦朧的月光）

常用例句 이 일은 사람들의 기억 속에서 이미 희미해졌다.
這件事已經淡出了人們的記憶。
아침 안개 속에 먼 곳의 고층 건물들이 희미하게 보인다.
晨霧中遠處的高樓大廈依稀可見。

相關詞彙 어렴풋하다（依稀，隱約）

희생하다[犧牲-] 動 犧牲

衍生片語 의로운 일에 자기를 희생하다（爲了正義犧牲自我）

常用例句 예를 들어 어려운 일이 닥쳤을 때, 평범한 사람들은 보잘 것 없는 나 하나가 희생해봤자 그게 무슨 힘이 되겠느냐고 생각한다.
比如面對困難時，平凡的人都會想，即使是犧牲我這麼渺小的一個人，又能有什麼用呢。
진정한 양보란 자신의 사소한 물건을 내어 주는 것이 아니라 타인을 위하여 자신의 커다란 이익을 희생하는 것이다.
真正的謙讓不是讓出瑣碎的物品，而是爲他人犧牲自己的巨大利
益。

(相關詞彙) 희생물（犧牲品），희생자（犧牲者）

힘겹다[-따] 形 吃力的，費勁的

衍生片語　힘겨운 일（吃力的工作）

常用例句　통역은 나에게 있어서 매우 힘겨운 일이다.
口譯對我來說，是很費力的事。
어머니께서 대가족 살림을 꾸려 나가느라 무척 힘겨워하셨다.
母親爲了操持一大家人的生計，非常辛勞。

(相關詞彙) 힘들다（費勁）

以下內容為歷年韓國語能力考試中出現過的慣用語（高級）

가는 말이 고와야 오는 말이 곱다	你不仁，我不義；你敬我三分，我敬你一尺（10回 高級）
가뭄에 콩 나다	大旱之年長豆子（指寥若星辰、寥寥無幾）（11回 高級）
가시 방석에 앉은 듯하다	如坐針氈（13回 高級）
강 건너 불구경 하듯하다	隔岸觀火（14回 高級）
거울로 삼다	引以為鑒；視為楷模；當成榜樣（9回 高級）
계란으로 바위 치기	以卵擊石（10回 高級）
고개가 수그러지다	垂下頭；自愧不如（8回 高級）
골머리 (를) 썩이다	苦思冥想（14回 高級）
곶감 빼먹듯 하다	坐吃山空（14回 高級）
과언이 아니다	（這樣說）也不為過（14回 高級）
궤변이 아니다	不是狡辯；不是強詞奪理（14回 高級）
귀가 번쩍 뜨이다	耳朵豎起來了（指聽到的事非常吸引人）（8回 高級）
귀가 솔깃하다	豎起耳朵（8回 高級，9回 高級）
귀를 의심하다	懷疑耳朵；生疑（8回 高級）
귀에 못이 박히다	耳朵聽到長繭；聽膩（8回 高級）
기승을 부리다	發威（16回 高級）
기우에 불과하다	不過是杞人憂天而已（14回 高級）
긴 말이 필요 없다	無須贅言（14回 高級）

꿩 먹고 알 먹는다	一舉兩得；一石二鳥（11回 高級）
나 몰라라 하다	漠不關心（8回 高級）
난다 긴다 한다	無論如何；無論怎樣（16回 高級）
날개 돋친 듯이	如同長了翅膀一般（13回 高級）
날밤을 새다	熬夜（7回 高級）
남의 떡이 커 보인다	鄰家果子分外甜（8回 高級）
누워서 침 뱉기	倒著吐痰；損人不利己；偷雞不成蝕把米（10回 高級）
눈 깜짝할 사이	眨眼之間（13回 高級）
눈 (에) 띄다	映入眼簾；明顯（10回 高級）
눈에 불을 켜다	眼睛發亮（14回 高級）
눈에 선하다	歷歷在目（8回 高級）
눈을 감아주다	放過一馬（12回 高級）
눈 (을) 뜨다	開竅；產生興趣（8回 高級）
눈을 뜰 수가 없을 정도이다	不忍睜眼看；慘不忍睹（8回 高級）
눈이 멀다	痴迷於；瞎了眼睛（10回 高級）
눈코 뜰 사이 없다	忙得不可開交（13回 高級）
다람쥐 쳇바퀴 도는 듯한	原地打轉的；毫無進展的（13回 高級）
닭 쫓던 개 지붕 쳐다보기	因希望落空而倍感失落（10回 高級）
더 할 나위 없다	沒有比這更……的（10回 高級，16回 高級）
도둑이 제 발 저린다	作賊心虛（7回 高級）

땅 짚고 헤엄치기	易如反掌；小菜一碟 （10回 高級）
똥 묻은 개가 겨 묻은 개 나무란다	老鴉笑豬黑；自己的醜沒感覺 （8回 高級）
마음 붙이다	安下心；定下心 （8回 高級）
마음먹다	決定；決心 （8回 中級，7回 高級）
마음에 와 닿다	說到心坎裡去了 （7回 高級）
말만 앞세우지 않는다	不要光說不練 （14回 高級）
말 한 마디로 천 냥 빚을 갚는다	一語值千金 （8回 高級）
모로 가도 서울만 가면 된다	殊途同歸；別管怎麼做，只要能做成就行了 （10回 高級）
목을 축이다	潤潤嗓子 （16回 高級）
물불을 가리지[헤아리지] 않다	赴湯蹈火 （13回 高級）
미역국을 먹다	落榜；落選 （12回 高級）
미운 놈 떡 하나 더 주기	越疼愛的人就越要嚴格教育，越討厭的人就要表面上對他更好 （15回 高級）
밑 빠진 독에 물 붓기	比喻毫無希望 （7回 高級，13回 高級）
밑져야 본전이다	再虧也還有本錢；反正也不蝕本 （7回 高級）
바가지를 긁다	（妻子對丈夫）發牢騷 （12回 高級）
발 뻗고 자다	睡個安穩覺；高枕無憂 （9回 高級）
발등에 불이 떨어지다	迫在眉睫 （15回 高級）
발목을 잡다	被束縛；被綁著什麼也做不了 （9回 高級）

뱁새가 황새를 따라가면 가랑이가 찢어진다	蛤蟆和犛牛比大小，脹破肚皮（比喻人要量力而為）(9回 高級)
벽에 부딪히다	碰壁 (8回 高級)
불꽃 튀다	火花四濺；冒金星；熱火朝天；激烈 (9回 高級)
불을 보듯 뻔하다	明擺著的；已成定局 (11回 高級)
사공이 많으면 배가 산으로 올라간다	木匠多蓋歪房，軍師多打爛船 (9回 高級)
산 입에 거미줄 치랴	活人不能餓死 (7回 高級，14回 高級)
서당 개 삼 년이면 풍월을 읊는다	跟著瓦匠睡三天，不會蓋房也會搬磚 (8回 高級，10回 高級)
세상 (을) 모르다	不諳世事 (16回 高級)
속 (을) 태우다	心如火焚；讓人心急如焚 (14回 高級)
손에 땀을 쥐다	手裡捏了一把汗 (15回 高級)
손을 놓고 팔짱만 끼고 앉아 있다	坐視不管 (7回 高級)
손을 쓰다	下手；動手 (7回 高級)
손을 잡히다	順手；上手 (16回 高級)
손이 모자라다	缺人手；人手不足 (10回 高級)
쇠뿔도 단김에 빼라	打鐵趁熱 (10回 高級)
싼 것이 비지떡이다	便宜沒好貨，好貨不便宜；一分錢一分貨 (7回 高級)
씻은 듯이	徹底 (11回 高級)

알다가도 모르다	莫名其妙 (16回 高級)
어깨가 무겁다	負擔重 (15回 高級)
어깨를 나란히 하다	同行；同心協力 (9回 高級)
어깨를 으쓱거리다	手舞足蹈 (14回 高級)
어안이 벙벙하다	瞠目結舌 (7回 高級)
언 발에 오줌 누기	在結冰的腳上撒尿，無濟於事 (15回 高級)
열 길 물속은 알아도 한 길 사람 속은 모른다	知人知面不知心；人心難測 (9回 高級)
우는 아이 젖 준다	會哭的孩子有奶吃 (16回 高級)
울며 겨자 먹기	哭著喊著吃芥末；勉強做事；求爺爺告奶奶 (8回 高級，13回 高級)
일침을 가하다	當頭一棒 (14回 高級)
입에 풀칠하다	糊口 (16回 高級)
입에 침이 마르다	口乾舌燥；舌敝唇焦 (14回 高級)
입 (이) 가볍다[싸다]	嘴不緊 (8回 高級)
입이 귀에 걸려 있다	樂得都合不攏嘴了 (15回 高級)
입이 닳다	再三叮囑 (9回 高級)
입이 무겁다	嘴緊 (10回 高級)
장님이 코끼리 다리 만지듯	盲人摸象 (14回 高級)
쥐 죽은 듯이	鴉雀無聲 (11回 高級)
찬물을 끼얹었다	潑冷水 (11回 高級)
코앞에 닥치다	就在眼前；迫在眉睫 (14回 高級)

콧대가 높다	傲氣；高傲（10回 高級）
콩 심은 데 콩 나고, 팥 심은 데 팥 난다	種瓜得瓜，種豆得豆（9回 高級，10回 高級）
하늘의 별 따기	比登天還難（7回 高級）
한 배를 타다	同坐一條船（15回 高級）

筆記

其他準備高級能力考試所需要掌握的慣用語

ㄱ

가슴에 멍이 들다[지다]	傷透了心
가슴에 와 닿다	說到心坎裡去了
가슴이[가슴에] 찔리다	負疚
가슴이 콩알만 하다[해지다]	被嚇了一大跳
간담이 서늘하다	嚇破了膽
간에 기별도 안 가다	還不夠塞牙縫
간 (을) 빼 먹다	另有所圖
간이 콩알만 해지다	心驚膽戰
감 (을) 잡다	找到感覺；有靈感
같은 값이면 다홍치마	同樣價錢當然買好的
겁 (에) 질리다	（被）嚇住了
고개 하나 까딱하지 않다	毫不動搖；不為所動
고래 싸움에 새우 등 터진다	龍虎相鬥，魚蝦遭殃；城門失火，殃及池魚
골머리 (가) 빠지다	傷透腦筋
골칫덩어리	搗亂鬼；闖禍精；令人頭疼的人
교단에 서다	站講台；當老師
구김살이 없다	沒有瑕疵；無可挑剔
구렁이 담 넘어가듯	像蟒蛇過牆一樣，悄無聲息
구린내가 나다	起疑心
구슬려 삶다	連哄帶騙；哄騙

국물도 없다	連湯都沒有;一無所獲
군침 (을) 삼키다[흘리다]	吞口水
군살을 빼다	減肥;去掉枯枝爛葉;精簡
군침 (이) 돌다	垂涎欲滴
굿이나 보고 떡이나 먹지	袖手旁觀;坐享其成
궁둥이가 가볍다	屁股輕,坐不住
귀 (가) 빠지다	出生
긁어 부스럼 만들다	沒事找事
급한 불을 끄다	先解燃眉之急
기 (가) 차다	岔氣
긴말할 것 없다	廢話少說
길치 (길눈이 어둡다)	轉向(摸黑),路痴
김이 새다	洩氣
깡통 (을) 차다	乞討
껄끄럽다	人際關係彆扭;不自然;看著不順眼
꼬리 (를) 밟히다	被發現
꽁무니 (를) 빼다	逃跑
꾸어다 놓은 보릿자루	沒嘴的葫蘆不開口;三緘其口;沉默寡言
낙동강 오리알	成了沒媽的孩子
날 (을) 세우다	打起精神
낯을 가리다	怕生

내숭 떨다	裝蒜；裝腔作勢
높이 사다	高度評價；極力稱贊
누구 코에 바르겠는가[붙이겠는가]	狼多肉少
누렇게 뜨다	面黃肌瘦
눈 둘 곳을 모르다	不知道眼睛看哪裡
눈 딱 감다	緊閉雙眼
눈 빠지게 기다리다	望眼欲穿
눈독 (을) 들이다[쏘다/올리다]	貪婪地看著
눈물 (을) 머금다	噙著眼淚
눈물이 앞을 가리다	淚眼模糊；淚眼滂沱
눈물이 헤프다	愛哭鬼
눈살 (을) 찌푸리다	皺眉
눈썰미가 좋다	有眼力；眼光好
눈썹도 까딱 안 하다 (눈 하나 까딱 안 하다)	眼皮連眨都不眨一下
눈앞이 캄캄하다	前途渺茫；眼前發黑
눈에 거슬리다	不順眼
눈에 넣어도 안 아프다	心頭肉；含在嘴裡怕化了
눈에 쌍심지를 켜다	兩眼冒火
눈 (을) 붙이다	閤眼
눈 (을) 속이다	欺騙眼睛
눈이 뒤집히다	氣得翻白眼
눈 (이) 삐다	瞎了眼；沒長眼睛

ㄷ

↘	다리 (를) 놓다	牽線搭橋
↘	다리를 뻗다	伸開腿腳；養尊處優
↘	다리품 (을) 팔다	到處逛
↘	달달 (들들) 볶다	絮絮叨叨
↘	닭똥 같은 눈물	豆大的淚珠
↘	덕 (을) 보다	得到幫助；享福
↘	도깨비 같은 소리	鬼話；胡謅
↘	도마 위에 오르다	成為批判的對象；眾矢之的
↘	돈을 먹다	受賄
↘	돌다리도 두드려 보고 건너라	摸著石頭過河
↘	동네북 치듯 하다	拳打腳踢
↘	돼지 멱따는 소리	殺豬般號叫
↘	되지도 않는 소리	胡說八道
↘	두말하면 잔소리[숨차기/여담]	再說就是廢話
↘	뒤가 켕기다	後背冒涼氣
↘	뒤끝이 없다	沒有副作用
↘	뒷짐 (을) 지다[짚다]	事不關己；高高掛起
↘	등골 (이) 빠지다	累彎了腰
↘	등골 (이) 오싹하다	背上起雞皮疙瘩
↘	등잔 밑이 어둡다	燈下黑
↘	땅을 칠 노릇	氣死人了

땅 잡다	走運；意外驚喜；喜從天降
땡전 한 푼 없다	身無分文
똥줄 (이) 타다	很吃力；擔心
뜨거운 맛을 보다	吃苦
뜸 들이다	舉棋不定；猶豫不決；磨磨蹭蹭； （俚語）半天放不出一個屁

ㅁ

마음이 찔리다	心被刺痛；內心愧疚
마음이 풀리다	解開心結；敞開心扉
말뚝 (을) 박다	扎根
말문이 막히다	話被堵住了；啞口無言
말을 돌리다	翻來覆去；語無倫次；拐彎抹角
말짱 도루묵	白辛苦一場
망 (을) 서다	放風
맞장구 치다	一唱一和；隨聲附和
머리 (를) 맞대다	面對面，頭對頭
머리 (를) 모으다	聚在一起
머리털이 곤두서다	頭髮豎起來
먹통이다	出毛病了；壞了
멱따는 소리	殺豬般難聽的聲音
모르쇠 (를) 잡다[대다]	嘴硬
목에 거미줄 치다	挨餓

목을 매다	上吊；勒住脖子；性命攸關
목(을) 자르다	炒魷魚；開除
목이 날아가다[달아나다]	被辭退
몸살(이) 나다	迫不及待；等不及了
몸(을) 아끼다	愛惜身體；惜力
무슨 바람이 불어서	吹什麼風
문턱이 높다	門檻高
문턱이 닳도록 드나들다	經常出入；踏破門檻
물 건너가다	錯失良機
물 얻은[만난] 고기	如魚得水
물 찬 제비	行動敏捷；身輕如燕
물과 기름이다	水火不相容；井水不犯河水
물불(을) 가리다	赴湯蹈火
밀고 당기다	鬧彆扭

ㅂ

바가지(를) 쓰다	成了冤大頭
바늘 가는 데 실 간다	形影不離；針穿鼻子，眼穿線
바닥(이) 드러나다	見底
바람을 일으키다	引起旋風；帶來朝氣；引領風潮
바람(을) 잡다	鼓動
바람(이) 들다	空想；幻想
발 벗고 나서다	打赤膊上陣；踴躍參加

발 뻗고 자다	安心睡覺	
발 디딜 틈이 없다	無落腳之地	
발에 채다[차이다]	鱗次櫛比；隨處可見	
발 (을) 빼다[씻다]	洗手不幹；金盆洗手	
발이 뜸하다	腳步稀落；往來較少	
밥그릇이나 축내다	無所事事	
배 (가) 아프다	肚子疼；嫉妒；眼紅	
배 (를) 불리다[채우다]	中飽私囊	
배에 기름이 지다	長肉了；長胖了	
백지장도 맞들면 낫다	人多事早完，水大好撐船；眾擎易舉	
번지수가 틀리다[다르다]	找錯地方	
벌통[벌집] 쑤신 것 같다	像捅了馬蜂窩	
벼는 익을수록 고개를 숙인다	穀粒越飽滿，穀穗越低頭	
벼락치기 하다	臨陣磨槍；臨時抱佛腳	
벽 (을) 쌓다	築牆；不相往來	
본때를 보이다	給點厲害看看	
볼 장 (을) 다 보다	徹底玩完了	
부아가 뒤집히다	動氣；動肝火	
붕어빵이다 (국화빵이다)	鯉魚麵包（菊花麵包）；從一個模子裡做出來的似的	
비 온 뒤에 땅이 굳어진다	不打不相識；經歷風雨才見彩虹	
비가 오나 눈이 오나	不管下雨還是下雪；始終不渝	

비위 (를) 건드리다	觸碰脾胃；招惹；戳到痛處
비행기 (를) 태우다	讓人坐飛機；稱讚；誇獎； （俚語）捧人捧上天
빈대 붙다	占便宜
빙산의 일각	冰山一角，九牛一毛
빛 좋은 개살구	金玉其外，敗絮其中；華而不實
뼈도 못 추리다	骨頭都不剩；死無全屍
뿌리 (를) 뽑다	連根拔起；斬草除根

人

살얼음을 밟는 것 같다	如履薄冰
살을 깎고 뼈를 갈다	嘔心瀝血
삼십육계 줄행랑을 놓다[부르다/치다]	三十六計，走為上策；匆忙逃跑
새끼 (를) 치다	繁衍後代；生利息
선무당이 사람 잡는다	蹩腳的巫婆害死人；半瓶子醋會壞事
손때 (가) 묻다[먹다]	使順手
손발 벗고 나서다	爭先恐後
손발 (을) 얽어매다[묶어 놓다/얽어 놓다]	捆住手腳；束縛
손을 놓다	放下（手裡的工作）
쇼크 (를) 먹다	受刺激；當頭一棒
수박 겉 핥기	淺嘗輒止；走馬觀花
숨 (이) 막히다	令人窒息
숨통을 조이다	扣住脈門；抓住要害

시치미 (를) 떼다[따다]	裝蒜
싹수 (가) 노랗다	希望渺茫；沒有長進
싹을 밟다	扼殺在搖籃之中
쐐기 (를) 박다[치다]	先發制人；一錘定音

ㅇ

아귀 (가) 맞다	吻合；對攏
아닌 밤중에 홍두깨	半夜喊天光，突如其來
아픈 데를 찌르다/건드리다	刺到疼處；碰到疼處；說到傷心處
앓는 소리	無病呻吟；哭窮
앞이 캄캄하다[깜깜하다]	前途渺茫，不知怎麼辦才好
약 (을) 올리다	招惹人；暗地裡使壞整人
어깨가[어깨를] 으쓱거리다	手舞足蹈
어림 반 푼 어치도 없다	無稽之談
얼굴을 고치다	補妝
엉덩이가 무겁다	屁股沉
엎지른 물	覆水難收
엎친 데 덮치다[덮치기]	雪上加霜
열 모로 뜯어보다	精挑細選
열 일 제치다	再大的事也擱在一邊；放下手頭的事
오금이 저리다	兩腿發抖；膽戰心驚
오리발을 내밀다 (닭 잡아먹고 오리발 내놓는다)	吃了雞卻拿出鴨骨頭，睜眼裝蒜

↘	오장이 뒤집히다	義憤填膺；刺痛人心
↘	오지랖 (이) 넓다	愛管閒事；管得寬
↘	우물에서 숭늉 찾는다	到井邊要開水，操之過急
↘	우유부단	優柔寡斷
↘	윗물이 맑아야 아랫물이 맑다	上梁不正下梁歪；水頭不清，水尾混；老雞不上灶，小雞不亂跳
↘	이 (가) 갈리다	恨得牙癢癢
↘	이골 (이) 나다	輕車熟路
↘	이목을 끌다	引人注目
↘	인상 (을) 쓰다	面露不滿
↘	입방정을 놓다	隨便插嘴
↘	입에 거미줄 치다	因家境困難而吃不飽飯
↘	입에 맞는 떡	合口味的糕點；對口味；對脾氣
↘	입에 발린[붙은] 소리	冠冕堂皇的話
↘	입 (을) 맞추다	統一口徑
↘	입이 짧다	嘴尖；挑食
↘	입이 더럽다	說髒話

ㅈ

↘	자다가 봉창 두드린다	半夜喊天光（比喻說話或做事牛頭不對馬嘴）
↘	자라 보고 놀란 가슴 솥뚜껑 보고 놀란다	一朝被蛇咬，十年怕井繩；驚弓之鳥；杯弓蛇影；草木皆兵
↘	잔뼈가 굵다	久經沙場；老手

잠귀 (가) 엷다[옅다]	睡眠淺（比喻神經敏銳）
장군 멍군	難分勝負
장단 (을) 맞추다	合拍子
재미를 보다	盡興；嘗到了甜頭
젖비린내가 나다	乳臭未乾
제동을 걸다	阻止做某事
제 발 (이) 저리다	作賊心虛
좀이 쑤시다	心浮氣躁
종로에 가서 뺨 맞고 한강에 가서 화풀이한다	楊樹上開刀，柳樹上生氣
주눅 (이) 들다[잡히다]	萎靡不振
주머니가 가볍다	囊中羞澀
주체 (를) 못하다	不能處置或不能抑制
죽었다 깨어도[깨더라도/깨도]	無論如何
죽을 쑤다	事情搞砸
죽을 힘을 다하다	用盡全力；使出吃奶的力氣
쥐구멍에 숨다	真想鑽到老鼠洞裡
쥐구멍에도 볕 들 날이 있다	瓦片也有翻身日；總有一天會好起來的
쥐뿔도 없다	一無所有
지지고 볶다	胡攪蠻纏；死纏爛打
진땀 (을) 빼다[뽑다/흘리다]	流冷汗；狼狽不堪
질러가는 길이 먼 길이다	抄近路反而繞遠路；欲速則不達
짚고 넘어가다	弄清來龍去脈

↘	쪽박 (을) 차다	傾家蕩產;一無所有

ㅊ

↘	척하면 삼천리	心有靈犀
↘	척하면 착	一點就通
↘	천 리 길도 한 걸음부터	千里之行始於足下
↘	천차만별이다	千差萬別
↘	첫걸음 마를 떼다	萬事之始;邁出第一步
↘	총대 (를) 메다	挺身而出
↘	칠전팔기 (七顚八起)	七落八起;不屈不撓
↘	치맛바람을 일으키다	大步流星;氣焰沖天

ㅋ

↘	칼자루 (를) 잡다[쥐다]	占上風
↘	코 묻은 돈	沾著鼻涕的錢;小孩子的錢
↘	코빼기도 못 보다	連影子都看不到
↘	콧대를 꺾다	折台
↘	콧방귀를 뀌다	打馬虎眼
↘	콩가루 (가) 되다	支離破碎;四分五裂
↘	콩밥 (을) 먹다	吃牢飯;坐牢

ㅌ

↘	털끝도 못 건드리게 하다	一根寒毛都不讓人碰
↘	토 (를) 달다	接話
↘	퇴짜 (를) 놓다	謝絕

| 퇴짜 (를) 맞다 | 遭到拒絕；碰釘子 |
| 트집 (을) 잡다 | 挑毛病；找碴 |

ㅍ

파김치 (가) 되다	筋疲力盡
파리만 날리다	冷清
판에 박은 것 같다	一個模子刻出來的
팔을 걷고 나서다	義不容辭
팔자 (가) 늘어지다	命好；壽命變長
팔자 (를) 고치다	改變命運
품 (을) 팔다	出賣勞力；做苦力
피를 보다	見血；吃虧
핑계 없는 무덤 없다	沒有無名的墳墓

ㅎ

하늘 높은 줄 모르다	不知天高地厚
하룻강아지 범 무서운 줄 모른다	初生之犢不畏虎
하품만 하고 있다	閒得無聊，光在那兒打哈欠
학교 구경도 못하다	沒進過校門
한가락 하다	在行
한잔 걸치다	小酌一杯
해가 서쪽에서 뜨다	太陽從西邊出來了
허리를 굽히다	彎腰
허리를 펴다	舒適的生活

허탕 (을) 치다	泡湯
혀를 내두르다[두르다]	驚訝或不可思議
호랑이를 잡으려면 호랑이 굴에 들어가야 한다	不入虎穴，焉得虎子
호박씨 (를) 까다	裝蒜
호언장담	豪言壯談；豪言壯語；誇誇其談
호통 (을) 치다	喝斥
호흡을 맞추다	步調一致
훈수를 들다	摻和；管閒事

筆記

國家圖書館出版品預行編目資料

TOPIK韓語測驗：高級單字／陳艷平主編.
－－初版.－－臺北市：五南, 2012.07
　面；　公分.－－（TOPIK：3）
ISBN 978-957-11-6680-3（平裝）
1.韓語　2.詞彙　3.能力測驗
803.289　　　　　　　　　101008069

WA12 TOPIK：03

TOPIK韓語測驗～高級單字

發 行 人 — 楊榮川

總 編 輯 — 王翠華

主　　編 — 陳艷平

封面設計 — 吳佳臻

原出版者 — 北京大學出版社有限公司

出 版 者 — 文字復興有限公司

地　　址：106台北市大安區和平東路二段339號4樓

電　　話：(02)2705-5066　　傳　　真：(02)2706-6100

網　　址：http://www.wunan.com.tw

電子郵件：wunan@wunan.com.tw

劃撥帳號：19628053

戶　　名：文字復興有限公司

台中市駐區辦公室/台中市中區中山路6號

電　　話：(04)2223-0891　　傳　　真：(04)2223-3549

高雄市駐區辦公室/高雄市新興區中山一路290號

電　　話：(07)2358-702　　傳　　真：(07)2350-236

法律顧問　元貞聯合法律事務所　張澤平律師

出版日期　2012年7月一版一刷

定　　價　新臺幣260元